»Wenn Carolin auftaucht, bringt ihre Umgebung panisch alles in Sicherheit, was kaputtgehen kann: erst die Gegenstände, dann sich selbst. Carolins zweiter Vorname ist Chaos; sie hinterlässt Tornadospuren der Verwüstung. Dass zum Schluss doch einiges gut geht – dafür kann sie nichts …«
Max

Eigentlich will Carolin Schatz nur ihre Verwandten in Hawaii besuchen, strandet aber auf einer einsamen Robinsoninsel. Zum Glück wird sie von Sylvester Löwenthal gefunden, der auf Mantarochensuche ist, die in diesen Gewässern verstärkt vorkommen. Er ist TV-Produzent und bietet ihr eine Talkshow an: »Anders, aber klar!« Die Sendung wird ein Riesenerfolg, und alles könnte so schön sein. Doch Caros Freunde wenden sich von ihr ab, es kriselt in der Beziehung zu Marius, und dann wird Caro noch von einer Gestalt verfolgt, deren Namen nichts Gutes verheißt: Roland Dunkel …

Steffi von Wolff, geboren 1966, arbeitet als Redakteurin, Moderatorin, Sprecherin, freie Autorin und schreibt auch Comedy. Sie wuchs in Hessen auf und lebt heute mit Mann und Sohn in Hamburg. Gleich mit ihrem ersten Roman landete sie einen Bestseller: ›*Fremd küssen*‹, auch mit der wunderbaren Antiheldin Carolin Schatz, ist ebenfalls im Fischer Taschenbuch Verlag erschienen (Band 15832).

Unsere Adresse im Internet: www.fischerverlage.de

Steffi von Wolff

Glitzerbarbie

Roman

Fischer Taschenbuch Verlag

2. Auflage: September 2004

Veröffentlicht im Fischer Taschenbuch Verlag,
einem Unternehmen der S. Fischer Verlag GmbH,
Frankfurt am Main, September 2004

Satz: Pinkuin Satz und Datentechnik, Berlin
Illustrationen: Kai Wacker
Druck und Bindung: Nørhaven Paperback A/S, Viborg
Printed in Denmark
ISBN 3-596-16077-4

Für Fridtjof, meine Lebensliebe.
Nicht gesucht, aber gefunden.

1

Ich kann eines nicht ertragen: beim Arzt warten zu müssen. Furchtbar, dieser Geruch im Wartezimmer, eine Mischung aus Schweiß und irgendwas Medizinischem. Und dazu ein Lesezirkel aus den siebziger Jahren, mit Silvia Sommerlath auf der Bunten, die gerade Königin von Schweden wird. Wie viele Bakterien kleben wohl auf jeder einzelnen Seite? Und warum geben einem diese arroganten Fräulein Monikas und Silkes eigentlich einen Termin für halb drei, wenn man sowieso erst gegen Mitternacht drankommt, um dann von einem entnervten Allgemeinmediziner gefragt zu werden »wie es uns denn geht«? Ich habe regelmäßig Rachegedanken, wenn ich länger als eine Viertelstunde in einem Wartezimmer zubringen muss, und stelle mir vor, wie ich heimlich Blutabnahmen vertausche oder im Labor brandstifte.

Wenn ich wenigstens wegen einer Krankheit in dieser Praxis sitzen würde, aber nein, ich sitze mit und wegen Richard hier. Richard ist einer meiner besten Freunde und hatte schon vor längerer Zeit das Bedürfnis, eine Frau zu werden. Damals hat er es mir nicht einfach gesagt, sondern sich in meinem Schlafzimmer mit 2,8 Promille heimlich verkleidet, um mich dann entsetzlich zu erschrecken. Aber auf Richard lasse ich nichts kommen. Er ist der liebste Albino, den ich kenne. Außerdem ist er ein wandelnder Baumarkt und kann super Böden versiegeln und Schränke zusammenbauen. Richard könnte ohne weiteres den Schiefen Turm von Pisa mit ein paar Keilen wieder gerade stellen. Und würde dann fragen, ob er ihn noch wetterbeständig streichen soll.
Wir sitzen jetzt seit zwei Stunden hier im Wartezimmer dieses

plastischen Chirurgen. Mir gegenüber eine Frau, die aussieht wie eine Industriellengattin, die einen Vertrag mit einem Pornoproduzenten hat. Ihre überdimensionalen Brüste sprengen fast ihre Bluse, richtig gerade sitzen kann sie auch nicht, weil das Gewicht sie zu einer nach vorn gebückten Haltung zwingt. Sie trägt an jeder Hand acht Ringe und glotzt uns ununterbrochen durch ihre randlose Brille an. Ob sie mal ein Mann war? Ich traue mich nicht zu fragen.
Richard ist fürchterlich nervös. Er hat sich extra angezogen wie ein Mann, weil er dem Mediziner so zeigen will, dass er eigentlich in Frauenklamotten gehört. Das ist zwar nicht ganz nachzuvollziehen, weil er in Jeanshemd und Levi's 501 einfach wie ein ganz normaler Mann aussieht, aber gut, aber gut.

Muss dauernd aufstoßen, was mir furchtbar peinlich ist. Wir haben gestern Abend Lasagne gemacht, es war kein Salz mehr im Haus, und ich habe mir bei einer Nachbarin was ausgeliehen. Leider hatte Frau Schmitz ihre Brille verlegt und hat mir Spülmaschinensalz in die Hand gedrückt, was zur Folge hatte, dass uns allen ein wenig schlecht wurde von der Lasagne. Gero, mein schwuler Freund, meinte, wenn man bei mir nicht aufpasst, landet man schneller unter der Erde, als einem lieb ist.
Ich heiße Carolin Schatz, bin 35 Jahre alt und weigere mich zu sagen, dass ich Mitte dreißig bin. Das hört sich so an, als wäre ich bald Ende dreißig, was ja auch stimmt, ich aber nicht wahrhaben will. Ich besitze keine Waage und kann deswegen mit gutem Gewissen immer sagen, dass ich nicht weiß, wie viel ich wiege. Ich esse nie Obst, wenig Gemüse, wenn, dann mit Sahnesoße, und von allem die doppelte Portion. Doppelte Portionen sind etwas Herrliches. Man weiß schon vorher, dass man ganz bestimmt satt wird.
Außerdem sind Menschen, die gern essen, lustige Menschen,

mit denen man gern was unternimmt. Bestimmt habe ich deswegen einen so tollen Freundeskreis. Und einen Freund, der genau so gern isst wie ich, habe ich auch. Ich bin jetzt drei Monate mit Marius zusammen und wir sind immer noch total verliebt ineinander. Wir wohnen zusammen und gehen uns immer noch nicht auf den Keks. Obwohl ich nie den Müll runterbringe und nie die Badewanne putze und »Home Shopping Europe« verfallen bin, hat er mich noch lieb. Vielleicht deswegen, weil ich ihm immer seinen Lieblingsrasierschaum kaufe. Auf dem Rand der geöffneten Flasche steht nämlich »Guten Morgen!«. Marius behauptet, es sei doch nett, morgens von einer Rasierschaumdose begrüßt zu werden. Menschen, die überhaupt keine Freunde haben, sollten sich ganz viel Rasierschaum kaufen und bei allen Dosen die Deckel offen lassen. Dann begrüßt einen morgens quasi die Clique im Bad.

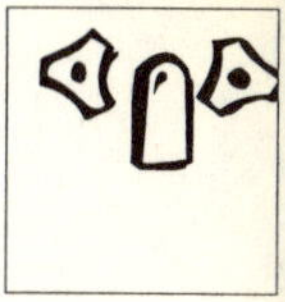

Endlich, endlich kommt Fräulein Monika und sagt, der Herr Doktor ließe bitten. Richard springt ruckartig auf. Er hat vor Aufregung rote Flecken am Hals.
Wir werden gebeten, im Besprechungszimmer »noch einen kleinen Moment Platz zu nehmen«. Der Herr Doktor käme dann gleich. Das Besprechungszimmer ist so groß wie ein Fußballplatz und sieht von der Einrichtung her aus wie das Arbeitszimmer von Blake Carrington im »Denver Clan«. In der Mitte steht ein überdimensionaler Schreibtisch mit einem Bild von der Frau des Doktors (hundertprozentig geliftet) und seinen fünf Kindern, die entweder Fünflinge sind oder von ihrem Vater so operiert wurden, dass sie aussehen wie Fünflinge.
An der Wand Fotos von den Fähigkeiten des Herrn Doktors, auf den wir eben nochmal einen kleinen Moment warten müssen. Foto 1: eine Frau mit einer Nase, die so lang wie die von Pinocchio ist. Daneben dieselbe Frau ohne Pinocchio-Nase, sondern

mit einer ganz normalen. Da hat er wohl ein wenig schnippeln müssen, der Herr Doktor. Foto 2: eine Neunzigjährige. Daneben ist die Neunzigjährige plötzlich fünfundzwanzig. Da hat er wohl ein wenig gestrafft, der Herr Doktor. Offensichtlich ist der Herr Doktor eine Koryphäe auf seinem Gebiet, eine ganze Wand ist mit Urkunden und Auszeichnungen behängt. Da kann man ja nur hoffen, dass bei Richard alles gut geht.

Die Tür geht auf, und da ist er ja, der Herr Doktor. Jovial kommt er mit ausgestreckten Armen auf uns zu und begrüßt uns überschwänglich, was ich nicht weiter verwunderlich finde, da die Krankenkasse eine Kopie der Gebührenaufstellung des Herrn Doktors an Richard gefaxt hat. Die Operation kostet so viel wie ein Reihenendhaus in guter Wohnlage mit Gärtchen. Reihenendhausbesitzer sind mir ein Gräuel. Reihenendhausbesitzer grillen am Wochenende, und die Männer tragen lange Schürzen, auf denen steht: »Heute ist Papi der Meisterkoch«, während ihre Ehefrauen Kartoffelsalate mit selbst gemachter Mayonnaise zubereiten. Auf den Frühstückstischen von Reihenendhausbesitzern stehen Gefäße, auf denen der Schriftzug »Nur für Tischabfälle« zu lesen ist. Sie füllen für acht Tassen Kaffee neun Löffel in den Filter, weil ein Löffel »für die Kanne« ist. Reihenendhausbesitzer haben auch keine normalen Klingelschilder, sondern Salzteigplatten, auf denen steht: »Hier leben, lieben und streiten sich« und dann die ganzen Namen.
Der Herr Doktor jedenfalls kann sich wahrscheinlich hundert Reihenendhäuser leisten. Er holt die Unterlagen hervor und will uns dann gleich mal die Operation erklären. Wir beugen uns gespannt nach vorn, als er eine große Mappe herauskramt. Er sieht mich an und sagt: »Sie müssen unbedingt die Nachuntersuchungen einhalten und regelmäßig Ihren Hormonhaushalt kontrollieren lassen, dann kann eigentlich gar nichts schief gehen.«

»Ähem«, sagt Richard. »Es dreht sich hier ja wohl um mich.«

Der Doktor ist verwirrt und mustert uns nacheinander. Dann holt er eine Brille aus seinem blütenweißen Kittel und setzt sie auf. Er wird ganz rot, der Herr Doktor, und entschuldigt sich vielmals. Das hätte noch gefehlt, dass ich dann plötzlich vier Brüste gehabt hätte.

Eine Stunde später haben wir den OP-Termin, und Richard ist überglücklich. Ich allerdings bin mit den Nerven fertig, nachdem ich gehört habe, was da alles untenrum so passiert. Was alles weggeschnitten und wieder angesetzt wird und überhaupt. Aber bitte. Aber bitte. Mir soll es recht sein. Außerdem findet Richards Freundin (bereits operiert) Männer furchtbar, und deswegen muss alles ganz schnell über die Bühne gehen.

Richards rote Albinoaugen leuchten, als wir die Arztpraxis verlassen. Er ist so was von glücklich. »Gehst du mit mir BHs kaufen, Caro?«, fragt er mich. Ich nicke. Richard kann nichts allein außer renovieren. Ich habe jetzt schon Angst davor, dass ich ihm zeigen muss, wie man es sich selbst macht, wenn er erst mal zur Frau umoperiert ist. Womöglich muss ich dabei auch noch neben ihm sitzen und applaudieren, sollte es klappen.

Wir fahren gemeinsam in die Praxis von Marius, um ihn dort abzuholen. Marius ist Eheberater und Psychotherapeut und hat seine Praxis in Frankfurt, das ist nicht weit von Watzelborn entfernt. Da wohnen wir nämlich alle.

Marius hat einen sehr guten Ruf als Eheberater, und ich liebe es, die ganzen Geschichten zu hören. Noch besser allerdings ist es, heimlich in den Protokollen und Unterlagen zu stöbern, wenn er gerade jemanden im Besprechungszimmer hat. Geht jetzt natürlich nicht.

Wir warten in Marius' kleiner Küche, die zu seiner Praxis gehört. Mein Kollege Bob ruft auf dem Handy an und fragt, ob wir heute alle einen Drombuschvögelabend machen wollen. Damit meint er, dass wir bis spät in die Nacht die aufgezeichneten Folgen von »Diese Drombuschs« und »Die Dornenvögel« schauen. Eine gute Idee. Bob und ich lieben diese Serien. Allein der bloße Gedanke an Meggie Cleary aus den »Dornenvögeln«, wie sie auf der Insel der Hochzeitsreisenden allein am Strand herumtapert, und dann kommt der Mann mit dem weißen Anzug und entpuppt sich als Pater Ralph de Bricassart. Und beide haben hemmungslosen und dennoch zärtlichen Sex im Sand und überall sonst. Dann diese Musik! Ich muss IMMER weinen.

Da kommt Marius in die Küche. Ich bekomme auch nach drei Monaten immer noch Herzklopfen, wenn ich ihn sehe. Er gibt mir einen Kuss und fragt, wie denn unser Termin gewesen sei. Das ist das Gute an Marius: Ihm kann man alles, wirklich alles sagen, und er beurteilt Leute auch nie nach ihrem Äußeren oder ihrem Beruf oder nach was sonst auch immer. Schon dafür liebe ich ihn. Marius findet es zum Beispiel auch überhaupt nicht schlimm, dass ich mit meinem Freund Pitbull Panther zusammen einen Swingerclub betreibe. Natürlich nicht hauptberuflich, sondern nebenbei. Hauptberuflich bin ich beim Radio.
Wir haben unseren Swingerclub am 19. Mai eröffnet, und ich muss wirklich sagen, dass er ein voller Erfolg ist. Am 20. Mai war der erste reguläre Tag, und die Leute kamen in Strömen. Nur ich nicht, ich stand heulend im Badezimmer und habe mir mein Resthaar angeschaut. Resthaar deswegen, weil ich mir statt Gel Enthaarungscreme auf den Kopf geschmiert hatte. Ich dachte, ich sterbe. Richard kam sofort und wollte helfen und die Creme entfernen, was zur Folge hatte, dass er meinen Pony in der Hand hielt. Letztendlich sind wir zu sechst in Marius' kleinem Badezimmer herumgesprungen. Pitbull hat mich kurzer-

hand in voller Montur unter die Brause gezerrt, nur leider war das Wasser ein wenig zu heiß. Ich hatte eine riesige Brandblase am rechten Unterarm, was bei einer Wassertemperatur von ungefähr fünftausend Grad auch kein Wunder ist. Mausi, die bei uns nebenbei jobbt, hat mir sofort eine entzündungshemmende Lotion auf die verbrannten Stellen aufgetragen. Leider hat sie vorher nicht auf die Flasche geschaut. Ich hatte dann zusätzlich zu den Brandblasen noch dunkelbraune Flecken überall, weil sie meinen Selbstbräuner genommen hatte.

Man kann es drehen und wenden, wie man will: Mir passieren immer die unmöglichsten Dinge. Marius meint immer, mich könnte man keine drei Minuten aus den Augen lassen, weil ich in dieser Zeit drei Sinti-Kinder adoptieren, mich so verlaufen, dass ich in einem Löwenkäfig landen oder ihn verzweifelt aus einem Harem in Dubai anrufen würde, obwohl ich nur die Watzelborner Molkerei besuchen wollte, um mir mal anzuschauen, wie Milch haltbar gemacht wird.
Wenn irgendwo auf der Welt ein Unglück geschieht, ruft mich Marius grundsätzlich an, um zu wissen, wo ich mich gerade aufhalte. Einmal, er hat mich nicht erreicht, hat er sogar RTL II ein Interview gegeben. Eine Frau in München ist in einem Biergarten so unglücklich gestrauchelt, dass durch das Herunterziehen der blauweiß karierten Tischdecken viele Biergartenbesucher erschreckt aufgesprungen und mit ihren Bänken umgefallen sind. Dann schlug noch ein Blitz in einen Baum ein, acht Leute tranken vor Schreck einen Wein, der mit Diäthylenglykol verseucht war, die Rettungssanitäter sind mit einer Bahre auf Leberknödeln ausgerutscht, die Kabel mit den elektrischen Lämpchen sind heruntergefallen, es gab Stromschläge, und dann liefen noch zwei Exhibitionisten mit offenen Mänteln durch die Gartenwirtschaft und schrien: »Huuuh!«

Marius war außer sich vor Verzweiflung und hat überall versucht, mich zu erreichen. Dann hat er bei allen Fernsehsendern angerufen, um zu erfahren, wo ich denn bin. Die sensationsgeilen Reporter von RTL II hatten nichts Besseres zu tun, als ihn zu einer Stellungnahme zu überreden. Ich stand damals gerade bei Karstadt in der Elektroabteilung, um nach einem DVD-Player Ausschau zu halten, und sah mich plötzlich in Großaufnahme (fürchterliches Foto, wo hat er das denn her?) auf ungefähr fünfhundert Fernsehgeräten, davor mein verzweifelter Freund, der lauthals bekundete, dass »ihr immer solche Sachen passieren«. Zum Glück hat mich damals bei Karstadt keiner erkannt. Gäbe es einen Oscar für Dappigkeit, ich hätte ihn schon zehnmal gewonnen. Wenn nicht jedes Mal. Ich warte nur auf den Tag, an dem ich von unserem Rundfunk-Intendanten offiziell vom Betriebsfest ausgeladen werde, um Brand oder Verlust von Menschenleben zu vermeiden. Ich weiß ehrlich nicht, woran das liegt.

Marius findet einen Drombuschvögelabend auch gut. Ich rufe also Bob an und sage, dass er mit Zladko, unserem anderen Radiokollegen, vorbeikommen soll. Und weil ich gern viele Menschen um mich habe, rufe ich auch noch meinen Freund Gero an. Somit wären das dann drei Schwule, ein Transvestit und zwei Heteros. Fehlen nur noch Lesben. Ich könnte natürlich Iris anrufen, sie arbeitet als Prostituierte, aber auch in unserem Club, und ich weiß, dass sie heute Abend Dienst hat. Also rufe ich stattdessen Mausi an. Mausi ist eine Katastrophe, aber eine liebe. »Hellouuuuuu«, stöhnt sie ins Handy, um dann zu sagen, dass sie es »geilcool« findet, den Abend mit uns zu verbringen. Sie bringt dann ihren Freund mit, wenn das recht ist. Es ist recht. Little Joe mag ich wirklich, auch wenn er ein bisschen gestört ist mit seinem Spielzeugcolt und seinen Cowboystiefeln und seinem komischen Rodeo-Bullen im Garten, von dem man einen Tritt in den Hintern oder einen in den Bauch bekommt, dass man einen doppelten Milzriss und eine Niere weniger hat oder sich die Blase durch den Druck plötzlich im Mund befindet. Aber Little Joe ist ein herzensguter Mensch. Außerdem ist er beim Finanzamt beschäftigt, was gar nicht zu ihm passt, und macht unseren ganzen Steuerkram. Kostenlos. Dafür muss ich ihn in unseren Radiowunschsendungen immer grüßen und er darf sich ein Countrylied wünschen.

Also fahren wir alle zu uns nach Hause. Das hört sich herrlich an. *Zu uns nach Hause.* Dieser Satz ist wie Butter auf einer heißen Kartoffel. *Zu uns nach Hause* bedeutet Gemeinsamkeit, Zusammengehörigkeit, Beständigkeit. Jetzt werde ich wieder sentimental. Schnell an was Schlimmes denken. An mein Gewicht.

Richard meint, er müsse noch ein paar tropfende Wasserhähne in unserer Wohnung reparieren, und macht sich mit einer Rohrzange ans Werk. Und ich gehe ins Wohnzimmer und suche schon mal die Videos raus. Wir haben immer noch nicht alles an Bildern und so aufgehängt, und ich muss erst mal den halben Schrank ausräumen und finde dabei einen alten herzförmigen Spiegel mit Goldrahmen, den ich auf den Boden lege. Im nächsten Moment erstarre ich zur Salzsäule. Ich knie auf dem Boden und schaue kopfüber in den Spiegel. Das bin nicht ich, die mich da anschaut, das ist ein verformter und zerlaufener, mit viel zu viel Öl gebackener Eierkuchen. Meine Wangen hängen meterweit runter und ich habe kein Doppel-, sondern ein Fünffachkinn. O mein Gott. Sehe ich auch so aus, wenn ich beim Sex mit Marius oben liege und ihn anlächle? Kein Wunder, dass der in solchen Momenten immer die Augen schließt. Ab sofort werde ich immer unten liegen und auch beim normalen Gehen darauf achten, den Kopf immer ganz oben zu haben. Ich gehe zurück in die Küche.

»Sag mal, Caro, was ist denn los?«, fragt Marius. »Hast du dir einen Zug geholt, oder was ist mit deinem Hals?«

Ich drehe mich mit dem ganzen Körper zu ihm um. »Nichts, nichts«, sage ich. »Ich hab heute nur in einer Zeitung gelesen, dass es gut für die Wirbelsäule ist, den Kopf immer ganz hoch zu halten.«

»Du siehst aus, als hätte dir jemand einen Stock in den Rücken gesteckt«, sagt Richard, der wieder in die Küche kommt. Ich senke den Kopf ein Stück weit runter, merke aber sofort, wie sich die Kinnmassen auf meinem Hals verteilen. Morgen kaufe ich mir Rollkragenpullover. Der Sommer ist schließlich bald vorbei.

Bob, Zladko, Gero, Mausi und Little Joe kommen, und wir werfen den Videorecorder an. Bob ist besonders seriensüchtig. Mit seinem Serienwissen könnte er locker bei Thomas Gottschalk Wettkönig werden. Wenn Gottschalk fragen würde: »In einer Folge kommt Marion Drombusch in die Praxis ihres betrügerischen Lebensgefährten Peter Wolinski, um einen Schuldschein von ihm unterschreiben zu lassen. Welche Art Papier hat der Schuldschein, den sie ihm vor die Nase legt?«, würde Bob nicht einfach antworten: »Es war ein weißer DIN-A5-Block mit Karos ohne Rand«, nein, die Antwort sähe so aus: »Es war ein weißer DIN-A5-Block mit Karos ohne Rand, Papierstärke drei, und er hat mit einem schwarzen Eddingstift sein Schuldanerkenntnis draufgekritzelt, der Stift war oben schon von irgendeiner nervösen Natur angeknabbert. Hinter Peter Wolinski befand sich der Laborkühlschrank, daneben standen drei Urinproben, eine von Lore Schimmler, die eine Blasenentzündung hatte, eine von Urs Wiedemann, der starke Schmerzen im rechten Unterbauch hatte, und eine von Ali Stoppel, einem Türken, der den deutschen Namen seiner Frau nach der Hochzeit angenommen hat, weil niemand seinen richtigen Nachnamen aussprechen konnte. Im Hintergrund war eine Arzthelferin dabei, Spritzen für Blutabnahmen mit Namensschildchen zu versehen. Ihr Kittel hatte rechts unten einen kleinen Fleck, vermutlich Kaffee, es könnten aber auch Nutellabrotfinger gewesen sein, mit denen ein kleiner Junge sich an sie geklammert hat, der ganz fürchterlich mit seinem Fahrrad gestürzt war und Angst davor hatte, dass die Wunde genäht werden muss. Peter Wolinski trug eine randlose Brille und unter seinem Kittel ein blauweiß gestreiftes Hemd. Ich vermute, die Marke heißt Marc'O'Polo, könnte aber auch C&A gewesen sein. So genau schaut man ja nicht hin, nicht wahr?« Gottschalk würde den Rekord im Überziehen seiner Sendung brechen, falls das Publikum nicht vorher schreiend den Saal verlässt. Was Bob allerdings egal wäre, er würde auch noch weitererzählen, wenn er letztendlich ganz allein im Studio sitzen würde.

Bob weint, weil Vater Drombusch, Siggi heißt der oder hieß er, gerade gestorben ist. Neben ihm liegt eine Leiter, er wollte wohl irgendwie eine Glühbirne auswechseln, als ihn ein Herzinfarkt heimgesucht hat. »O mein Gott«, schnieft Bob. »Wenn er nicht auf die Leiter gestiegen wäre, hätte sein Herz keine Belastung gehabt, und Siggi hätte einfach so weiterleben können. Die arme Witta Pohl. Jetzt muss sie sehen, wie sie zurechtkommt. Die Kinder, die Kinder, und ich weiß auch gar nicht, ob sie finanziell abgesichert ist. Wie kann man bloß solche Serien drehen?« Bob würde verrückt werden, gäbe es solche Serien nicht. Er hat ein ganzes Video-Archiv, von der »Schwarzwaldklinik« bis hin zum »Traumschiff«. Und er kann alles auswendig mitsprechen.

Bob weint. Wenn Bob weint, gibt es kein Halten mehr. Wenn Bob weint, ist das schlimmer als auf einer Beerdigung.
Weil ich momentan nichts anderes zu tun habe, setze ich mich zu ihm und weine aus Solidarität mit. Weinen befreit ja bekanntlich. Warum kann Weinen eigentlich nicht von Übergewicht befreien? Dann wäre ich in meiner prämenstruellen Phase grundsätzlich unter meinem Idealgewicht.
»O Mann, das kann ja echt nicht wahr sein«, sagt Zladko. »Ihr habt diese Folge schon zehnmal zusammen geschaut, und jedes Mal ist es dasselbe!«
Stimmt ja auch. Aber mit Bob zu weinen ist eben so wunderbar.

Gegen elf Uhr gehen dann alle nach Hause, und ich räume mit Marius zusammen die Gläser in die Küche. Mir fällt ein, dass wir ja morgen einen freien Tag haben, ach wunderbar, ausschlafen zu können. Trotzdem bin ich schrecklich müde, und wir gehen bald schlafen. Ich kann überall sofort einschlafen, weil ich Schlafen so herrlich finde. Ich bin sogar an einer Supermarktkasse mal im Stehen eingeschlafen. Das war sehr unangenehm, weil ich natürlich umgefallen bin. Wäre ich ein Pferd, hätte ich keine Probleme damit, im Stehen zu schlafen. Vielleicht sollte ich nächstes Mal einfach meinen rechten Fuß einknicken, das machen Pferde doch auch mit dem einen Hinterhuf. Dann kann mir nichts mehr passieren.

Am nächsten Morgen holt Marius Brötchen, und wir frühstücken herrlich lange in unseren Schlafis. Beziehungsweise Marius in seinem Flanell-Pyji. Ich liebe Abkürzungen. Direkt nach dem Frühstück lege ich mich wieder aufs Sofa. Genau so muss ein freier Tag sein! Während einer Folge von Enid Blytons »Fünf Freunde und der Zauberer Wu« dämmere ich weg. Dieses

Gefühl, seinem Schlafbedürfnis nachgeben zu können, ist mit nichts zu vergleichen. Außerdem freue ich mich jetzt schon wieder aufs Aufwachen, denn Marius hat mir versprochen, einen Kuchen zu backen. Marmorkuchen mit ganz viel Schokoglasur. Den Kuchen werde ich später warm essen, auch wenn ich danach um den Mund aussehe wie ein Säugling, der seinen ersten Zusatzbrei gegessen hat.

Als ich aufwache, steht Marius ganz aufgeregt vor mir. »Mach nochmal die Augen zu!«, sagt er.
Huch, was kommt denn jetzt? Ein Heiratsantrag? Hat er mir Unterwäsche gekauft oder einen Handmixer? Ich mache brav die Augen zu und warte. Marius raschelt herum.
»Augen auf!«, kommandiert er nach einer halben Minute.
Ich öffne die Augen und sehe eine große Papptafel, das Logo eines Reisebüros und von Marius geschrieben die Worte:
»Gutschein für meinen Schatz, mit mir zusammen auf Kreuzfahrt in die Karibik zu gehen!«
Ich muss mich setzen. Marius schaut wie ein gespannter Schuljunge. »Freust du dich?«, lauert er.
Ich kann gar nichts sagen und falle ihm um den Hals. Wenn das keine wahre Liebe ist, dann weiß ich auch nicht.

Ich bin schrecklich aufgeregt. Sofort will ich erzählt haben, wo es überall hingeht, von wo wir starten und überhaupt. Marius holt einen Atlas aus dem Regal, und wir kuscheln uns mit unseren Tassen in eine Decke vors Sofa. Marius hat lieb Tee gemacht. Der Kuchen ist ihm verbrannt, aber das ist jetzt natürlich völlig egal.
»Also«, beginnt Marius. »Wir fliegen von hier aus nach Hamburg und dann geht's aufs Clubschiff ANITA. Dann fahren wir los, immer Richtung Karibik, klar, und unsere erste Station ist

Kuba, da haben wir dann drei Tage Aufenthalt. Von Kuba aus auf die Cayman Islands.«
»Die kenne ich!«, rufe ich stolz. »Auf den Cayman Islands spielt zum Teil ›Die Firma‹ mit Tom Cruise, das war die Szene, wo er so betrunken oder so gemacht wurde, und dann hat er seine Frau betrogen, und dann ...«
Marius verdreht die Augen. Er teilt meine überschwängliche Liebe zu Spielfilmen nicht sooo sehr. »Ja ja«, sagt er und streichelt meinen Arm. »Dann Jamaika, Haiti, Dominikanische Republik, Antigua, St. Lucia, Barbados, Grenada und dann Tobago. Und natürlich sind wir überall ein paar Tage. Aber jetzt kommt der Hammer!« Ui, noch was? Marius bläht sich auf wie ein Hahn. »Von Tobago aus fliegen wir dann noch für eine Woche nach Hawaii!« Nach Hawaii! Ich fass es nicht. Ich habe Marius mal erzählt, dass ich so gern mal nach Maui möchte, weil mein Ururopa daher kam und ich dort immer noch irgendwo Verwandte habe. »Du musst dann natürlich vorher Kontakte herstellen, damit wir wissen, wo die genau leben«, sagt Marius.
O Gott, ich muss erst mal den Namen rauskriegen. Und dann irgendwie an Adressen kommen. Aber ich bin schließlich eine gute Journalistin, die so was kann. Hawaii, Karibik, wir kommen!

2

Am nächsten Tag fahre ich beschwingt in die Redaktion und versuche als Erstes, die Telefonnummer vom Einwohnermeldeamt auf Maui herauszubekommen. Ich wähle eine Nummer und gelange in eine Warteschleife. Eine Frau singt ein Lied. Dann singt ein Mann. Man kann nicht verstehen, was gesungen wird, weil das dazugehörige Orchester so laut und falsch spielt, dass ich wahnsinnig werden könnte. Nach ungefähr zwei Jahren sagt eine piepsige Stimme: »Hello, may I help you?«

Mist, was heißt Einwohnermeldeamt auf Englisch? Ich stottere: »Äh, yes, my name is Carolin Schatz in Germany. Is that … is that … are you … I would like to talk with the … with the … the company, who knows, where my family is … äh …«
Oh Gott, wie peinlich. Die Stimme sagt: »Sorry?«
Wo ist Zladko? Er hat schließlich Anglistik studiert. Da vorne sitzt er im Foyer und trinkt Kaffee. Mist, mein Büro ist ganz am anderen Ende. Ich bummere gegen die Glasscheibe und winke, aber niemand nimmt Notiz von mir. Das kann ja wohl nicht wahr sein. Ich könnte aus den Augen bluten oder als lebende Fackel durch die Redaktion laufen, keinen würde es stören.
Ich greife erneut zum Hörer. »Miss, Miss«, sage ich. »Excuse me, I would like to talk with a person who works on the In-Live-Tell-Company!« Das muss sie doch jetzt verstehen. Ich habe quasi wörtlich übersetzt.
»One moment!«
Juhu. Sie hat es verstanden. Eine neue Warteschleife. Diesmal auf Deutsch. Eine Gruppe junger Männer singt: »Es gibt kein Bier auf Hawaii, es gibt kein Bier …« Es geht doch nichts über Touristenwerbung. Entsetzlich – der Gebührenzähler auf meinem Telefon zeigt bereits 18 Euro und vierzig Cent an. Endlich,

endlich eine Stimme. »May I help you?« Ich stammle wieder tausendmal yes und no und live und family und bekomme zum Schluss kein Wort mehr raus. Die neue Stimme lässt mich eine halbe Stunde reden, dann sagt sie freundlich: »Sie könn aug deutsch spreg mit mir.« Hätte die Stimme das gleich gesagt, wäre der Sender jetzt nicht um vierhundert Euro ärmer und die Stimme hätte auch nicht so viel Spaß gehabt. Ich bin ziemlich böse, aber die Stimme (ich kann nicht orten, ob es ein Mann oder eine Frau ist) ist sehr freundlich, und ja, ich sei richtig, das sei das Einwohnermeldeamt Maui (ich bin gut im Direktübersetzen, o ja, ich bin gut), und er/sie schaue gleig mal nag, ob es eine Familie mit dem Namen Kauarilada gäbe. Die Info habe ich von einer entfernten Kusine, die ich zum Glück erreicht habe. Meine Mutter wollte ich mir nicht antun, das wäre wieder was geworden – »Warum willst du das denn wissen, was hast du denn vor, das macht man doch nicht, da einfach anrufen« usw. Es raschelt in der Leitung, er/sie wühlt in Papieren oder tippt was in einen Computer, und dann: »Habe ig gefunden. Wohnen nigt direkt in Maui-Stadt, sondern in kleine Ort an Ozean. Ig gebe Nummer.«

Mit zitternden Händen schreibe ich mit. Ich habe meine Vorfahren gefunden! Bedanke mich vielmals bei dem Menschen und wähle die Nummer. Es tutet endlos lange, dann ist irgendein Kind am Telefon. Es spricht natürlich nur englisch. So geht das nicht. Ich rufe »Wait a moment« und hole Zladko. Eine Viertelstunde später weiß ich, dass die Familie auf Maui, zu der ich ja auch irgendwie gehöre, aus ungefähr fünfzig Personen besteht. Sie leben in Baumhäusern und ernähren sich zwar auch von Beeren und Käfern, essen aber auch gern mal eine Pizza oder einen Hotdog. Selbstverständlich gibt es in den Baumhäusern auch E-Mail-Anschluss. Irgendjemand erinnert sich sogar daran, dass Nuave, so hieß mein Ururopa, damals in Deutschland war. Auf irgendeinem Bananendampfer. Die Hawaiianer bitten Zladko, das Telefon laut zu stellen, was er auch tut, dann rufen sie lauthals: »Welcome to Hawaii, our new daughter!!! Yippie! Yeah!« Und das so laut, dass alle aus dem Großraumbüro angedackelt kommen und uns verständnislos anschauen. Zladko macht aus, dass ich später nochmal anrufe, um mit irgendeinem Verantwortlichen wegen des Besuches zu reden. Ich bin jedenfalls erst mal zufrieden.

Später ruft Marius an und sagt, dass es heute Abend bei ihm später wird. Sofort werde ich eifersüchtig, aber ich tue so, als mache mir das gar nichts aus, und frage auch nicht, warum es später wird. Es ist schlimm mit meiner Eifersucht. Obwohl ich überhaupt keinen Grund habe, denke ich immer, dass er mich betrügen könnte. Total dämlich.
Ich mache auch nicht nochmal den Fehler, jemandem hinterherzuspionieren. Habe das einmal getan. Mein Ex hat behauptet, abends mit einem Freund ein Bier trinken gehen zu wollen. Ich war mir sicher, dass er sich mit Nadja trifft. Nadja war damals so eine Tusse, die alle Männer angemacht hat. Sie sah noch nicht mal besonders toll aus, hatte aber das gewisse Etwas. Ich hatte auch das gewisse Etwas, in diesem Fall von Dämlichkeit, denn ich bin zusammen mit meiner Freundin Alex in ihrem neuen Auto, das mein Ex, Steffen, nicht kannte, von Kneipe zu Kneipe gefahren und hatte eine Simpsons-Maske auf, damit er mich nicht erkennt, wenn ich durch die Scheiben der Kneipe schaue. Irgendwann verrutschte mir die Maske, als ich gerade auf den »Bärenhof« zulief. So merkte ich nicht, dass ein Mofafahrer daherkam, und wurde prompt umgefahren. Alex hat laut um Hilfe gerufen, alle kamen aus dem »Bärenhof« gerannt, und ich lag zusammen mit dem Mofafahrer auf der Straße. Dummerweise war Steffen auch im »Bärenhof«. Mit einem Freund.

Ich glaube, ich habe damals behauptet, für ein Laienspielstück zu proben, weil komische Darsteller gesucht wurden. Geglaubt hat er mir das bis heute nicht.

Habe gar keine Lust, den Abend allein zu verbringen, und rufe Gero an. Der sagt, er hätte eigentlich mit seinem Freund Tom zu einem meditativen Kochkurs an der Volkshochschule gehen wollen, aber der würde ausfallen. Ein meditativer Kochkurs? Ja, sagt Gero, eigentlich wollten sie den Kurs »Ich male mir ein Mandala mit Fingerfarben« machen, aber der wäre ausgebucht gewesen. Ah ja. Ich frage lieber nicht nach und schlage vor, beim »Schorsch«, unserer Watzelborner Stammkneipe, einen trinken zu gehen.

Kurze Zeit später ruft Pitbull in der Redaktion an. Er will ein paar Sachen wegen des Clubs besprechen und fragt, ob ich mich auf ein Bier mit ihm treffe. Ich sage ihm, er soll doch mit zum »Schorsch« kommen, und erzähle von Geros abgesagtem Kochkurs. »Hehehe«, macht Pitbull, »hört sich echt schwul an. Obwohl …«, er überlegt, »so'n Kochkurs wär vielleicht mal ganz gut für mich.«

Hä? Ich sage: »Wieso, du kochst doch sowieso nie?«

Pitbull antwortet: »Eben deswegen. Weil ich es nicht kann. Außerdem …« Er stockt.

»Was ist?«, frage ich.

»Na ja, ich hab 'ne Frau kennen gelernt«, gesteht er.

»Du hast WAS?« MEIN Pitbull hat eine Frau kennen gelernt. O nein! So nicht. »Wo?«, frage ich lauernd.

»Beim ›Schorsch‹. Ich war gestern Abend da und hab ein Rippchen mit Kraut gegessen. Da fragt plötzlich jemand: ›Ist hier noch frei?‹ Ich sag ›ja, klar, aber immer doch‹, und schon kamen wir ins Gespräch. Sie ist klasse, Caro.«

»Wie heißt sie denn?«, will ich wissen.

»Margot«, sagt Pitbull.
Margot. Wie kann jemand Margot heißen? Es gibt nur zwei Möglichkeiten: Margot wohnt mit ihrer Mutter zusammen, war noch nie in einer festen Partnerschaft und muss sich rechtfertigen, wenn sie abends eine Viertelstunde später als gewöhnlich von ihrem Job als Küsterin in der Epiphaniengemeinde nach Hause kommt. Mutti ist besorgt, aber auch böse, weil der Abendbrottisch schon gedeckt ist (Vollkornbrot, Gewürzgürkchen, Diätmargarine, hart gekochte Eier, aufgeschnittene Tomaten, Tofupaste und Ziegenkäse aus dem Reformhaus und dazu Pfefferminztee) und sie überlegt hat, alles schon wieder wegzupacken. Diese Margot hatte noch nie Sex und war nur zufällig beim »Schorsch«, weil sie eben mal auf die Toilette gehen wollte, um ihre Stützstrümpfe aus der Apotheke zu richten. Oder Margot ist eigentlich keine Margot, sie hat sich diesen Namen nur zugelegt, weil er harmlos klingt. Margot II ist eine Heiratsschwindlerin, hat schon acht Millionen Euro auf dem Konto und nimmt die Kerle aus bis zum Gehtnichtmehr, um sich dann in Sibylle oder Waltraud umzubenennen. Und das meinem Pitbull? Ich muss das verhindern.

»Wann siehst du ›Margot‹ denn wieder?«, frage ich scheinheilig.
Leider kennt Pitbull mich zu gut, denn er sagt: »Du musst den Namen gar nicht so komisch aussprechen, sie ist wirklich nett. Echt.«
Papperlapapp. Ich muss diese Möchtegern-Margot kennen lernen. »Du kannst sie ja heute Abend mitbringen«, schlage ich vor.
»Mal sehen«, weicht Pitbull aus. »Ich muss sie doch auch erst mal besser kennen lernen.«
Jedenfalls wollen wir uns um halb acht beim »Schorsch« treffen. Fein. Dann kann ich vorher im Sender mit Nini noch »Verbotene Liebe« schauen.

Verbringe die nächsten Stunden damit, eine Gewinnspielaktion zu planen, die über einen Monat laufen soll, und gerate bei der Sponsorsuche während eines Telefonats an einen Mann, der behauptet, ich sei der einzige Mensch, dem er seine Sorgen erzählen könne. Der Mann heißt Oskar und ist furchtbar böse auf seine Frau, die sich einen jüngeren Liebhaber zugelegt habe, und er, Oskar, müsse jetzt sehen, wie er allein zurechtkomme. Sie sei nämlich Knall auf Fall ausgezogen und habe auch noch die Kinder bei ihm gelassen. Und er mit seinem anstrengenden Job in der Pressestelle, wie soll er das alles schaffen!

Ich weiß auch nicht, wie ich das mache, dass alle Leute mir immer alles erzählen. Ich höre einfach zu, vielleicht ist das der Grund. Innerhalb von fünf Minuten erfahre ich, dass Oskar vor Aufregung Fußpilz hat, am Bauchnabel eine Schuppenflechte und außerdem Tinnitus. Das Sausen mache ihn ganz verrückt, erzählt er erzürnt. Es gehe auch nachts nicht weg, das Sausen. Als ob die Sirenen eines Probealarms seine ständigen Begleiterinnen seien. Und dann das Einkaufen fürs Wochenende. Das sei eine Katastrophe sondersgleichen. Immer dieses Gedränge und unfreundliche Kassiererinnen und die nörgelnden Kinder. Und der anstrengende Job in der Pressestelle. Und überhaupt.

Gleich werde ich verrückt, gleich. Ich versuche, ihn zu fragen, ob die Firma »Grünstich« uns fünf Autoradios mit CD-Wechsler zum Verlosen zur Verfügung stellen würde, aber er reagiert schnaubend mit den Worten: »Pah, wenn das Ihre Probleme sind, dann gute Nacht!«

Ich möchte diese Autoradios aber unbedingt haben und biete ihm selbstlos an, doch mal mit seiner Frau zu telefonieren.

»Die ist doch immer mit dem Kerl in der Kiste!«, brüllt Oskar wütend. »Aber bitte, bitte! Ich geb Ihnen die Nummer!«

Auch das noch. Wie konnte ich das nur anbieten. Ich verspreche

Oskar, gleich zurückzurufen, und wähle die Nummer seiner Frau.

Eine Viertelstunde später habe ich eine Ehe gerettet. Ilse ist ja so froh, dass ich am Apparat bin. Sie würde den Oskar wohl noch lieben und sie wollte ihm nur zeigen, dass er nicht alles mit ihr machen kann und das Rumkommandieren und überhaupt und blablabla. Und der Norbi (der Liebhaber) könne nichts außer poppen und das noch nicht mal gut und würde ständig abends mit seinen Kumpels weggehen und sie dann nachts, wenn er betrunken heimkommt, wecken und sie zwingen, ihm ein Kräuteromelette zuzubereiten (ob man das auch lernt im Meditations-Kochkurs?) oder mit ihm einen aufgezeichneten Spielfilm zu schauen. Sie möge Rutger Hauer aber gar nicht. UnddanndieKinder!!! Die vermisse sie schrecklich und Oskar auch, und sie sei bislang nur zu stolz gewesen, das sei bestimmt falscher Stolz, und alles sei ganz, ganz entsetzlich und wer ich denn überhaupt sei. Ich könnte jetzt natürlich fies sein und sagen: »Na, die neue Freundin von Oskar! Wenn die Scheidung durch ist, werden wir heiraten!« Aber dann würde ich die Autoradios ja nicht bekommen. Also sage ich die Wahrheit und Ilsebilse fragt, ob ich nochmal eben bei Oskar anrufen kann und ihn fragen, ob sie heute Abend zurückkommen soll. Sie würde dann derweil packen. Ich bejahe und rufe Oskar an. Oskar fängt vor Erleichterung an zu weinen und weiß überhaupt nicht, wie er das jemals wieder gutmachen kann.

Das Ende vom Lied ist, dass wir nicht nur fünf Autoradios mit CD-Wechsler bekommen, nein, Oskar schenkt mir auch noch ein Grünstich-Autoradio mit CD-Wechsler *und* integriertem Navigationssystem. Für mich persönlich. Eigentlich darf ich das nicht annehmen, aber da ich mich wegen mangelnder Orientalisierung so oft verfahre, nehme ich dankend an. Und als ob es

damit noch nicht genug wäre, sagt Oskar, dass Grünstich uns bei der nächsten ganz großen Aktion zwanzigtausend Euro an Sponsorgeld zur Verfügung stellen wird. Wenn ich noch zwei Minuten dranbleibe, krieg ich vielleicht noch ein Auto. Oder eine Urlaubsreise nach Westindien mit Vollpension. Oskar sagt nochmals, wie dankbar er mir sei und dass er mir jetzt unsere getroffenen Vereinbarungen per Fax bestätigt.
Wir legen beide glücklich auf. Warum sind nicht alle Kooperationspartner in einer Ehekrise, aus der ich sie befreie? Dann könnten wir uns vor Verlosungsmaterial und Sponsorgeldern nicht mehr retten.

Um halb acht stehe ich vor der Tür vom »Schorsch«. Da kommen Gero und Tom. Warum müssen die beiden sich eigentlich immer anziehen wie Zwillinge? (»Na, damit jeder sieht, dass wir zusammen sind, Caro. Sonst werden wir noch von Frauen angemacht.«) Allmächtiger. Und da hinten kommt Pitbull. Heute gar nicht in seinen Harley-Davidson-Klamotten, sondern brav in Jeans und Hemd.
Das Erste, was wir beim Reinkommen sehen, ist eine heulende, verquollene Mausi, die einen riesigen Bembel mit Apfelwein vor sich stehen hat. Als sie uns sieht, jault sie los: »Oh, Caaaaarooooo, äääääääächt, endlich seid ihr da, ich muss euch was gaaaaanz Schlimmes erzählen!« Was ist denn jetzt schon wieder los? Hat sie in ihrer Wurstabteilung einer Kundin Geflügelsalami statt Mettwurst verkauft, ohne sie auf die Verwechslung hinzuweisen? Mausi greint so laut, dass alle schon schauen und selbst Schorsch hinter dem Tresen den Kopf schüttelt.
»Na, dann erzähl mal, Mausi«, sage ich und nehme mir einen Schluck Äppler.
»Little Joe ist so gemein«, sagt Mausi. »Er hat heute zu mir gesagt, dass er möchte, dass ich einen Kurs im Countrysingen be-

lege und mir die Haare färben lasse und den Busen so geilcool vergrößern lassen soll und die Lippen aufspritzen lassen soll, dass ich dann so aussehe, wie diese eine Frau, die immer auf Koppeln sitzt und singt. Und einen Hut soll ich mir auch aufsetzen.«

Huch. »Welche Frau sitzt denn auf Koppeln und singt?«, frage ich blöde. »Pamela Anderson?«

»Also, Caro, das ist doch die aus ›Baywatch‹!«, rügt mich Gero.

Stimmt. Aber hat die nicht auch Lippen so groß wie eine Wasserbanane? Wenn man Pamela Anderson unter ein brennendes Hochhaus stellt, könnten die Leute unbesorgt springen, sie würde alle mit ihren Lippen und überdimensionalen Brüsten auffangen. Wenn sie auf dem Rücken liegt, denken Kinder bestimmt, eine Hüpfburg sei aufgebaut worden. »Also wer nun?«, frage ich.

»Little Joe meint Dolly Parton«, sagt Pitbull.

Mausi nickt verzweifelt. Also ich kann Little Joe wirklich nicht verstehen. Mausis Oberweite ist so schon enorm, ich wette, irgendwas mit 90 C oder so, damit muss man doch zufrieden sein. Ich verspreche Mausi, mal mit Little Joe zu sprechen. Sie hat schreckliche Angst, dass er sie wegen ihrer 90 C und nicht vorhandenen Singstimme verlassen könnte.

Die Tür geht auf, und eine Frau kommt herein. Pitbull springt auf und strahlt. »Hallo Margot«, ruft er euphorisch.

Schnell umgedreht und geschaut. Hilf Himmel. Margot fällt unter die Kategorie Frau, von der man sagt, »sie sah früher mal ganz gut aus, aber jetzt ist sie vom Leben gezeichnet«. Margot kommt mit Walkürenschritten an unseren Tisch gelaufen und klopft zur Begrüßung darauf. Als ob wir ein Stammtisch wären. Dann sagt sie auch noch: »Na, Freunde, dann erst mal einen Kurzen. Nein, zwei, auf einem Bein kann man ja nicht stehen,

hahaha.« Dann schlägt sie mir auf die Schulter und sagt: »Alte, rutsch mal 'n Stück!« Das kann ja heiter werden. Margot ist zweimal geschieden und betreibt zusammen mit ihrem Bruder eine Firma für Fußabtreter in Frankfurt. Sie designt teilweise die Fußabtreter noch selbst und ist sehr stolz darauf. Am besten gefallen ihr die Fußabtreter mit kleinen Elefanten drauf, die durch eine Sprechblase rufen: »Hereinspaziert!« Ob ich die kennen würde? Auf mein Verneinen hin wird sie sauer und fragt, ob ich denn keinen Fußabtreter vor meiner Wohnungstür liegen hätte? Um ehrlich zu sein, weiß ich gar nicht so genau, ob wir einen haben. Margot ignoriert mich von diesem Augenblick an, was ich aber nicht weiter schlimm finde. Ich kann mich stattdessen ja mit Gero und Tom darüber unterhalten, ob Tantra und Mikrowellengerichte vereinbar sind.
Marius ist schon zu Hause, als ich komme, und wir trinken noch ein Glas Wein zusammen. Ich bin froh, dass wir so normal sind.

Am nächsten Tag gehe ich zu Jo, meinem Chef, und reiche Urlaub ein. In zwei Wochen fliegen wir. Juhu, das wird ein Spaß. Hoffentlich passe ich in meinen Bikini. Das Essen auf der ANITA soll ja phantastisch sein. Ich kann Leute nicht verstehen, die ihren Urlaub in Ferienwohnungen verbringen. Da kann man doch auch gleich zu Hause bleiben. Super Erholung für die Mutter einer sechsköpfigen Familie, die jeden Tag damit verbringen muss, Frühstück zu machen, zu spülen und im Timmendorfer Supermarkt das Mittagessen einzukaufen, während ihr Mann am Strand liegt und die Bildzeitung liest und irgendwelche Kinder ständig nölen und sich um Wasserbälle streiten und sich gegenseitig ihre Sandburgen eintreten.
Da haben wir es doch wirklich besser.
Obwohl – nach Timmendorf kann man bequem mit dem Auto fahren. Nach Hawaii müssen wir dann fliegen. Ich habe Angst

vorm Fliegen. Und wer weiß, was alles auf dem Schiff passiert. Ach was. Auf dem »Traumschiff« passiert auch nie was, außer dass sich immer irgendjemand verliebt oder Liebeskummer hat oder sauer ist, weil er nicht am Kapitänstisch sitzen darf. Oder eine Frau Anfang fünfzig ist der festen Überzeugung, sie sei unheilbar krank wegen einer Wucherung am Oberbauch, und dann stellt sich heraus, dass sie lediglich ihren Brustbeutel nicht ausgezogen hat. An »Titanic« will ich gar nicht erst denken, sonst verbringe ich meinen Urlaub lieber in einer Pension im Sauerland. Alles wird gut gehen, alles. Wir werden eine Menge Spaß haben, und alle werden denken, wir seien die Bordanimateure. Haha. Also, dass ich mich immer so verrückt machen muss. Warum sollte nicht alles reibungslos funktionieren?

Weil nie etwas reibungslos funktioniert in meinem Leben.

Aber jetzt warte ich erst mal ungeduldig auf einen Kooperationspartner, der uns einen Verrechnungsscheck für eine Programmaktion persönlich vorbeibringen will. Ich sage zu unserer Sekretärin, dass sie mir unbedingt Bescheid geben soll, wenn ein Dirk Schnöppel beim Hauptpförtner ist. Er kommt und kommt aber nicht. Herr Schnöppel muss uns vergessen haben. Ich werde ungeduldig. Als ich Cara zum hundertsten Mal frage, ob jemand unten ist, verneint sie wieder, meint aber, seit einer Stunde würde ein Timo Beil auf mich warten. Da ich aber keinen Termin mit einem Timo Beil habe, ignoriere ich das, bis Jo, unser Chef, ziemlich sauer in mein Büro kommt und meint, dass ihn eben Herr Schnöppel angerufen und sich darüber beschwert habe, dass ich ihn in der Halle unten sitzen lassen würde. Die Kooperation könnten wir jetzt wohl auch vergessen. Es stellt sich heraus, dass Dirk Schnöppel Timo Beil ist, da wir die Kooperation mit T-Mobile getroffen haben und Herr Schnöppel dummerweise seinen Namen nicht gesagt hatte, sondern nur die Firma. Ich kann ihn zum Glück beruhigen und ihm den Scheck doch noch abknöpfen, was Jo dann auch beruhigt.

Bringe die nächsten Wochen mehr schlecht als recht über die Runden und bin froh, als ich meinen letzten Arbeitstag habe. Nini macht meine Vertretung, und ich vertraue ihr meinen Rolodex mit allen wichtigen Telefonnummern an.
»Mensch, Caro«, sagt sie, als ich mich verabschiede. »Ich hab ein ungutes Gefühl bei diesem Urlaub. Also nicht, dass ich ihn dir nicht gönne, aber bei dir muss man eben immer mit dem Schlimmsten rechnen.«
Ich bin entsetzt. »Was meinst du denn?«, frage ich ängstlich.
Nini blickt Zladko und Bob an, und beide schauen auf den Boden. »Na ja«, meint Nini irgendwann, »es könnte ja sein, dass du entführt wirst, oder du triffst einen Kannibalen, weil du dich verlaufen hast, oder einen ausgehungerten Grizzly oder sonst was!«
Also wirklich. »Grizzlys leben in Nordamerika«, sage ich böse. »Einen Grizzly treffe ich ganz bestimmt nicht.«
»Aber Kannibalen gibt es auch in der Karibik«, kontert Bob. »Da gibt es viele unentdeckte Naturvölker. Hast du damals nicht den Bericht von der Deutschen gelesen, die von Kannibalen ein Jahr lang gefangen gehalten und gemästet wurde, und dann sollte sie als Festmahl verspeist werden und konnte in letzter Sekunde von irgendeinem Forscher, der auf der Durchreise war, gerettet werden?«
»Na, mästen muss man Caro ja nun wirklich nicht mehr«, entgegnet Zladko. »Die könnten sie gleich verdrücken.«
Ich gehe dann besser.

3

Den nächsten Tag verbringen Marius und ich mit Packen. Sonntag geht es los, und ich mache mir wie immer vor Urlauben die unnötigsten Gedanken. Sind die Pässe noch gültig, haben wir unsere Malariaprophylaxe regelmäßig genommen, und was ist mit den Zusatzversicherungen? Aber Marius hat an alles gedacht. Wie immer. Richard fährt uns zum Flughafen und gibt uns Ratschläge, was zu tun ist, wenn das Gepäck verschwindet oder man das Gefühl hat, gleich ausgeraubt zu werden. »Nehmt immer ein Messer mit«, sagt er aufgeregt. »Und im Zweifelsfall stecht einfach zu. Die machen das da alle so.« Ich werde das bestimmt nicht machen. Womöglich erwischt es einen Polizisten auf Barbados, der sich nur nach meinem Wohlbefinden erkundigen will. Und dann kann ich acht Jahre in einem Gefängnis à la Alcatraz auf meine Hinrichtung warten, die immer wieder wegen Widerspruch aus Deutschland verschoben wird. Bestimmt werde ich dann lesbisch und abgebrüht wie die Gefängnisinsassinnen bei »Hinter Gittern«, die verhärmte Gesichter haben und kahl geschorene Köpfe. Kahl geschoren deshalb, weil sich dann keine Läuse einnisten können. Der Höhepunkt der Woche wird der Freitag sein, weil es dann eine Suppe mit Fleischgeruch gibt.

Ich hasse den Frankfurter Flughafen. Er ist unübersichtlich und überlaufen, und man findet nie das, was man sucht, außer Bahnhofsbuchhandlungen. Die gibt es dort in Hülle und Fülle. Dabei ist das doch ein Flughafen. Und dann diese Gepäckschlepperei. Und die Warteschlangen vor den Schaltern. Und die genervten Leute, die während des Wartens sinnlose Gespräche anfangen.

»Ach, wo soll es denn hingehen?«
»Äh, nach Hamburg und von dort aus in die Karibik.«
»Soooo was Herrliches. Also wir besuchen ja nur unsere Tochter in Hamburg, die wohnt in Eimsbüttel, kennen Sie den Stadtteil?«
»Nein, wir kommen ja auch nicht aus Hamburg, sondern aus Frankfurt.«
»Ach, da kennen Sie aber bestimmt Sachsenhausen?«
»Ja, sicher.«
»Mein Schwager hat da mal gewohnt. Kennen Sie einen Werner Schneider?«
»Äh, nein.«
»Der hat so schütteres Haar, grau meliert, und trägt meistens Jeans und Hemden.«
»Nein.«
»Vielleicht seine Frau, die heißt Brunhilde, geborene Wagner.«

Ich bin froh, als wir eingecheckt haben, und noch glücklicher, als wir in Fuhlsbüttel gelandet sind. Ein Taxi bringt uns an den Hamburger Hafen, an dem die ANITA schon auf uns wartet. Hostessen mit Traumfiguren und Riesenoberweiten und makelloser Haut und hautengen Stretchtops und briefmarkengroßen Miniröcken stehen am Eingang und verteilen irgendwelche Infoblätter. Sofort werde ich sauer, noch saurer werde ich, als eine von ihnen zielstrebig auf Marius zuläuft und ihn mit unnützem Kram belabert. Marius lächelt sie freundlich an und hört ihr zu. Ich könnte ihr die Augen auskratzen und stehe mit unserem kompletten Gepäck da wie der letzte Depp und muss es auch noch alleine an Bord schleppen.

Allmächtiger, hier sind nur ganz reiche Menschen. Menschen, denen es egal sein kann, ob sie vier Wochen oder sechs Monate durch die Weltmeere schippern. Die Frauen sehen durch die

Bank so aus wie Ivana Trump. Ich tröste mich mit dem Gedanken, dass ich ja jünger bin, aber irgendwann tröstet mich der Gedanke auch nicht mehr. Die haben auch alle in ihren Geldbörsen mindestens sechs Kreditkarten. Ich hatte noch nie eine Kreditkarte. Ich habe eine EC-Karte, und selbst die benutze ich nicht gern, weil ich nie weiß, ob mein Konto nicht schon bis auf den letzten Cent überzogen ist und der Geldautomatdisplay mir sagt: »Keine Auszahlung möglich.« Noch schlimmer: An einer Supermarktkasse stehen und mit EC-Karte bezahlen und die Geheimzahl eintippen, und dann schüttelt die Kassiererin den Kopf und sagt: »Die Karte wurde nicht akzeptiert.« Natürlich ist hinter einem die längste Schlange von allen, die Leute schauen einen an und sagen »O Mann«, und man selbst wird knallrot und sagt doof so was wie: »Da ist bestimmt der Magnetstreifen nicht in Ordnung, das ist mir schon mal passiert.« Furchtbar.

Abends sitzen wir mit lauter Unbekannten an einem Tisch. Einer redet lauter als der andere. Es geht um drei Themen: wie das Essen schmeckt, ob man in den schönsten Wochen des Jahres genug geboten bekommt für sein Geld und um Geld überhaupt. Neben mir sitzt ein dickbäuchiger Banker aus dem Saarland. »Na, dann wollen wir mal«, legt er los, steht auf und kommt mit einem mehrstöckig gefüllten Teller zurück. An den Seiten fallen Hähnchenschenkel herunter. Dann fängt er an, mit seinen Bockwurstfingern alles in sich reinzustopfen. Nachdem er dreimal Nachschub geholt hat, wischt er sich mit der Serviette notdürftig den Mund ab. »Drei Ehen hab ich hinter mir«, erzählt er mir. »Dreimal musste ich hohe Abfindungen zahlen, aber ich bin clever, ich hab trotzdem noch genug auf dem Konto. Gute Finanzberater eben.« Ich nicke. »Ach, Sie glauben mir nicht?«, fragt er empört.

»Doch, doch«, beschwichtige ich ihn. »Natürlich glaube ich Ihnen. Mir ist es auch ganz egal, wie viel Geld Sie auf dem Konto haben.«
»Ein Konto? Eins?« Die anderen Leute schauen schon rüber. Ich weiche mit meinem Oberkörper zurück. »Sie glaubt mir nicht!«, brüllt der Saarländer. Marius blickt erschrocken hoch. Der Saarländer steht auf und holt ein überdimensionales Portemonnaie aus seiner Hosentasche. Er pfeffert es vor mir auf den Tisch und klappt es auf. »Hier. Hier! Sehen Sie! Diese ganze Reihe hier – nur Kreditkarten! Das ist von meinem einen Konto. Und dahinter sind noch fünfmal so viele. Die sind von meinen anderen Konten! Und hier ...« Er klappt den hinteren Teil auf. »Sehen Sie die Euro-Scheine?« Ich nicke verzweifelt. »Und da behaupten Sie, ICH HÄTTE KEIN GELD!!!«
Der komplette Speisesaal schweigt und äugt mich an. Kann mir bitte jemand eine Tarnkappe geben? Marius sagt: »Entschuldigen Sie bitte, aber ich glaube nicht, dass Ihnen meine Freundin irgendetwas getan hat, also würden Sie sie bitte in Ruhe lassen«, woraufhin Mr. Banker sich zu ihm herumdreht und schreit: »Sie haben mir gar nix zu sagen!« Marius steht auf und geht mit bedrohlicher Haltung um den Tisch herum. Der Saarländer brüllt: »Alle wollen sie nur mein Geld, dabei hab ich doch fast keins mehr!«, und sinkt weinend am Tisch zusammen. Ich streichle ihm unbeholfen über die Schulter. Was soll ich denn sonst tun?
Der Abend endet dann damit, dass wir mit Diethelm, so heißt der Saarländer, an der Bar sitzen, und Diethelm sich »mal alles von der Seele reden kann«. Irgendwie ist er von seinen ganzen Ehefrauen abgezockt worden und blablabla, das Übliche in solchen Fällen. Diethelm ist Marius und mir jedenfalls gegen drei Uhr morgens unheimlich dankbar, wir können endlich schlafen gehen, und alles ist gut.

Erst mal ausschlafen, und dann locker flockig aufs Sonnendeck. Wenigstens passt mir mein Badeanzug noch. Weil Marius unbedingt sein Buch fertig lesen will, beschließe ich, mich der Wassergymnastikgruppe anzuschließen. An einer Tafel steht, dass man sich bei Astrid melden soll, wenn man mitmachen will. Ich frage einen Sascha Hehn im weißen Anzug nach Astrid. Ich habe jetzt schon Angst vor Astrid, sicher ist sie sportgestählt, rank und schlank, und ich werde neben ihr im Wasser wirken wie ein Germknödel, der den Gärungsprozess schon vor einigen Jahren überschritten hat. Wenigstens fühle ich mich nicht ganz so fett, habe extra gestern Abend vom Bufett NUR Fisch genommen.

Ich habe Recht. Astrid ist blond gelockt und trägt einen knappen Bikini mit einem pfiffigen Strandtuch um die Hüften.
»Klar, das tut dir bestimmt gut«, meint sie strahlend. »In 'ner halben Stunde geht's los! Wir treffen uns am Pool!«
Ich gehe dann zum Pool. Leider gehen um diese Tageszeit so ziemlich alle zum Pool, auch die Ivana Trumps und alle anderen Frauen, die aber zum Großteil nicht an der Wassergymnastik teilnehmen, sondern sich mit Olivenöl eincremen, sich ihre Dior-Sonnenbrillen aufsetzen und den ersten Gin Tonic des Tages zu sich nehmen. Um dann von ihrem sicheren Liegestuhl aus das Geschehen im Wasser verfolgen zu können. Außer mir machen noch sieben andere Frauen mit. Eine ist so fett wie ich, eine ist noch fetter, und alle anderen sind dünn wie Streichhölzer. Aus Lautsprechern ertönt Discomusik. Auf Astrids Kommando müssen wir alle gleichzeitig ins Wasser springen. Meine Befürchtung, dass der Pool danach nicht mehr mit Wasser gefüllt ist, bewahrheitet sich zum Glück nicht.
»Los, los«, ruft Astrid euphorisch und springt aus dem Wasser und schlägt die Hände über dem Kopf zusammen wie ein Hampelmann. Gute Güte, ist das anstrengend. Und das in der Mit-

tagshitze! Zum Glück sehe ich Marius nicht, er ist wohl in den Schatten gegangen. Zu viel Sonne ist ja auch Gift für die Haut. Dann müssen wir zu allem Unglück auch noch Übungen zu zweit machen. Die sehen so aus, dass eine Frau die andere Huckepack nehmen muss oder man auf die verschränkten Hände der anderen klettern muss, um sich dann ins Wasser werfen zu lassen. Es ist entsetzlich peinlich, weil ich auch noch einen Bauchklatscher hinlege. Aber die Krönung findet zwei Minuten später statt. Ich muss mich vor eine Frau (die ganz dicke) stellen, und sie soll mir unter die Arme greifen und mich aus dem Wasser schleudern. Dummerweise hat sie einen Reißverschluss an ihrem Badeanzug, und dummerweise reißt sie meinen Anzug damit von oben bis unten auf, sodass ich mit auseinander klaffendem Badeanzug aus dem Pool torpediert werde und alle Ivana Trumps ihre Sonnenbrillen abnehmen. Das Nächste, was ich sehe, ist Marius. Er verdreht die Augen und schüttelt den Kopf. Für mich ist die Wassergymnastik dann vorbei.

Marius ist ununterbrochen am Meckern. Über alles. Wie ein Rentner regt er sich darüber auf, dass er zehn Minuten auf einen Kellner warten muss, der ihm einen Cuba Libre mixt. Diese Eigenschaft ist mir völlig neu an ihm.
»Unmöglich, dass es hier nicht genügend Sonnenliegen für alle gibt«, meint er irgendwann. »Morgen früh stelle ich mir den Wecker auf sechs und lege Handtücher auf zwei Liegen!«
Hilf Himmel. Sind wir Pauschaltouristen aus dem Ruhrpott? Als er aber dann noch anfängt, sich mit einem Mann aus Winsen an der Luhe darüber zu unterhalten, dass der Urlaub heutzutage auch nicht mehr das ist, was er mal war, und man für sein Geld überhaupt nichts mehr geboten bekommt, werde ich nervös. Was sind denn das für Charakterzüge? Zum Glück liest er dann in seinem Buch weiter und sagt nichts mehr.

Am Nachmittag wird mir trotz ruhigen Seegangs schlecht. Ich lege mich in die Kabine, was aber auch nichts nützt. Bitte jetzt nicht krank werden, ich freu mich doch so auf Kuba und Grenada und überhaupt alles. »Das ist bestimmt nur eine Magenverstimmung«, meint Marius, »abends geht es dir wieder besser.«
Es geht mir aber auch abends nicht besser. Abends muss ich mich das erste Mal übergeben. Der Bordarzt kommt und diagnostiziert eine Fischvergiftung, was ihm ein Rätsel ist, weil sonst kein Gast, der Fisch gegessen hat, über Übelkeit geklagt hat. »Aber alle paar Jahre kommt das mal vor«, sagt Doktor Weiland, »da schleicht sich irgendein Fisch ein, der nicht mehr ganz gut ist, aber wie gesagt, der letzte Fall liegt Jahre zurück.«
Klar, dass es mich treffen muss. Hätte der nicht mehr ganz gute Fisch sich nicht ein anderes Opfer aussuchen können?

Um es kurz zu machen: Ich übergebe mich fünf Tage lang. Fünf ganze Tage. Und sehe danach aus wie der Ersatzjesus von Oberammergau: ausgemergelt, hager, blass, mit eingefallenen Wangen und strähnigen Haaren, denn ich bin zu schwach, um in die Duschkabine zu steigen. Marius kümmert sich rührend um mich, aber das hilft mir auch nicht weiter. Ich liege die ganze Zeit da und heule. Noch nicht mal ein Taschenbuch halten kann ich. Ist denn das zu fassen? Da bin ich das erste Mal in meinem Leben in der Karibik, aus dem Bullauge unserer Kabine kann man die schönsten Strände, Palmen und Kokosnüsse sehen, und ich liege hier, bereit zum Sterben. Warum meint es das Leben bloß so schlecht mit mir, warum, warum, warum? Meistens schlafe ich dann über diesem Gemütszustand ein, was auch sicher besser ist.
Am sechsten Tag geht es mir endlich einigermaßen gut, und ich traue mich das erste Mal, weiter als zwei Meter von einem Klo

wegzugehen. Die ANITA wird als Nächstes in St. Lucia festmachen, kriege ich erklärt. Ach, da sind wir schon? Wahrscheinlich habe ich die schönsten Inseln verpasst. Ich verpasse ja immer alles Schöne.

Die restlichen Tage sind jedenfalls ganz nett. Auf Tobago machen wir einen herrlichen Ausflug mit einem Glasbodenboot. Da wage ich es, mal wieder ins Wasser zu gehen, und schnorchle ein wenig. Man kann ja sagen, was man will, aber die Unterwasserwelt der Karibik hat schon was. Ich bin begeistert und schnorchle allen davon.

Herrlich, diese roten Korallen, herrlich, diese Schwärme von Fischen in allen Farben, ich kann quasi zwischen ihnen durchschwimmen, sie haben überhaupt keine Angst. Ich fühle mich jung und glücklich wie Brooke Shields in »Die blaue Lagune«, die es irgendwann gar nicht mehr schlimm findet, auf einer einsamen Insel zu leben, weil sie jeden Tag schwimmen gehen kann. Und herrlich, wie viel Farben Wasser haben kann. Eben noch dunkelblau, dann türkis, dann hellblau, das kommt wohl von der Sonneneinstrahlung. Herrlich, das sind ja Regenbogenfische oder wie die heißen. Herrlich auch der Hai, der da gerade auf mich zusteuert. Herrlich, diese gelben, kalten, glitzernden Augen.

Ein Hai! Ein Hai! Um Gottes willen! Was soll ich denn jetzt nur machen? Auf Vox war mal ein Beitrag über Haie. Wenn sie sich direkt vor einem befinden, soll man ihnen einen Finger ins Auge bohren. Was für ein Schwachsinn! Der Hai wird gleich mit weit aufgerissenem Maul auf mich zuschwimmen, und ich werde überhaupt keine Zeit mehr haben, ihm meine Finger ins Auge zu bohren, weil sich diese nämlich in weniger als fünf Sekunden gemeinsam mit meinem restlichen Körper in seinem Magen befinden werden. Absurderweise fällt mir da gerade die

Geschichte von den australischen Riesenkrokodilen ein. Wenn die einen angreifen, soll man sie eben mal rasch auf den Rücken drehen, dann funktioniert die Sauerstoffzufuhr fürs Gehirn nicht mehr und sie werden ohnmächtig. Da denkt bestimmt jeder dran, der von einem Riesenkrokodil verfolgt wird.
Ein Hai, ein Hai! O Gott!
Bedächtig kommt er auf mich zugeschwommen. Soll ich ihn angreifen? Bekommt er vielleicht Angst, wenn ich hektisch auf ihn zuschwimme? Menschen passen aber gar nicht ins Beuteschema von Haien. Höchstens Surfer. Weil die Haie denken, die Surfbretter seien Robben. Denkt der Hai, ich sei eine Robbe? Vielleicht hat er auch gar keinen Hunger. Ich bleibe jetzt ganz einfach in dieser Position und mache gar nichts. Dann hält er mich vielleicht für eine Koralle. Oder für eine Krake, für die man mich wegen meiner aufgerissenen Augen momentan auch halten könnte. Dummerweise kommt in dem Moment, als der Hai direkt neben mir ist, Wasser in meinen Schnorchel, und ich muss fürchterlich husten, was der Hai zum Anlass nimmt, um mich herumzuschwimmen. Ich werde panisch. Wo ist Roy Scheider aus dem »Weißen Hai«, der mit solchen Situationen prima umgehen kann?

Der Hai scheint meine Panik zu bemerken und schiebt mich mit der Schnauze vor sich her. So, dass ich mit dem Kopf bequem aus dem Wasser rage und Luft holen kann. Ich lasse es bewegungslos vor Angst geschehen. Der Hai schwimmt mit mir bis zum Glasbodenboot, wo alle fassungslos an Bord stehen und fotografieren und klatschen. Der Hai schwimmt dann weg. Kurze Zeit später erzählt mir der Glasbodenbootskipper, dass das seit langem der erste Delphin gewesen sei, den er hier gesehen habe.

4

Übermorgen fliegen wir nach Hawaii! Jubidu! Das wird ein Spaß. Habe alles mit der Verwandtschaft klargemacht, meine eine Cousine will uns die leckersten Gerichte kochen, und wohnen können wir mit allen in den Baumhäusern mit E-Mail-Anschluss. Das Clubschiff ANITA fährt tutend auf und davon, und wir haben noch zwei Nächte in einem herrlichen Hotel mit eigenem Bungalow und eigenem Pool vor uns. Wundervoll!
Marius und ich sitzen vor unserem kleinen Häuschen und lesen.
»Caro«, sagt Marius begeistert. »Die bieten hier Tagestouren zu unbewohnten Inseln an. Wie bei Robinson Crusoe!«
Unbewohnte Inseln haben was Magisches an sich. Man hofft insgeheim, zwischen zwei Palmen zufällig einen Schatz zu finden, der nach der Eroberung eines Windjammers von Piraten hier versteckt wurde. Oder wünscht sich, Christian Fletcher käme im weißen Anzug von Bord, nachdem die Bounty angelegt hat, um eine Kokosnuss zu spalten, die wir uns dann brüderlich teilen. Ach nein, das war ja auf Hawaii so. Da fahren wir ja erst noch hin. Oder war es auf Haiti? Aber eine einsame Insel ist immer gut.
»Zeig mal«, sage ich, und Marius gibt mir den Prospekt. Das hört sich ja wirklich klasse an.
»Das wäre doch was für übermorgen«, meint Marius. »Das Flugzeug geht erst abends um neun, und die Tour ist um vier zu Ende. Wir können bequem hier auschecken und unser Gepäck am Flughafen deponieren.«
»Das machen wir!«
Ich bin begeistert. Marius ruft bei der Buchungstelefonnummer an. Und dann gehen wir schwimmen. Ganz brav im Pool, ohne Haidelphine.

Am nächsten Morgen checken wir früh aus, bringen unsere Koffer zum Flughafen und begeben uns zum Startpunkt der Tour. Ich bin sehr aufgeregt. Ein Schwarzer steht am Meeting-Point und sammelt die Leute ein. Neben uns steht ein frisch verliebtes Pärchen, das offensichtlich noch nie im Ausland war und die Weisheit nicht gepachtet hat. »Gibt's da Giraffen?«, fragt die Frau und, nachdem sie verständnisloses Kopfschütteln geerntet hat: »Aber Tiger doch bestimmt?«

»So, kann losgeh'«, sagt der Schwarze und strahlt uns mit blendend weißen Zähnen an. Wir müssen erst mit einem Helikopter auf eine bewohnte kleine Insel fliegen, dann geht's mit Booten weiter. Bei diesen handelt es sich um kleine Motorboote, für die man keinen Führerschein braucht. »Ich fahre«, ruft Marius euphorisch. Mir soll es recht sein. Würde ich fahren, würden wir sowieso nie am Ziel ankommen.
»Dauert Fahrt ungäfär ein Sdund, dann wir sind auf schön Insel, wo nog nie Mensch war«, erklärt uns der Schwarze, der Moses heißt. »Und immer sön hintär mir bleip!«, warnt er mit erhobenem Zeigefinger. »Wenn gipt Problem, du musst folgend Handzeisch mag ...«
»Ja ja«, unterbricht ihn Marius, »nothing will happened!«

Es ist ein wunderschöner, strahlender Karibiktag. Wir eiern mit fünf Stundenkilometern hinter Moses her, der ein viel schnelleres Boot hat als wir und die anderen, was aber nicht schlimm ist, denn wir können ihn wegen der guten Sicht ja gar nicht aus den Augen verlieren.
Und dann schlägt das Wetter um. Nicht schleichend und so, dass man reagieren könnte, nein. Von einer Sekunde auf die andere wird der Himmel schwarz, ein furchtbares Unwetter zieht auf, und irgendwelche Vögel kreischen im Tiefflug herum.
»Marius!«, schreie ich entsetzt, »wo ist Moses?«

Marius steht am Steuer und ruft: »Keine Ahnung, ich kann ihn auch nicht mehr sehen!«
Im nächsten Moment bricht ein Sturm los, wie ich ihn noch nicht erlebt habe. Wellen schlagen krachend gegen das Boot, und der Motor setzt aus. Wir treiben wie eine Nussschale auf dem Karibischen Meer herum. Ich fange laut an zu heulen. Niemand und nichts ist zu sehen, außer Wasser und Fluggetier, das die Augen so weit aufgerissen hat, dass man sie für Teller halten könnte.
Ich schließe mit meinem Leben ab. Bitte, bitte, nicht ertrinken. Lieber soll mir ein Baum auf den Kopf fallen oder ein Mast. Aber da das hier kein Segelboot und auch kein Wald ist, habe ich keine Chance. Ich krieche auf allen vieren zu Marius nach vorn, und der umarmt mich fest. »Ich hab Angst«, sage ich.
»Ich auch.« Marius zieht mich noch enger an sich. »Was auch passiert, wir bleiben zusammen, hörst du?«
Ich nicke. »Es wird schon alles gut gehen«, sage ich gespielt optimistisch, während sich das Boot wegen einer sehr großen Welle zur Seite neigt und mir die Gischt ins Gesicht schlägt. Der Wind dreht ununterbrochen von einer Richtung in die andere, es ist sinnlos, das Boot überhaupt noch lenken zu wollen. Dann kommt ein großer Brecher von hinten.
»Achtung!«, schreit Marius und zieht mich mit sich auf den Boden. Überall nur Wasser, Wasser, Wasser. »Das Boot kippt um!«
Ich kreische vor Angst. Wir werden ins Wasser katapultiert wie Streichhölzer. Ich gehe unter, komme aber relativ schnell wieder hoch. Da ist Marius. Er hat es irgendwie fertig gebracht, die Schwimmwesten, die sich direkt neben dem Steuer befanden, zu greifen, und hektisch versuche ich, mir eine anzuziehen, was mir auch irgendwann gelingt. Währenddessen treibt unser Motorboot in Schräglage einer hoffentlich besseren Zukunft entgegen, als wir sie vor uns haben.

»Gib mir deine Hand, Caro!« Das ist leichter gesagt als getan. Wenn diese Scheißwellen nicht wären. Hoffentlich gibt's hier keine Haie. Wir treiben Hand in Hand im Meer herum. Wäre doch Richard hier! Er würde eben rasch zum Boot kraulen, es schnell reparieren und uns dann hier abholen. Um uns dann, während wir an Bord klettern, zu erzählen, wie man die Elektrik von Motorbooten optimieren kann. Aber Richard ist in Watzelborn und nicht irgendwo zwischen Tobago und was weiß ich wo. Außerdem werde ich ihn sowieso nie wieder sehen! Da kommt eine neue Welle und kracht mir ins Gesicht. Ich schlucke so viel Wasser, dass ich ohnmächtig werde. Mein letzter Gedanke ist die Erinnerung an so ein Buch, in dem makabre Situationen beschrieben werden: Ein Mann bestellt einen Kranz für eine Beerdigung und schreibt auf einen Zettel für den Floristen, was der auf die Schleife schreiben soll. »Ruhe sanft auf beiden Seiten, und wenn noch Platz ist: Auf Wiedersehen.« Leider hat der Florist den geschriebenen Text komplett übernommen, und auf der Beerdigung schauten die Leute etwas komisch.

Und dann bin ich weg.

Ist das kratzig hier. Hat Marius wieder im Bett Brötchen gegessen oder Knäckebrot? Die Heizung hat er auch angelassen, hilf Himmel, ist das heiß. Wo issen die Wasserflasche? Hab Durst. Wie spät ist es? Wieso ist das so nass, wo es doch so heiß ist? Mal Augen aufmachen. Aaah! Augen wieder zumachen. Haben wir das Licht angelassen oder was? Wer ruft mich da? Issoleise. Wirdjetztlauter … Weiß auch nicht. Bin müde. Wo ist die Decke?
»Carolin. Carolin! CARO!!!« Nur noch fünf Minuten. Gleich, gleich steh ich auf. Jemand schüttelt mich und zwickt in meinen Arm.

»Menno. Lass das doch!«, sage ich wütend und mache die Augen nochmal auf.
»Na endlich«, sagt Marius erleichtert. »Ich dachte schon, du würdest überhaupt nicht mehr zu dir kommen.«
Verwirrt und durcheinander setze ich mich auf. Aua, das tut weh, wenn ich die Augen aufmache. Vor mir sitzt Marius. Er sitzt aber nicht auf unserem Bett, sondern an einem Sandstrand, den ich irrtümlicherweise für eine Matratze mit Knäckebrotkrümeln gehalten habe. Wo sind wir? »Wo sind wir?«, frage ich Marius.
Der zuckt mit den Schultern. »Keine Ahnung. Ich bin erst mal froh, dass wir überhaupt leben.«
Ich blicke mich um. Wir hocken auf einer Insel, vor uns Wasser, hinter uns Palmen und ein hoher Berg. Wo ist Tom Hanks? Wo ist Christian Fletcher? Wo die Bounty? Wo ist ÜBERHAUPT IRGENDJEMAND???
»Wir sind hier irgendwann angeschwemmt worden. Ein Glück, dass diese Insel kam. Du warst ja weggetreten, ich hatte große Probleme, dich überhaupt über Wasser zu halten«, sagt Marius. Er ist am Ende. Einen Schuh hat er auch verloren.
Erst mal aufstehen. Gute Güte, hab ich einen Durst. »Wie spät ist es?«, frage ich. Zum Glück ist Marius' Uhr wasserdicht, und zum Glück haben wir vor dem Urlaub neue Batterien reinmachen lassen.
»Halb vier«, antwortet mir Marius.
Ich wirble herum. »Unser Flug geht gleich! Wir müssen zurück!«
»Sag mal, Caro, kapierst du das nicht? Wir sind hier auf einer gottverlassenen Insel. Ich habe keine Ahnung, was aus den anderen geworden ist. Und ob uns jemand sucht. Und da sagst du, unser Flug geht!«
Also erst mal wieder setzen. »Natürlich suchen die uns«, sage ich böse. »Die MÜSSEN uns suchen. Die sind dazu verpflichtet.«

»Das mag ja alles sein.« Marius wird langsam sauer. Er betont einzelne Silben dann akzentuiert. »Die Frage ist nur, wie lange sie uns suchen und ob sie uns FINDEN!«
Da hat er Recht. Wir haben noch nicht mal unsere Handys dabei. Und selbst, wenn wir sie dabei hätten, was würden sie uns nützen? A) wären sie sowieso klatschnass, und B) ist hier garantiert nirgendwo Empfang. Es sei denn, ein Zitteraal schwimmt vorbei.

Langsam beginne ich, die Situation zu begreifen. Im Klartext heißt das, dass wir nichts, aber auch gar nichts tun können. Komischerweise habe ich keine Angst, sondern bin eher resigniert. Marius steht auf. »Zieh dir mal die nassen Sachen aus«, meint er, »sonst erkältest du dich noch.« Wie, bitte, soll man sich bei vierzig Grad erkälten? Aber folgsam, wie ich bin, entkleide ich mich und hänge meine Klamotten an eine Palme. Davon gibt es jedenfalls genug.
»Ich habe Durst«, meckere ich, »und Hunger auch.«
»Gut«, erwidert Marius, »dann gehen wir jetzt los und schauen mal, ob es hier irgendwo einen Bach oder irgendwie sonst Süßwasser gibt. Sonst müssen wir versuchen, eine Kokosnuss aufzukriegen.«
Zum Glück, zum Glück habe ich »Cast away« mit Tom Hanks gesehen, zum Glück. Deswegen weiß ich nämlich, dass man die vordere Spitze der Kokosnuss auf einem spitzen Stein aufschlagen muss, und der andere hält dann irgendwie die Hand drunter und fängt die Milch auf. Gut, dass ich eine solch begeisterte Spielfilmschauerin bin. Das rettet uns bestimmt das Leben. Bestimmt.

Die Insel ist größer, als wir dachten. Hinter dem einen Berg gibt es noch einen Berg, und überall stehen dicht gedrängt Riesenbäume. Ich latsche hinter Marius her und schaue die ganze Zeit auf den Boden. Weil ich nämlich nicht in eine überdimensionale Vogelspinne treten möchte oder auf einen Barrakuda, der am Strand angeschwemmt wurde, es mit letzter Kraft bis hierher geschafft hat und es als seine letzte gute Tat ansieht, mir meine Ferse abzubeißen.

Wir finden tatsächlich einen Bach, eher ein Rinnsal, und Marius spielt den Helden und kostet vor. Nie hat mir Wasser besser geschmeckt! Ich hänge über irgendwelchen Farnen und lasse es literweise in mich reinlaufen.

Außer bunten Vögeln, ich vermute, Papageien, scheint es keine Tiere auf der Insel zu geben. Und außer Bäumen und Farn auch nichts. Das kann ja ein heiteres Leben werden. Von was sollen wir uns ernähren? Wir können noch nicht mal was kochen. Wir können ja noch nicht mal Feuer machen. Doch, Moment, das hab ich in »Cast away« auch gesehen. Trockene Blätter und einen Holzstab so lange drehen, bis man ihn sich versehentlich in die Hand rammt, einfach so wahnsinnig wird oder tatsächlich Feuer entfacht. Außerdem: Film ist Film, und das hier ist Realität.

Aber ich habe so schrecklichen Hunger. »Was können wir denn hier essen?«, frage ich Marius.

Der rauft sich die Haare. »Ich würde ja jetzt gern mit dir da vorn um die Ecke gehen in das dort befindliche Restaurant, und dann hätte ich gern 'ne Affenbrotbaumsuppe und dann Hähnchenbrust mit Gemüse und leckere Sahnesoße, aber so wie es aussieht, können wir Sand und Palmenblätter essen, bis es uns zu den Ohren rauskommt!«, zischt er.

»Was kann ich denn dafür?« Ich bin beleidigt. »Du tust ja gerade so, als wäre es meine Schuld.«

»Natürlich ist es nicht deine Schuld, Caro«, sagt Marius beschwichtigend, »aber ich weiß echt nicht, was wir machen sol-

len. Hier ist ja nichts. Nichts. Ich bin froh, dass wir Wasser haben.«
Wir stiefeln weiter. Und finden tatsächlich Bananenstauden. Ich bin glücklich wie sonst was. Die Bananen sind kleiner als die, die wir kennen, und schmecken sehr zitronig. Aber lecker. Marius entdeckt eine Kokosnuss und kriegt sie tatsächlich auf. Also müssen wir erst mal nicht verhungern. Dann bauen wir uns eine Art Hütte, was mehrere Stunden in Anspruch nimmt, und ich bastle aus Palmenblättern Matratzen. Decken braucht man hier ja zum Glück nicht.
Ich heiße Carolin Schatz, bin 35 Jahre alt und lebe auf einer einsamen Insel.

Am nächsten Tag entwerfen wir nach einem enorm üppigen Frühstück (Bananen und Kokosnuss) einen Schlachtplan, den wir aber schon nach zehn Minuten fertig gestellt haben mit der Erkenntnis, dass wir gar keinen Schlachtplan entwerfen müssen, weil es keinen zu entwerfen gibt. Wir können nur hoffen, dass uns hier irgendjemand findet. Und das möglichst bald. Um mir die Zeit zu vertreiben, gehe ich schwimmen. (»Der Karibikurlaub war super, wir hatten eine Insel nur für uns und haben den ganzen Tag nur so rumgegammelt und den lieben Gott einen guten Mann sein lassen. Das würde dir auch mal gut tun.«) Marius versucht derweil, Feuer zu entfachen. Weil ich mir die unglücklichen Versuche nicht weiter anschauen kann, gehe ich nochmal schwimmen und dann nochmal und nochmal. Irgendwann kann ich kein Meer mehr sehen. Ich werde depressiv. Ich möchte nach Hause. Ich möchte in die Zivilisation. Ich möchte einen Kaffee. Ich will zu Gero und Richard und fernsehn.

Die Tage vergehen, ohne dass etwas passiert, Tage, in denen ich mir ernsthaft überlege, schon mal unsere Gräber mit der bloßen

Hand auszuheben, weil ich sonst leider nichts anderes zu tun habe. Marius bringt es zwar fertig, Feuer zu machen, bringt es aber leider nicht fertig, einen Fisch zu harpunieren. Und ich kann so was nicht. Dann doch lieber Bananen. Und Kokosnuss. Ich kann keine Kokosnüsse mehr sehen. Ich will ein Steak mit Kräuterbutter. Und ein Glas Weißwein. Und mal wieder ins Kino. Ob uns zu Hause schon alle vermissen? Wurde womöglich schon eine Traueranzeige geschaltet? Wenn ja, wie sieht die aus?

Watzelborn. Durch einen tragischen Schicksalsschlag wurden Carolin Schatz und Marius Waldenhagen von uns genommen. Wir sind in großer Trauer. Eure Freunde.

Oder: *Watzelborn. Wohnung zu vermieten. Haushaltsauflösung. Klamotten second-hand günstig abzugeben.*

Erschwerend kommt hinzu, dass wir uns permanent streiten. Marius meint, ich sei unordentlich und würde meine Klamotten nie zusammengelegt über die Palmen hängen.

»Es ist doch wirklich nicht zu viel verlangt, dass du ein bisschen Ordnung hältst«, meint er. »Wenn wir uns hier so gehen lassen, geben wir uns irgendwann auf!«

»Mir ist es egal, wie meine Klamotten liegen«, keife ich zurück. »Es stört nämlich niemanden. Weil niemand außer dir hier ist!«

»Dann könntest du es ja wohl aus Rücksicht auf mich tun«, mosert er böse. »MIR gefällt Unordnung nun mal nicht. Zu Hause bist du ja nicht anders. Ständig muss ich deine Gesichtscreme zumachen, weil du immer den Deckel daneben liegen lässt.«

Gott, so was Pingeliges. Wieso ist mir das eigentlich nicht früher aufgefallen? Ich frage mich, ob er eigentlich immer schon so war oder ob in Extremsituationen der wahre Charakter des Menschen zum Vorschein kommt.

Zum Schluss reden wir fast gar nicht mehr miteinander. Ich grübele darüber nach, ob er wirklich der Richtige für mich ist, höre aber nach ein paar Minuten damit auf, weil es müßig ist. Wenn wir hier nicht gefunden werden, erübrigt sich die Frage, ob er der Richtige für mich ist. Letztendlich ist Marius dann nämlich der Einzige für mich. Und das für immer.

5

Wir hören auf, die Tage zu zählen. Das einzig Gute ist, dass ich abnehme, weil ich wegen der Hitze keinen Hunger habe und ständig schwimme, weil ich ja sonst nichts zu tun habe. Was würde ich dafür geben, jetzt duschen zu können und Haare zu waschen. Nur wenn es regnet, kann man sich mal einigermaßen salzfrei fühlen. Ansonsten klebt das Salz auf der Haut, es juckt und ist einfach nur eklig. In den Bach traue ich mich nicht, wer weiß, was da drin schwimmt.

Am was weiß ich wie vielten Tag, es müssen mindestens zwei Wochen sein, höre ich plötzlich ein Geräusch. Ich sitze am Strand (wo sonst?) und versuche, wie ein Kleinkind eine Burg zu bauen. Marius ist im Wald unterwegs, um uns eventuell einen Papagei zum Mittagessen zu fangen. Ich kann das Geräusch nicht richtig orten und stehe auf. Und dann sehe ich draußen auf dem Meer einen weißen Punkt. Der Punkt kommt näher. Näher. Noch näher. Ich fange an zu schreien und zu winken und kann nur beten, dass, was immer das ist, mich zur Kenntnis nimmt und näher kommt. Das Objekt kommt tatsächlich näher, und ich erkenne schließlich, dass es sich um ein Boot handelt. Womöglich um unser gekentertes?

Kurze Zeit später stellt sich heraus, dass es ein Segelboot ist, das unter Motor fährt. Daher also das Geräusch. Ich könnte mich küssen für meinen guten Gehörsinn! Wobei ich Segelboote eigentlich hasse. Auf einer Pressereise hat mich mal ein Segelzeitschriftenredakteur, er hieß Roland Dunkel, tagelang verbal vor den anderen Teilnehmern niedergemetzelt. Wegen meines Gewichts, wegen meines Aussehens, wegen allem. Unter anderem behauptete er, ich hätte einen fetten Arsch und meine Zunge würde aussehen, als hätte eine Möwe draufgeschissen. Ich glaube, durch Roland Dunkel habe ich den letzten Rest an Selbstbewusstsein verloren. Wenn ich diesen Mann mal wieder sehe, werde ich ihn vierteilen. Langsam und genüsslich.

Das Boot kommt näher, und ich erkenne zwei Männer, die den Anker auswerfen, um dann mit einem Schlauchboot zu uns rüberzupaddeln. Ein älterer Mann mit weißen Haaren steigt zuerst aus und fragt mich verwirrt: »Was machen Sie denn hier? Diese Insel ist noch nicht mal in der Karte verzeichnet. Es kann aber sein, dass ich keine aktuelle Karte habe. Obwohl ich kartenmäßig immer auf dem neuesten Stand bin. Ich muss das mit der Karte nochmal überprüfen. Die Karten …«

Ich hole Luft, um zu antworten, komme aber nicht dazu. Mann zwei antwortet nämlich. »Vielleicht macht sie hier eine Nulldiät. Wäre ja nicht das Schlechteste.«
Ich schaue zu Mann Nummer zwei. Vor mir steht Roland Dunkel, der spöttisch grinst und mich von oben bis unten mustert. Da fällt mir auf, dass ich nichts, aber auch gar nichts anhabe. Warum nur immer ich, warum, warum, warum?
»Hallo, Herr Dunkel«, sage ich böse.
»Tach auch, Frau Schatz«, entgegnet Herr Dunkel. »Schön hier, nicht? Sie passen wirklich gut hierher. Das ist eine üppige Vegetation ringsherum!«
Mann Nummer eins schaut verwirrt von einem zum anderen. »Sie kennen sich?«, fragt er schließlich und rauft sich das Haar.
Ich nicke.
Herr Dunkel hebt die Hände. »Oh nein, oh nein, mein Täubchen! Ich *kenne* meine *Freunde*. Sie, Frau Schatz, nehme ich gezwungenermaßen wahr. Und ich würde es bevorzugen, wenn Sie sich ankleiden würden. Ich möchte ungern in dieser doch sonst sehr sehenswerten Landschaft dauernd die Augen zumachen müssen, weil sie sonst tränen.«

Gleich heule ich, gleich. Mann Nummer eins, der sich als Herr Löwenthal vorstellt, ist überfordert mit der Situation. Das kann man ja auch verstehen. Da springt eine nackte Frau auf einer unbewohnten Insel herum, die noch nicht mal auf einer Karte eingezeichnet ist, man fährt zu der Frau hin und stellt fest, dass sie und sein Mitsegler sich kennen und der Mitsegler nichts Besseres zu tun hat, als sie runterzuputzen.

Endlich finde ich Worte: »Sie können mich mal!«, quake ich Herrn Dunkel an.

Der hebt arrogant eine Augenbraue. »Nicht doch«, sagt er lächelnd, »das wäre ja Mumienschändung.« Das reicht. Ich gehe mit Fäusten auf Herrn Dunkel los, aber der hält einfach meine Hände fest und sagt: »Wieder fünfzig Kalorien verbraucht, oh yeah! Durch den Sand rennen ist gut gegen Krampfadern, wissen Sie? Aber bei manchen Frauen nützt eben gar nichts.«

Herr Löwenthal ruft »Jetzt ist aber Schluss«, und zerrt an Herrn Dunkel. Wir fallen alle in den Sand, und ich versuche, Herrn Dunkel ins Gemächt zu treten, treffe aber versehentlich Herrn Löwenthal, der dies mit einem entsetzten Aufheulen quittiert.

»Guten Tag«, sagt Marius. Ich stehe schnell auf. Herr Dunkel bleibt sitzen, Herr Löwenthal bleibt liegen, weil er nicht anders kann. »Ich wusste gar nicht, dass wir Besuch kriegen«, meint Marius sarkastisch. In seiner rechten Hand baumelt ein toter Ara.

»Guten Tag«, stöhnt Herr Löwenthal vom Boden aus.

»Ich habe ihm in die Eier getreten«, sage ich verschämt zu Marius.

Der schaut mich an, als hätte ich sie nicht mehr alle. »Natürlich, das hätte ich genauso gemacht«, sagt er zynisch. »Ich meine, wer es wagt, uns hier in unserem romantischen Idyll zu stören, kriegt eine rein. Super, Caro. Super.«

»Du weißt ja gar nicht, wie es war«, heule ich los. »Es ist wegen Herrn Dunkel.«
Marius blickt zu Herrn Dunkel. Der nickt, um dann aufzustehen und Marius die Hand zu schütteln. »Hallo«, sagt er freundlich. Hat er Drogen genommen, ohne dass ich es mitbekommen habe?
»Hallo«, sagt Marius nett zurück.
»Ihre Freundin macht es einem nicht leicht«, sagt Roland Dunkel. »Ich habe ihr angeboten, an Bord zu duschen und einen Kaffee zu trinken, aber sie hat gleich ziemlich aggressiv reagiert. Na ja …«, er schaut freundlich zu mir, »das ist vielleicht die Sonne. Jedenfalls sind Sie beide sehr herzlich eingeladen, an Bord zu kommen, und vielleicht können Sie mir auch erzählen, wie Sie hierher geraten sind. Ihre Freundin ist ja wohl ein wenig verwirrt.«

»Ja, das könnte sein«, antwortet ihm Marius. »Es war wohl alles ein bisschen viel für sie.«
»Ach«, sagt Herr Dunkel, »das wird schon wieder. Ich hege ja den Grundsatz: ›Frauen, kommt drauf an, was man draus macht.‹«
Warum kann ich nichts sagen? Warum habe ich keine Stimmbänder mehr? Warum lasse ich mich von diesem »Mein-Täubchen«-Seemann in Grund und Boden reden, ohne zu kontern? Ich rede doch sonst ohne Punkt und Komma. Aber bei Herrn Dunkel habe ich eine Wortfindungsschwäche.
Und weil ich nichts sagen kann, sage ich nichts und warte, bis Marius und Herr Dunkel Herrn Löwenthal vom Boden hochgehievt und ins Paddelboot bugsiert haben, um dann selbst dazuzusteigen. Herr Dunkel meint: »Hier ist nur Platz für drei Personen«, und paddelt mir davon. Marius kriegt das nicht mit, weil er sich um Herrn Löwenthal kümmert. Während Herr Dunkel zum Boot rudert, ruft er Marius laut zu: »Ihre Freundin ist ja sehr sportlich. Sie wollte lieber schwimmen!«

Ich muss also wie ein von Bord gefallener Hund hinter den anderen herschwimmen. Wenigstens habe ich eine gute Kondition. Ich schürfe mir ja auch nur das rechte Schienbein an einer Korallenbank auf. An dieser Stelle bin ich noch nie geschwommen. Die anderen sind natürlich lange vor mir an der »Fritschelino« (bekloppter Name für ein Boot, aber passt zu Herrn Dunkel), und ich sehe, dass Marius gleich mit Herrn Löwenthal unter Deck geht, um ihn medizinisch zu versorgen.
Endlich habe ich das Boot erreicht. Dass die Entfernungen immer viel weiter sind, als man annimmt. Ich bin bestimmt anderthalb Kilometer geschwommen. Jetzt suche ich die Leiter. Eben war sie noch da. Ich schwimme einmal ums Boot rum. Etwas klappert über mir, und als ich hochschaue, sehe ich Herrn Dunkel grinsen. In seiner Hand hält er die Leiter.
»Na, außer Puste?«, fragt mich Herr Dunkel. Ich bin so entkräftet, dass ich Wasser schlucke. Dieses Schwein. »Ich könnte Sie ja jetzt noch ein bisschen rumschwimmen lassen«, meint Mister I-am-the-world's-greatest-skipper, »aber ich will mal nicht so sein.«
Ich klettere an Bord. Immer noch unangezogen. Roland Dunkel macht keine Anstalten, mir zu helfen. Er dreht sich aber auch nicht weg, sondern beobachtet amüsiert meine unbeholfenen Versuche, über die Reling zu steigen. Ich rutsche zweimal ab, dann bin ich auf dem Schiff. Gott sei Dank, da liegt ein Bademantel.
Herr Dunkel setzt sich mir gegenüber hin und fängt an, in einer blöden Segelzeitschrift zu blättern.
»Wollen Sie eigentlich gar nicht wissen, warum wir auf dieser Insel waren?«, traue ich mich schließlich zu fragen.
Herr Dunkel antwortet nicht gleich. Erst zwei Minuten später blickt er auf. »Wenn mich irgendetwas interessiert, frage ich normalerweise nach«, sagt er. »In Ihrem Fall habe ich nicht

nachgefragt. Ihren Freund werde ich allerdings noch fragen. Sagen Sie, hat er eigentlich gute Augen?«
»Ja, sicher«, sage ich verwirrt.
»Komisch«, kontert Herr Dunkel. »Warum ist er dann mit Ihnen zusammen?«
Ich bin schon wieder sprachlos. »Was habe ich Ihnen eigentlich getan?«, bringe ich endlich heraus.
»Sie haben zwei Fehler, Frau Schatz!« Roland Dunkel setzt sich auf. »Der erste: Sie atmen. Der zweite: Sie tun nichts dagegen.«
Das ist zu viel für meine Nerven. Ich fange an, leise zu weinen, drehe mich aber dabei so, dass Roland Dunkel nichts davon mitbekommt.

Nach Ewigkeiten traue ich mich, mich unauffällig nach ihm umzuschauen. Seltsam: Er macht ein Gesicht, als täte es ihm Leid, was er da zu mir gesagt hat. Wie ein Schuljunge, der es bereut, seiner Klassenkameradin die Kakaoflasche weggenommen zu haben. Er sieht richtig schuldbewusst aus. Und eigentlich nicht schlecht.
Da kommen Marius und Herr Löwenthal an Deck. »Ich mixe uns jetzt erst mal ein paar Gin Tonic«, meint Herr Löwenthal, »und dann erzählen Sie mir in Ruhe Ihre Geschichte. So was habe ich ja auch noch nicht erlebt.«
Alkohol, herrlich.
»Sie trinken bestimmt auch gern gleich zwei Gin Tonic«, sagt Herr Dunkel leise zu mir, so leise, dass es die anderen natürlich nicht hören können. »Bei Menschen mit Alkoholproblemen sieht man das gleich an der Haut und an den gelblich wirkenden Augen.«
Schuldbewusst? Ich muss mich völlig geirrt haben. Warum kann kein Meeresungeheuer aus dem Wasser springen und diesen Menschen verschlingen? Oder zumindest ein bisschen würgen.

Aber nichts passiert.
Schließlich sitzen wir alle zusammen. »Jetzt schießen Sie mal los!« Herr Löwenthal ist sehr gespannt.
Marius will anfangen zu erzählen, unterbricht sich aber gleich wieder. »Das Wichtigste habe ich ja vergessen. Haben Sie ein Telefon an Bord?«
Herr Löwenthal springt auf. »Natürlich!«, ruft er. »Sie müssen ja Ihre Familie verständigen!«

Also gehen wir unter Deck, wo ein überdimensionales Satellitentelefon installiert ist. Nervös wähle ich Richards Nummer. Weiß auch nicht, warum ich ausgerechnet ihn zuerst anrufe und nicht meine Eltern, aber vielleicht habe ich keine Lust auf die krächzende, vorwurfsvolle Stimme meiner Mutter, die mich bloß fragen würde, wer in der Zeit, in der wir weg waren, die Blumen gegossen und den Briefkasten geleert hat. Das Freizeichen ertönt.
»Funke.«
»Ich bin es, Carolin«, sage ich glücklich.
Stille. Dann: »Was ist das für eine lange Nummer? Ich sehe sie auf dem Display.«
Also wirklich, Richard ist unverbesserlich. »Uns geht es gut! Wir waren Ewigkeiten auf einer einsamen Insel, weil wir mit einem Boot gekentert sind.«
»Wo denn?«, fragt Richard.
»Na, in der Karibik.«
»Wo habt ihr denn da geschlafen?«
Was soll das denn? »Auf dem Boden natürlich. Wir haben uns irgendwie eine Hütte gebaut.«
»Das nächste Mal müsst ihr Werkzeug mitnehmen«, sagt Richard, »wenn man eine Stichsäge, einen Hammer und ein kleines Beil dabei hat, kann eigentlich nichts passieren. Im

ABSOLUT-Baumarkt haben die so ein Survival-Set momentan im Sonderangebot. Wenn du magst, hole ich euch eins.«
Ich fasse es nicht. Ich melde mich nach überlanger Zeit bei ihm, und er hat nichts Besseres zu tun, als mich zu fragen, ob er mir Werkzeug aus dem Baumarkt holen kann. Aber er wäre nicht Richard, wenn er nicht so was fragen würde. Das Gespräch dauert nun schon fast fünf Minuten, und bestimmt sind Satellitengespräche sehr teuer. »Richard, sei so gut und sag allen Bescheid, ja?«

»Es sind sowieso gerade alle hier. Wir haben nämlich einen Krisenstab gebildet, und deine Mutter hat auch schon angerufen. Wir waren in eurer Wohnung, Gero hat ja den Schlüssel. Da war noch Aufschnitt im Kühlschrank, den haben wir weggeworfen, und die Joghurts habe ich mitgenommen, sie waren noch nicht abgelaufen. Eine Frau Möbius war auf dem Anrufbeantworter, sie hat gefragt, ob Marius ihr kurzfristig einen Termin nach seinem Urlaub geben kann, sie hat schreckliche Probleme mit ihrem Lebensgefährten, weil der immer alleine mit seinen Freunden nach Mallorca fahren will und nicht mit ihr. Pitbull hat sie zurückgerufen und zu ihr gesagt, dass sie ihn rausschmeißen soll, das hat sie wohl dann auch gemacht. Ich habe eure Post aufgemacht. Die Stadtwerke haben eine Abrechnung geschickt, ihr habt ein Guthaben von über vierzig Euro, die erstatten das auf Marius Konto. Und …«
»Richard, das wird zu teuer, also sag allen, dass es uns gut geht, wir kommen, sobald es möglich ist. Ich melde mich von einem normalen Telefon aus nochmal.«
»Warte«, ruft Richard, »Gero will dich sprechen! Und Pitbull!«
Der arme Herr Löwenthal. Ich werde ihm sagen, dass er uns die Rechnung von diesem unsinnigen Telefonat schicken soll, das geht ja in die Tausende. In Watzelborn geht ein Handgemenge los, weil jeder als Erster den Telefonhörer haben will. Schließlich

siegt Pitbull und Gero brüllt im Hintergrund: »FRECHHEIT! Caro ist meine Freundin!«
»Schatz«, krakeelt Pitbull los, »ist alles in Ordnung? Seid ihr entführt worden? Musst du sagen, dass es dir gut geht, weil dir jemand eine Knarre an den Kopf hält?« Pitbull rechnet immer mit dem Schlimmsten.
»Nein, es geht uns wirklich gut!«, beteuere ich.
»Du lügst! Gib mir den Entführer! Wir können verhandeln. Wir legen alle zusammen fürs Lösegeld!«
Ich winke entnervt Herrn Löwenthal heran, der Pitbull versichern soll, dass er kein Entführer ist. Herr Löwenthal übernimmt das Telefongespräch.
»Hallo«, sagt er.
Pitbull fängt sofort an, laut zu kreischen, so laut, dass ich jedes Wort verstehe, obwohl ich zwei Meter von Herrn Löwenthal entfernt stehe. »Sie sind also der Geiselnehmer! Sie haben die beiden entführt! Wenn Sie meinen Freunden was tun, sind Sie ein toter Mann! Ich werde Sie finden, egal wo Sie sind, und dann gnade Ihnen Gott! Ich werde die gesamte Unterwelt Deutschlands mobilisieren und die sizilianische dazu! Also überlegen Sie sich verdammt gut, was Sie tun!«
»Entschuldigen Sie«, wirft Herr Löwenthal ein, »aber ich habe nicht vor, jemanden zu entführen oder als Geisel zu nehmen. Wir haben Ihre Freunde lediglich von einer unbewohnten Insel gerettet. Danke, dass Sie darüber so glücklich sind«, sagt er trocken und reicht mir wieder den Hörer.
»Verdammt, Schatz, bin ich froh!« Pitbulls Stimme wird brüchig. »Wir sitzen hier und blasen Trübsal, und Mausi hat schon einen Text für eine Traueranzeige entworfen. Dein Sender ist in Aufruhr, ich glaube, die haben schon einen Nachruf gemacht, ich ruf da gleich mal an.«
»Ja, bitte«, sage ich, »und ruf alle anderen auch an.«

Dann kommt Gero an den Apparat. Er fängt sofort an zu heulen. »… solche Angst gehabt … alles so schlimm … nie wieder sehn … nicht geschlafen«, und so weiter. Ich kann ihn zum Glück trösten, und dann ENDLICH auflegen.

Dann will Herr Löwenthal aber wirklich alles wissen, und Marius erzählt bereitwillig. Herr Dunkel ist auch sehr interessiert. Nur mich ignoriert er. Wir fahren schließlich noch einmal mit dem Paddelboot auf die Insel zurück und holen unsere Sachen. Die Insel liegt im Übrigen ungefähr zweihundert Seemeilen von Tobago entfernt, keine normale Route führt auch nur in die Nähe von ihr, und insofern können wir uns glücklich schätzen, dass die »Fritschelino« uns aufgelesen hat, sonst hätte uns wahrscheinlich nie jemand gefunden. Gut, dass Herr Löwenthal ein Mantarochenfan ist und sie in diesen Gefilden suchte, weil die angeblich verstärkt hier vorkommen. Nie wieder werde ich über Mantafahrer lästern. Ehrlich nicht.

Nach dem zweiten Gin Tonic bin ich leicht angeschwipst. Marius bietet an, etwas zu essen zu machen, und Herr Löwenthal, der mit Vornamen Sylvester heißt, weil er am 31. 12. Geburtstag hat, ist begeistert und möchte mitkochen. Was zur Folge hat, dass ich schon wieder mit Herrn Dunkel allein an Deck bin. Meine Hilfe beim Kochen wurde kategorisch abgelehnt. »Du bleibst hier schön sitzen und ruhst dich aus«, sagte Marius bestimmt. Ach, er ist ja doch der Beste.

Herr Dunkel ruht sich auch aus. Eine Minute lang. »Sagen Sie, Frau Schatz, merken Sie den Alkohol schon?«, fragt er dann scheinheilig. Ich nicke, woraufhin er grinst. »Sie gehören garantiert zu den Frauen, die nach erhöhtem Alkoholgenuss freizügig und ausfallend werden«, sagt er, »die nichts dabei finden, einen peinlichen Striptease hinzulegen und sich wahllos küssen lassen.«

»Keine Angst, Herr Dunkel«, endlich finde ich Worte, »so betrunken kann man gar nicht sein, dass man sich von Ihnen küssen lassen könnte!«
»Habe ich mit einem Wort erwähnt, dass *ich* Sie küssen würde?«, fragt Herr Dunkel zurück. Dann guckt er schnell weg, als wäre es ihm peinlich.
Ich verstehe diesen Menschen nicht.

Nach dem Essen sitzen wir dann noch eine Weile zusammen. Herr Löwenthal erzählt uns, dass er eine Produktionsfirma für Talkshows hat. Er und Herr Dunkel kennen sich schon ganz lange, sie sind früher zusammen Regatta gesegelt, und einmal im Jahr machen sie gemeinsam eine Segelreise. Wie kann man freiwillig mit diesem Mann auf einen Törn gehen? Es gibt nur zwei Möglichkeiten: Entweder man möchte sich schon seit längerem umbringen, aber einem fehlt der letzte Anreiz. Oder man macht bei einer »Du traust dich nicht«-Show mit, in der man viel Geld dafür bekommt, Dinge zu tun, die man sonst nie tun würde, weil man sich so davor ekelt oder Angst hat.
Herr Löwenthal möchte dann mit uns Brüderschaft trinken, schließlich lernen sich Menschen auf diese Art und Weise nicht jeden Tag kennen. Marius stößt freudig mit ihm und Herrn Dunkel an, und dann stoßen Herr Dunkel und Herr Löwenthal mit mir an. Was ist mit Herrn Dunkel los? Er strahlt mich an, doch als die beiden anderen eine Seekarte suchen gehen, sagt er nur: »Wehe, Sie sagen einmal Roland zu mir.« Seine grünblauen Augen blitzen gefährlich. Langsam fürchte ich mich vor ihm. Wenn das so weitergeht, wird diese Rückfahrt ungefähr so enden wie bei »Kap der Angst« mit Robert de Niro und Nick Nolte. Herr Dunkel und Marius werden sich irgendwann mit Messern verletzen, und ich werde schreiend versuchen, sie auseinander zu bringen. Herr Löwenthal wird zu gar nichts mehr

fähig sein, weil er vor Aufregung einen Schlaganfall bekommen hat. Und weil wir versehentlich auf einen schlafenden Wal segeln, wird das Schiff sinken. Ich werde auf einer Tischplatte im Karibischen Meer treiben, und meine einzige Abwechslung wird sein, mit Mantarochen um die Wette zu schwimmen, um gegen Abend wieder auf meine Tischplatte zurückzuklettern. Und das alles für den Rest meines Lebens.
Herr Löwenthal fragt, was ich beruflich so mache, und ich erzähle ihm bereitwillig von meinem Radiojob. Roland Dunkels geflüstertes »Mich wundert es nicht, dass Sie beim Radio arbeiten, da kann man Sie wenigstens nicht sehen«, kann er nicht hören.

Später liege ich mit Marius in einer Koje. Habe endlich geduscht und meine Haare gewaschen (natürlich nicht ohne mich der Bemerkung Roland Dunkels auszusetzen, das Wasser sei knapp), ein herrliches Gefühl.
»Dieser Herr Dunkel ist ein entsetzlicher Mensch«, sage ich zu Marius. »Ich verstehe nicht, dass du dich auch noch die ganze Zeit mit ihm unterhalten hast!«
»Also Carolin, ich bitte dich!« Marius ist böse. »Ich weiß nicht, was du gegen ihn hast! Er ist freundlich, höflich und sehr zuvorkommend. Und wir können wirklich froh sein, dass die beiden uns gefunden haben!«
Ja, ja. Ich könnte jetzt erzählen, was Roland Dunkel mir alles zugezischt hat, aber er würde es mir nicht glauben, sondern wie immer sagen, dass ich hoffnungslos übertreibe. Also lasse ich es lieber bleiben. Hoffentlich dauert diese Rückfahrt nicht zu lange. Mit diesem Gedanken schlafe ich ein.

Mitten in der Nacht werde ich geweckt. Es ist Roland Dunkel, der mir eine Tausend-Watt-Lampe direkt ins Gesicht hält.

»Aufstehen! Wir müssen los, bevor der Wind wieder weniger wird!« Auch das noch. Da liege ich das erste Mal seit Wochen auf einer Matratze und nicht auf Palmenblättern, und dann so was. Marius wird natürlich ganz höflich geweckt. Ein leichtes, sanftes Schulterrütteln und die Worte »Kaffee ist schon fertig« hätten mir auch besser gefallen. Verschlafen ziehe ich mich an und klettere nach oben. Da ist schon ein hektisches Treiben im Gange. Der Anker muss eingeholt, das Segel gesetzt und das Boot gesteuert werden, alles Dinge, die unglaublich viel Spaß machen. Vor allen Dingen dann, wenn man es noch nie gemacht hat. Deswegen ist es auch nicht weiter verwunderlich, dass mir der Großbaum an den Hinterkopf knallt. Beim Versuch zu steuern fahre ich Schlangenlinien. Und wir haben wirklich starken Wind. Gute Güte, schaukelt das. Roland Dunkel findet das alles toll, er springt auf dem Boot herum, als wäre es sein Lebensinhalt. Ich könnte ihn eigentlich heimlich von Bord stoßen und dann gemütlich mit Marius und Herrn Löwenthal weiterfahren, während Herr Dunkel auf eine weitere kleine Insel krault, die nicht in der Karte verzeichnet ist, um dort sein Dasein zu fristen. Er kann ja dann den Strand beleidigen oder die Schildkröten, die irgendwann an Land kommen, um Eier zu legen.

Wir kommen gut voran, und Sylvester meint, dass wir morgen in Tobago sein könnten, wenn der Wind weiter mitspielt. Bitte, bitte, lieber Gott, lass den Wind weiter mitspielen.
Gegen Abend, Sylvester hat uns wieder Gin Tonics gemixt, fragt er uns, wie wir uns kennen gelernt haben und was für Freunde wir haben und, und, und. Ich erzähle die Geschichte von Marius und meinem Kennenlernen ja immer wieder gern. Ich dachte ja damals, er hätte was mit meiner besten Freundin Susanne und würde als Callboy arbeiten, aber zum Schluss stellte sich heraus,

dass ich alles falsch verstanden hatte. Marius verdreht die Augen und guckt total genervt. Was ist nur mit ihm los? Dann erzähle ich von Pitbull, von Gero und Tom und Frau Richard und unserem Swingerclub. Sylvester lauscht gebannt. »Du kennst ja witzige Leute«, meint er und beugt sich weiter nach vorn, »das bringt mich auf eine Idee für ein neues Talkshowformat!« Er meint, dass es eine Sendung geben müsste, wo nur Leute eingeladen sind, die anders als Normalos sind. Das könnten alle möglichen Leute sein, meint er, aber Transsexuelle und Fetischliebhaber wären ja schon mal nicht schlecht. Schrille Gestalten garantieren ja eine hohe Einschaltquote. Mir fällt spontan ein Titel ein, und ich sage: »Mach das doch und nenn die Sendung ›Anders, aber klar!‹«, wobei ich stolz auf die Doppeldeutigkeit dieses Namens bin. Es kann einerseits heißen, dass es völlig natürlich ist, dass man anders ist, und es kann wiederum heißen, dass man trotzdem noch klar im Kopf geblieben ist. Oder so. Sylvester ist begeistert und holt ein Notebook von irgendwo hervor und hackt Notizen herunter. »So machen wir das«, meint er dann. »Wann hast du Zeit, für ein Casting nach Berlin zu kommen?«

ICH? Ich habe einmal für unseren Sender im Fernsehen die Vorabendserie angesagt und mich dabei total verhaspelt und »Verbotene Liebe« umgetauft in »Verbetene Triebe« und so weiter. Es gab damals eine Menge Leute, die meinten, mich beschimpfen zu müssen. Seitdem mache ich einen großen Bogen um die Fernsehstudios. Roland Dunkel findet Sylvesters Idee offensichtlich großartig, denn er meint, wenn die Sendung »Anders, aber klar« heißen würde, könnte ich doch mein eigener Gast sein. Leider versteht keiner außer mir die Spitze, aber ich habe mich mittlerweile an seine Gemeinheiten gewöhnt und rege mich schon gar nicht mehr auf.

Natürlich rege ich mich auf.

»Ich glaube nicht, dass ich eine Talkshow moderieren kann«, sage ich zu Sylvester, »aber da gibt es bestimmt genügend andere, die das können.«
Sylvester aber lässt sich von seiner Idee nicht abbringen. »Wir machen auf jeden Fall das Casting. Ich bin mir sicher, dass du das gut hinkriegen wirst.« Er sagt das in diesem bestimmten »Ich bin hier der Boss«-Ton, der keinen Widerspruch duldet. Sylvester zwingt mich, ihm unsere Adresse und Telefonnummer zu geben, und gibt uns wiederum seine Karte. *Professor Dr. Sylvester Lorenz Löwenthal* steht darauf, und untendrunter *Vorstandsvorsitzender Strawberry Multi Media Entertainment.* Huch. *Strawberry* ist der Marktführer in der Branche. Oh nein, oh nein. Ich sehe mich schon in der allerersten Sendung dieser komischen Talkshow da sitzen, mein Herz rast, der Schweiß läuft mir in Strömen den Rücken runter, und ich begrüße mit zitternder Stimme meinen ersten Gast, einen Mann, der gern ein Säbelzahntiger sein will und sich die ganze Haut hat mit Fell besetzen lassen und meterlange Zähne hat, und der dann reinkommt und mir, anstatt mir die Hand zu schütteln, eine kratergroße Wunde in den Oberschenkel reißt. Oder er reißt sich die Säbelzahntigermaske vom Kopf und sagt: »Wo wir alle hier so schön zusammensitzen, erzähle ich Ihnen ein paar lustige Geschichten aus dem Leben von Frau Schatz«, und es stellt sich heraus, dass er ein Bekannter ist, der mich noch nie leiden konnte. Genau so wird es sein.
Sylvester jedenfalls findet die Idee aber ganz, ganz toll und hört überhaupt nicht auf zu sagen, wie toll und abermals toll er den Vorschlag findet. »So richtig toll, und wenn ich mal was toll finde, dann ist das schon toll. Toll!« Sylvester kriegt sich gar nicht mehr ein. Ist ja gut.
Marius ist auch begeistert. »Du machst noch richtig Karriere, Caro!«, sagt er.

Na, immer schön die Bälle flach halten. Noch hab ich ja nicht mal das Casting gemacht.

Die anderen gehen dann schlafen, aber ich bleibe noch einen Moment an Deck. Herrlich, wie der Mond auf dem Wasser glitzert.
Plötzlich steht Roland Dunkel neben mir. »Nachts ist das Meer am schönsten«, sagt er leise. »So ursprünglich und mit nichts zu vergleichen.«
Ich gehe in Deckung.
»Gute Nacht, und schlafen Sie gut«, sagt Roland Dunkel nur, und dann legt er tatsächlich kurz die Hand auf meine Schulter.

6

Der Wind meint es gut mit uns, und so erreichen wir Tobago tatsächlich am nächsten Nachmittag. Marius fährt zum Flughafen, klärt ab, wann wir einen Flug bekommen können, erkundigt sich nach unserem Gepäck und, und, und. Schließlich steht fest, dass wir am nächsten Mittag um 14 Uhr Richtung Heimat abbrausen. Nach Hawaii will keiner von uns beiden mehr. Wer weiß, was da noch passieren würde. Meine Verwandten in den Baumhäusern mit E-Mail-Anschluss haben dafür bestimmt vollstes Verständnis. Sylvester besteht darauf, abends noch mit uns essen zu gehen. Wir fahren in eine alte Zuckermühle, die zu einem wirklich schönen Restaurant umgebaut wurde, und ich schlage mir den Magen mit allem voll, was die Speisekarte zu bieten hat. Marius meckert über Flecken auf der Tischdecke. Kann er nicht einfach froh sein, dass wir gerettet sind und wieder an einem gedeckten Tisch sitzen können?
Zu vorgerückter Stunde verabschieden wir uns. Sylvester hebt drohend den Zeigefinger und meint, wenn ich mich nicht unverzüglich bei ihm melden würde nach meiner Heimkehr, dann wäre aber was los. Roland Dunkel sagt: »Na dann, bis bald.« Fühle mich irgendwie erleichtert, als er aus meinem Blickfeld verschwunden ist.

Bin ich froh, endlich im Flieger zu sitzen. Während des Fluges nölt Marius schon wieder herum: »Wie können die ein Flugzeug bloß so konstruieren, dass man seine Beine nicht ausstrecken kann! Wieso kommt das Essen so spät? Wieso kommt einfach irgendein Film und keiner, den man sich aussuchen kann?« Und so weiter und so fort. Er macht mich zunehmend aggressiv.
Als wir in Frankfurt mit unserem Gepäck aus der automati-

schen Tür treten, stehen alle da: Gero, Tom, Richard, Pitbull, Pinki, Mausi, Little Joe, Zladko und Bob. Sie werfen Nelken (ich hasse Nelken, das sind Beerdigungsblumen) und schwenken ein girlandenumranktes riesengroßes Schild, auf dem steht: »Und sie leben doch!!!« Die anderen Passagiere und Wartenden schauen etwas belämmert, aber das tut unserer Freude keinen Abbruch. Richard schwenkt freudestrahlend das Survival-Set aus dem Baumarkt, und Gero umarmt mich minutenlang. Selbst Pitbull ist gerührt; er schlägt mir erst auf die Schulter, dann schüttelt er mich, und dann drückt er mich so fest an sich, dass mir fast schlecht wird.

Wir sind wieder zu Hause, juhu, und fahren erst mal alle zu uns. Sie haben leckeres Essen vorbereitet, Gero hat einen Schlüssel von mir. Alles ist geputzt und blitzt. »Das hat Tom gemacht«, sagt Gero. Tom putzt für sein Leben gern und bröselt im Haushalt herum. Er hat sogar unseren Kühlschrank mit Essigwasser ausgewaschen, die Vorhänge in die Reinigung gebracht und wieder abgeholt und unseren schwächelnden Bonsai Max-Günther, genannt Günni, wieder auf Vordermann gekriegt, weiß der Geier wie.

Der Tisch ist wunderschön gedeckt, mit weißer Decke und Efeu und Kerzen, und nachdem Pitbull die erste Weinflasche entkorkt hat, müssen wir nochmal alles haarklein erzählen. »Habt ihr Kolibris gesehen?«, ist alles, was Little Joe interessiert. Ja, diese ganz winzigen Vögelchen, die würden vermehrt in Trinidad und Tobago vorkommen und Tausende von Flügelschlägen in der Sekunde oder Minute machen. Ich sage Little Joe, dass ich glaube, welche gesehen zu haben, woraufhin er mich ehrfürchtig anschaut. Ich habe fast das Gefühl, er beneidet uns um unseren Aufenthalt auf Niemandsland. Mausi kommentiert wie immer alles, was ich oder Marius sagen, mit »Ääääächt?«, »oh Mann, ej« oder »geilcool«. Sie wird sich auch nie ändern.

Ich berichte von unserer Rettung und lasse natürlich auch Roland Dunkel nicht aus. Gero ist fassungslos. Er kennt die Dunkel-Geschichte nämlich noch von damals und fragt sich seitdem täglich, wie Menschen so gemein sein können.
»Caro übertreibt«, meint Marius, »wir können froh sein, dass er uns gefunden hat.« Wenn der wüsste!
»Aber jetzt kommt das Beste!« Ich mache es spannend und stehe auf, um aufs Klo zu gehen.
»Hier geblieben, Schatz!«, ruft Pinki, »erst das Beste, dann Klo!«
Na gut. »Aaaalso ...«, beginne ich und alle verdrehen die Augen.
»So macht sie das immer«, Zladko ist sauer, »und wenn wir dann alle auf Knien vor ihr liegen, sagt sie, dass sie sich ein Eis gekauft oder sich jemand an der Kasse vorgedrängelt hat!« Er hat ja Recht.
Ich erzähle also von Sylvester Löwenthal und seiner Talkshow und meinem Casting und von Strawberry und überhaupt. Alle lauschen mit offenen Mündern. Little Joe ist fassungslos. »Den habe ich mal auf einem Rodeo persönlich kennen gelernt. Der hat eine Farm irgendwo in Texas mit ganz viel Vieh, und in seiner Freizeit macht er Rodeoreiten und hat auch klasse Pferde dafür und eine sehr nette Tochter, die ist deutsche Meisterin im Westernreiten. Und so jemanden kennst du jetzt?« Das ist natürlich das Wichtigste, dass Herr Löwenthal Rodeoreiter ist und eine Farm in Texas hat. Little Joe ist wirklich erstaunlich einfach zufrieden zu stellen. Wenn man Little Joe vor die Wahl stellen würde zwischen einer Million Euro in bar steuerfrei und einem gebrauchten Lasso, mit dem Ben Cartwright auf der Shiloh Ranch (oder war das die Ponderosa?) Fohlen gefangen hat, ich weiß, wie er sich entscheiden würde.
»Jedenfalls ruf ich da morgen an und mache einen Castingtermin aus. Was sagt ihr dazu?«
»Na, wenn das mal was für dich ist, Schatz ...«, Pitbull ist skep-

tisch. »Du bist eh so promisüchtig mit deinen ganzen Galas und Bunten und Prinzessinnen und überhaupt: nicht, dass du uns dann abhebst.«
»ICH?« Böse blitze ich Pitbull an. »Du müsstest mich eigentlich gut genug kennen!«
»Eben!«, sagt Pitbull bestimmt. »Und weil ich dich gut kenne, habe ich ein komisches Gefühl. Aber mach erst mal das Casting, dann sehen wir weiter.«

»Das ist aber nett, dass du mir gestattest, das Casting zu machen«, also wirklich, »danke sehr!«, sage ich sarkastisch.
Pitbull zuckt mit den Schultern. »Ich sag eben, was ich denke, wenn es dir nicht passt, dann halt dir die Ohren zu.« Jetzt ist er beleidigt. Ich sag es ja immer, raue Schale, weicher Kern.
Marius sagt: »Du wirst dann bestimmt ganz berühmt und lernst ganz viele tolle Leute kennen, und dann trennst du dich für irgendeinen Fuzzi von mir!«
»Ich würde mich nie von dir trennen«, sage ich, »und ich werde mich auch nicht verändern.« Ich hebe mein Glas. »Das verspreche ich hoch und heilig!«
»Hört, hört!«, ruft Bob und wir stoßen alle an.
»Wenn du dann George Clooney zu Gast hast, nimmst du mich dann geilcool ääääächt mit?«, fragt Mausi bewundernd. Ich erkläre, dass es nicht um Promis an sich geht, sondern um Menschen, die anders als andere sind. »George Clooney ist geilcool anders«, meint Mausi, »der sieht so toooooll aus. Und er kann super Fische fangen.« Ach so, sie hat »Der Sturm« gesehen. Mausi denkt immer, dass Schauspieler genau so sind wie in den Filmen, in denen sie mitspielen. Wenn George Clooney allerdings so wäre wie in »Der Sturm«, wäre er mittlerweile tot.

Das Essen ist wirklich lecker. Tom und Gero haben gekocht und sich mächtig ins Zeug gelegt, und so mästen wir uns mit Filet in

Rahmsoße und Basmatireis »Ying und Yang« und allem anderen Möglichen. »Das haben wir in der Volkshochschule gelernt«, berichtet Gero stolz. Ach ja, der meditative Kochkurs.
Auch von Richard gibt es Neuigkeiten: »Mein Operationstermin ist übernächste Woche«, erzählt er stolz. »Dann heiße ich Felizitas! Wie findet ihr den Namen?«
Na ja, »Felizitas Funke« hört sich an wie eine Figur aus einem Disney-Film. Aber wenn Richard so heißen will, bitte.
Pitbull klopft an sein Glas. »Mal alle herhören!« Huch, was kommt denn jetzt? »Ich mach es kurz ...« Nein, Pitbull, nein. Sag jetzt nicht, dass du und Margot heiraten wollen. »Margot und ich werden heiraten«, verkündet Pitbull mit stolzgeschwellter Brust, »und ihr seid alle herzlich eingeladen. Caro, möchtest du meine Trauzeugin sein?«
Auch das noch. »Äh, äh ...«, stammle ich. Wie kann er dieses Mannsweib heiraten wollen? Ich kann Margot nicht ausstehen, schon allein deshalb, weil die ganze Kirche bei der Trauung mit Fußabtretern ausgelegt sein wird. Alle blicken mich erwartungsvoll an, und ich quäle mich zu einem Lächeln und sage betont freudig: »Aber natürlich bin ich deine Trauzeugin, Pitbull. Wann ist die Hochzeit denn?«
»In drei Wochen«, erzählt Pitbull aufgeregt, »wir wollen keine Zeit mehr verstreichen lassen, weil wir wissen, dass wir füreinander bestimmt sind!«
Tom mischt sich ein: »Wenn ihr das wisst, warum dann diese Eile?«
»Margot will das so, und warum sollte ich ihr den Gefallen nicht tun?«, versucht Pitbull zu erklären. »Ob wir jetzt heiraten oder in einem Jahr, tut doch nichts zur Sache!« Mir kommt das alles komisch vor, aber bitte. »Carolin, Margot lässt fragen, ob du mit ihr das Brautkleid aussuchen gehst?«
Kann sie nicht Richard mitnehmen? Das wird ja immer besser.

»Natürlich!«, heuchle ich. »Gerrrn!« Ich sehe mich schon mit dieser Walküre über die Frankfurter Zeil laufen und mich dafür schämen, dass sie dauernd brüllt: »Hier lang, Alte!« Wie wohl der Sex mit Margot ist? Ich glaube nicht, dass Pitbull bei ihr im Bett irgendwas zu sagen hat. Wahrscheinlich kommt sie nach Hause und brüllt: »Heda, Hosen runter und rein das Ding, aber zack, zack!« Und wenn Pitbull versagt, was ich persönlich angesichts dieser unerotischen Frau nicht weiter verwunderlich fände, geht sie auf die Straße und brüllt: »Nachbarn, mal hergehört, mein Oller bringt's nicht mehr in der Kiste!« Und Pitbull wird von allen Leuten am nächsten Tag mitleidig angelächelt. Oder man überreicht ihm gruppendynamisch, aber auf den Boden blickend, eine Viagra-Pille. Aber Pitbull ist so verliebt, dass einem schlecht werden könnte. Er meint, mit Margot habe er den Fang seines Lebens gemacht.

Wir schauen dann alle zusammen »Wer wird Millionär?«.
»Weißt du noch, Caro?«, fragt mich Zladko grinsend.
Oh Gott, ich habe mich einmal so blamiert. Ein Kollege von uns hatte mich als Telefonjoker angegeben. Als die Sendung dann lief, hatte ich das natürlich längst vergessen. Ich glaube, ich hatte an dem Abend, an dem das Telefon klingelte, gerade mal wieder Liebeskummer und bin mit den Worten »Wer immer das ist, mach schnell« drangegangen. Als Günther Jauch dann sagte: »Hier ist Günther Jauch«, habe ich gesagt: »Ja, klar. Und hier ist Mister Spock von der Enterprise« oder so was. Mein Kollege Rudolf war sehr verzweifelt, und als er mir endlich erklärt hatte, wo er ist und dass das keine Verarsche ist, war es mir natürlich sehr unangenehm und ich habe mich minutenlang entschuldigt, bis Günther Jauch mir entnervt ins Wort fiel: »Es ist ja gut jetzt, Frau Schatz, können wir jetzt die Frage stellen, wir haben die Sendezeit sowieso schon überzogen!«

Die Frage habe ich dann auch noch falsch beantwortet, es ging irgendwie um Sissi und Franz Josef. Ich habe aber auch nur deswegen falsch geantwortet, weil es, während Rudolf die Frage stellte, an der Tür klingelte und eine Nachbarin sich darüber beschwert hat, dass ich die Werbung immer in meinem Briefkasten stecken lasse und der schon überquillt. Ich habe das Publikum im Hintergrund laut aufheulen hören. Rudolf, der mir vertraut, hat trotzdem meine Antwort genommen, und dann stellte sich nicht nur raus, dass sie falsch war, sondern dass es die Millionenfrage war. Rudolf macht mich heute noch verantwortlich dafür. Ich hatte ein solch schlechtes Gewissen, dass ich ihm einen Wochenendeinkauf bezahlt habe.

Plötzlich steht Mausi auf. »Ich muss euch auch was sagen, äääacht«, schwabbelt sie los. Ihre überdimensional langen Fingernägel berühren fast den Boden.
»Na los«, sage ich.
»Aaaalso, aaaalso, ich bin … ich bin … SCHWAAAAN-GÄÄÄÄÄRR!!«
Gute Güte. Das sind ja eine Menge Neuigkeiten für einen Abend.
»Herzlichen Glückwunsch«, sagen wir alle, und »wann ist denn der Termin?« Nur Little Joe sitzt da mit offenem Mund und sagt kein Wort. Ich stoße ihn an. »Freust du dich denn nicht?«
Little Joe antwortet mir nicht, sondern steht auf. »Ich brauch erst mal 'nen Schnaps«, meint er und geht mit zittrigen Knien Richtung Schrank. Na, ich kann ihn verstehen, das muss man ja auch erst mal verkraften, dass man Vater wird! Ein Babylein in unserer Großfamilie. Ach Gottchen.
Mausis Redefluss ist nicht zu stoppen, sie erzählt, dass sie das Kind, wenn es ein Mädchen wird, Mireille nennen will (sie spricht den Namen so aus, wie er geschrieben wird) und wenn

es ein Junge wird, Leibold. Leibold? Ja, so hieß mal ein Lehrer von ihr in der Grundschule, der hat sie immer fünf Minuten früher aus dem Unterricht gehen lassen, weil sie ihren Bus sonst verpasst hätte, und nun will sie sich quasi mit der Namensgebung bei ihm bedanken. Ich werfe ein, dass es sich bei Leibold mit hundertprozentiger Sicherheit um einen Nachnamen handelt, woraufhin sie mich anglotzt und sagt: »Oh Mann ej, dann nenn ich ihn eben geilcool Westernhagen, den mag ich auch ääächt.« Ich gebe es dann auf.

Little Joe hat Kreislaufprobleme, er stützt sich an unserem Wohnzimmertisch ab. »Soll ich dir ein Glas Wasser holen?«, fragt Marius besorgt. Aber Little Joe schüttelt den Kopf und setzt daraufhin die Schnapsflasche (Himbeergeist, 58 % Alkohol) an, um sie halb leer zu trinken. Jetzt übertreibt er aber wirklich. »Also sag mal, freust du dich denn gar nicht?«, frage ich ihn. Little Joe schnaubt wie ein Hengst, der gleich ausschlagen wird.

»Jaaaa Mann ej, freu dich doch mal extreeem mit mir. Die andern machen das doch megamäßig aaauuuch«, jammert Mausi vorwurfsvoll.

Das Nächste, was ich höre, ist ein Schrei, der nichts Menschliches mehr an sich hat. Entsetzt renne ich zu Marius und verstecke mich hinter seinem Rücken. Little Joe steht in der Mitte des Raumes und brüllt. Gleich werden meine alten Weingläser in tausend Scherben zerspringen, gleich. Dann geht er zwei Schritte in unsere Richtung. Wir weichen mit Todesangst zurück; Little Joe sieht aus wie King Kong, der die weiße Frau sucht. »Du bist also schwanger!«, schreit er Mausi an.

»Ja Mann ej, ja!«, antwortet sie.

»Und könntest ...!!!«, Luftholen. »Und könntest du mir dann bitte auch sagen, VON WEM???«

Ach du Scheiße. Jetzt geht's los, jetzt geht's los …
Mausi heult laut auf. »Na, von dir, ej, was glaubst du denn?«
»Das ist ja eine Unterstellung!«, meint Zladko, und Bob nickt.
Marius gibt den beiden mit einer Handbewegung zu verstehen, dass es im Augenblick ratsamer ist, einfach zu schweigen.
»VON MIR! VON MIR! VON MIR!!! HA! DASS ICH NICHT LACHE!!! SOLL ICH DIR WAS SAGEN? SOLL ICH EUCH ALLEN WAS SAGEN???« Einstimmiges Nicken. (Was hätten wir sonst tun sollen? Wir hätten es nicht überlebt.) Little Joe holt wieder Luft. »DANN SAG ICH ES! ICH KANN KEINE KINDER ZEUGEN! ICH BIN ZEUGUNGSUNFÄHIG!!! NOCH IRGENDWELCHE FRAGEN???«
Mausi schielt jetzt so, dass nur noch das Weiße in ihren Augen zu sehen ist. »Was sagst du jetzt? WAS?«, fährt Little Joe sie an.
Mausi stampft mit dem Fuß auf. »Sag mal, spinnst du oder was? Wieso hab ich denn dann die ganze Zeit die Pille genommen?«
Little Joe antwortet darauf nichts, sondern nimmt die Schnapsflasche und schleudert sie gegen unsere Vitrine. Alles auf der rechten Seite ist dann kaputt. Ist ja nicht schlimm. Es befand sich unter anderem nur ein roter Weinbecher, ein Geschenk des Zaren von Russland an Kaiser Wilhelm II., darin. Kann man ja nachkaufen bei Karstadt.

Und dann fällt Little Joe einfach der Länge nach hin.
Wie auf Kommando bewegen wir uns plötzlich wieder alle und wuseln durch die Gegend. Gero wird panisch. »Wir brauchen einen Arzt, schnell, einen Arzt!«
»Unfug«, sagt Marius. »Das ist nur ein Kreislaufkollaps. Das kriegen wir auch so hin.« Er versorgt Little Joe.
Ich gehe zu Mausi mit den weißen Augen. »Sag mal, stimmt das?«, frage ich neugierig. »Bist du von jemand anderem schwanger?«

Mausi schüttelt den Kopf. »Nein, ganz sicher echt gar nicht!« Endlich kommt ihre Iris mitsamt Pupillen wieder zum Vorschein.
»Aber wenn Little Joe doch zeugungsunfähig ist, wie soll das denn gehen?«, hake ich nach. Mausi zuckt mit den Schultern. Sie steht ein wenig unter Schock.
Endlich kommt Little Joe wieder zu Bewusstsein. Hasserfüllt blickt er Mausi an, zieht den Freundschaftsring aus, den die beiden sich gekauft haben, und knallt ihn vor sie auf den Tisch. »Das war's!«, sagt er böse zu Mausi, und zu uns: »Euch einen schönen Abend!« Spricht's und verlässt türenschlagend die Wohnung.

Also wirklich. Kaum sind wir zu Hause, muss schon wieder was passieren. Typisch, typisch, typisch.
Mausi behauptet weiterhin steif und fest, dass Little Joe der Vater ihres ungeborenen Kindes ist, und bleibt so stur, dass sie irgendwann gar nichts mehr sagt. Bitte. Bitte.

Der Abend ist ziemlich verdorben, und deswegen gehen die anderen bald. Mausi fragt, ob sie bei uns schlafen kann, und ich sage natürlich nicht nein. Sie möchte am nächsten Tag Little Joe anrufen und ihm schwören, dass das Kind von ihm ist. Vielleicht wäre es sinnvoller, einen Vaterschaftstest zu machen.
»Es ist wirklich nicht zu fassen«, sagt Marius, als wir endlich ins Bett kommen. »Seitdem ich mit dir zusammen bin, habe ich mehr erlebt als in den 37 Jahren davor. Ich bin ja mal gespannt, wie das weitergeht.«
Ich bin nicht weniger gespannt, denn morgen rufe ich ja bei Sylvester an wegen des Castings. Ich bin froh, dass es wenigstens mir gut geht, dass ich glücklich bin und dass ich Marius habe. Zufrieden drehe ich mich auf die Seite, als Marius davon anfängt, dass wir uns Energiesparlampen anschaffen müssen, weil

das Strom spart. Wahrscheinlich müssen wir demnächst auch unsere Waschmaschine verkaufen, und ich muss die Wäsche in einem Trog mit der Hand waschen, um sie dann auf einer Wiese trocknen zu lassen. Ich tue so, als wäre ich schon eingeschlafen.

Mausi ist schon gegangen, als wir am nächsten Morgen aufstehen. In der Küche liegt ein Zettel, auf dem sie sich bedankt, sie will sich später melden oder abends vom Club aus, da hat sie heute Dienst.

Ich sitze in meinem Schlafi im Wohnzimmer, habe eine Tasse Kaffee vor mir und wähle die Nummer von Sylvester Löwenthal in Berlin.

»Sdroberry Enterteeenment, ick bin die Fro Schneider, wat jibt ed?« Ich erkläre, wer ich bin, woraufhin Frau Schneider sofort losschreit, dass sie sich freut, mich kennen zu lernen, und der Herr Löwenthal hätte ja so viel erzählt und auf einer einsamen Insel und Bananen und zum Glück gab es Süßwasser und der Tritt in den Unterleib und kaputtes Motorboot und Talkshow und Casting und das wird ein Hit. »Dat hab ick im Uriiin, wissen Se. Ick bin nu schon so lange hier, wa, da sieht man viele kommen und gehen, abba unser Scheff hat 'nen guten Riecha, wa? Abba bevor wer 'nen Termin machen, da stell ich Se doch erst ma zun Scheff durch, wa.«

»CAROLIN!!! MEINE BESTE!« Sylvester brüllt so laut, als säße ich in Singapur und es gäbe noch keine Telefone. »Es ist alles in der Mache! Ich habe sofort nach meiner Ankunft hier meine Mitarbeiter beauftragt, ein Konzept zu erstellen. Und weißt du, was vor mir liegt? Das fertige Konzept! Das ist ein Konzept, kann ich dir sagen. Ausgefeilt bis ins kleinste Detail, das Konzept, wie maßgeschneidert für dich, das Konzept!« Daran werde ich mich wohl gewöhnen müssen, dass Sylvester Löwenthal in ein paar Sätzen mehrmals das wichtigste Wort wiederholt.

»Und, Carolin, gib Acht! Du musst unbedingt noch diese Woche zum Casting nach Berlin kommen, dann gehen wir essen und besprechen alles Geschäftliche, und dann machen wir Probeaufnahmen, davor gehst du in die Maske. Und wenn du fertig mit der Maske bist, schau ich mir die Maske an, eventuell musst du dann nochmal in die Maske, aber eigentlich sind meine Mitarbeiter in der Maske alle total professionell, also kann mit der Maske eigentlich gar nichts schief gehen, es sei denn, du selbst bist unzufrieden mit der Maske, das kannst du dann ruhig sagen, dann gehst du so oft in die Maske, bis alle zufrieden sind mit der Maske!«

Ich könnte den Hörer eigentlich zur Seite legen und einkaufen gehen, Sylvester würde es noch nicht mal merken, er redet ohne Punkt und Komma. Jedenfalls freut er sich riesig, mich wiederzusehen, und ob Marius auch mitkäme, der hätte sich ja so nett um ihn gekümmert auf dem Boot, das war doch lustig auf dem Boot, oder? Und was haben wir schön gegessen und Gin Tonic getrunken auf dem Boot, und was war das doch für ein Glück, dass er und Roland (AAAAARGH!!!) mit dem Boot Rochen gesucht haben und dann mit dem anderen Boot zu uns rübergefahren sind, um uns aufs größere Boot zu holen, ein schönes Boot, das musst du zugeben, Carolin, also gegen Bénétau aus Frankreich kann man nichts sagen, die bauen Super-Boote. Gleich wird mir schwindlig. Alles dreht sich schon. Das ist der Kreislauf. Ich hab ja manchmal Probleme mit dem Kreislauf, der macht mit mir, was er will, der Kreislauf, da helfen auch keine Tabletten bei dem Kreislauf, und alle anderen sagen auch, ich sollte mal kürzer treten wegen dem Kreislauf, und mit dem Kreislauf solle man nicht spaßen, der Körper holt sich irgendwann sein Recht, das merkt man dann am Kreislauf.
Nach ewig langer Zeit, ich glaube, mittlerweile ist es Herbst geworden, sagt Sylvester endlich, dass er mich jetzt wieder mit

Frau Schneider wegen der Terminabsprache verbindet. Ich bin ihm fast so dankbar wie über meine Rettung von der einsamen Insel.
Frau Schneider ist jetzt zum Glück ziemlich kurz angebunden, weil sie gleich »zu Tisch« geht. Ich mache einen Termin für Freitag klar. »Ick habs mir notiiiert, wa? Dann lernen wer uns ja kennen. Ick mach Ihnen nen Kaffee, da bleebt der Löffel drin stecken, wa?«
Ich bedanke mich und kann dann endlich auflegen.
»Und?«, Marius steht an der Wohnzimmertür.
»Alles klar«, sage ich. Uff, auf was hab ich mich da bloß eingelassen? Aber wenn das Konzept stimmt und die Maske, und mit dem Boot alles klar ist, kann ja nichts mehr schief gehen. Marius jedenfalls will mit nach Berlin kommen. Wir wollen noch einen Freund von ihm besuchen und dort übernachten. Da ich erst am Montag wieder arbeiten muss, passt das ja alles wunderbar. Fein, fein!

Den Rest des Tages verbringe ich mit dem Waschen unserer Sachen (in der Waschmaschine). Ich bin so froh, dass bei unserem Schiffbruch die Portemonnaies nicht weggekommen sind. Es gibt nichts Nervigeres, als Ausweise und alle möglichen anderen Unterlagen neu zu beschaffen.
Später ruft Mausi an und ist völlig aufgelöst. Little Joe ist nämlich spurlos verschwunden. »Nicht, dass er sich extreeem was antut«, heult sie. »Dann werd ich ääächt in meim Leben nich mehr froh!«
Marius verspricht, ihn zu suchen. Wir würden uns dann später melden.
Kurze Zeit später klingelt es an der Tür, und ein verwahrlost aussehender Little Joe steht vor uns. Er hätte die ganze Nacht in einer Kneipe zugebracht und sich besoffen, meint er, das wäre

seine Lebensliebe, die da jetzt kaputtgegangen ist. Nach Hause will er auch nicht, da fällt ihm die Decke auf den Kopf. Ich koche also nochmal frischen Kaffee. »Wie konnte sie mir das nur antun?«, jammert Little Joe. Ich weiß auch nicht, was ich darauf antworten soll. Jedenfalls kann ich ihm auch nicht wirklich helfen. Ich muss Mausi später nochmal in die Mangel nehmen.
Es klingelt schon wieder an der Tür. Es ist eine verheulte Mausi, die, als sie Little Joe sieht, noch mehr heult, woraufhin Little Joe ebenfalls anfängt zu heulen. Unsere Nachbarn denken bestimmt, wir hätten uns zwei Kojoten zugelegt. »Ich muss was sagen«, greint Mausi. »Ich bin gar nicht schwanger.« Allmächtiger. »Ich habe vor einer Stunde meine Tage gekriegt.« Also, Mausi kann man wirklich manchmal einfach nur schütteln.

»Wieso dachtest du denn überhaupt, dass du schwanger bist?«, frage ich.
»Na ja, ich hab es nur vermutet, und dann war ich mir sicher.« Mausi stürmt zu Little Joe und wirft sich in seine Arme, und beide heulen noch mehr. Das ist ja zum Wahnsinnigwerden hier. Endlich gehen die beiden vereint nach Hause. Und ich kann weiter Wäsche waschen.

7

Freitag. Der große Casting-Tag. Wir fahren mit dem ICE morgens los und sind gegen 12 Uhr in Berlin. Ein Fahrer von Strawberry Entertainment holt uns ab. Sylvester erwartet uns schon freudig. »Caaaaaroooolliiiin, Maaaaaariiiiuuuuuus, ist das eine Freude! Wenn das keine Freude ist, dann weiß ich nicht, was eine Freude sein soll. Ich hoffe doch sehr, dass ihr die Freude mit mir teilt! Freude ist doch etwas Herr-lich-es!« Warum ist mir auf dem Boot, dem Boot, dem Boot eigentlich nicht aufgefallen, dass er so redet?
Wir gehen mit einem Menschen, der das Konzept mit erstellt hat, schick essen, und Sylvester wird nicht müde, uns mitzuteilen, wie sehr er sich freut. Dann geht es ums »Geschäftliche«, und er holt einen Stapel Papiere aus seiner Tasche. Aus dem Stapel zieht er das Konzept, das ich mir durchlesen soll. Hört sich alles erst mal gut an: Wie besprochen, heißt die Sendung »Anders, aber klar!«. Eine Stunde Sendezeit am Tag von Montag bis Freitag, sechs Gäste zu verschiedenen »Anders«-Themen. Vorschläge der Redaktion: z. B. Herr Mustermann, der in einem Haus ohne fließend Wasser und Strom lebt, ein Ehepaar, das erklärt, wie man es schaffen kann, dreißig Jahre nicht miteinander zu sprechen, ein arabischer Ölscheich, der vierzig Frauen hat, eine der Frauen des arabischen Ölscheichs, dann eine Frau, die ohne Geld lebt und so weiter. Eine andere Gästekategorie: Nymphomaninnen, Transvestiten, Fetischisten aller Art und und und oder oder oder. »Da bietet sich ein breites Spektrum an Möglichkeiten, wir müssen die ganze Bandbreite durchackern«, das ist der Redakteur, der jetzt spricht. Er sieht aus wie ein »Kreativer« aus einer Werbeagentur. Sein schwarzer Anzug ist ihm vier Nummern zu groß, er trägt dazu auch noch ein schwarzes

Hemd und eine anthrazitfarbene Krawatte mit Golfbällen und -schlägern drauf. Und er hat einen Karl-Lagerfeld-Zopf. Furchtbar. Er ist aber ganz nett und meint, wir sollten uns am besten duzen. Er hieße Felix. Der Glückliche.
Der Ablauf soll so sein, erklärt Felix, dass die Gäste nacheinander drankommen und dann nebeneinander auf Stühlen Platz nehmen. Geplant ist auch die Beteiligung von Experten und Psychologen.
Na, das ist ja mal ein *ganz* neues Konzept für eine Talkshow. »So was hält den Zuschauer am Apparat«, Felix kennt sich aus. Wir würden das aber dann gleich, nachdem ich in der Maske war, mal im OFF ausprobieren.

Sylvester nickt bei allem, was Felix sagt, und meint, wir müssten jetzt aber auch gleich mal los. Ich soll ja noch in die Maske, Maske, Maske.

Sylvester zahlt, und wir fahren zurück zu Strawberry. Das ist ein Riesenkomplex, im Erdgeschoss befinden sich die Aufzeichnungsstudios. Huch, sind das viele große Lampen. Eine Schar von Mitarbeitern kommt uns entgegen. »Das ist das Team«, sagt Sylvester und stellt uns vor. »Das ist Frau Schatz, meine Entdeckung des Jahres!« Wie peinlich. Aber alle sind sehr nett und motiviert. Sylvester gibt mir schon mal mein Manuskript in die Hand.
Dann muss ich aber erst mal in die Maske. Eine dralle Maskenbildnerin, die sich als Hilde vorstellt, macht mir ein Band ins Haar und reinigt mir die Gesichtshaut. Dann kleistert sie mich von oben bis unten mit Theaterschminke voll und pudert das Ganze zum Schluss noch ab. Meine Haut fängt sofort an zu jucken. Ich habe noch nie, noch nie Schminke vertragen. Hilde wickelt meine Haare auf Heißwickler und fängt dann an, mir Wimperntusche, Rouge und Lippenstift aufzutragen. Nach einer

Viertelstunde nimmt sie die Wickler raus. »Fertig!«, ruft sie stolz. Ich blicke in den Spiegel und erkenne mich nicht wieder. Das soll ich sein? Verwundert beuge ich mich weiter nach vorn. Ich sehe ja richtig gut aus. Schmale Wangen, strahlende Augen und eine wahre Löwenmähne. Wenn die Schminke nur nicht so jucken würde.
Wir gehen zu Sylvester und dem Team, und alle sind begeistert. Ich muss mich zum Einleuchten auf einen Stuhl setzen. Niemand hat mir gesagt, dass ich mich in eine Sauna setzen muss. Die Scheinwerfer brennen so heiß, dass ich unter der Schminke anfange zu schwitzen. »Abpudern!« Sofort kommt eine Praktikantin angerannt. Nach zehn Minuten frage ich mich, ob das wirklich alles so das Richtige ist für mich. Mir läuft in Strömen der Schweiß den Rücken runter, und unter meinen Armen bilden sich nasse Flecken.

Endlich ist die Einleuchtung vorbei. Für die Aufzeichnung hat das Team schon mal drei »Andere« gefunden, die meine Probegäste sind. Gast 1: Eine Steuerfachgehilfin aus Bergisch-Gladbach, 56 Jahre alt, die mit ihren vierhundert Hunden und Katzen in einer Zweizimmerwohnung lebt und das prima findet. Gast 2: Ein Messie aus Borken/Hessen, der nichts wegwerfen kann und seit 1991 nicht mehr beim Glas- oder Altpapiercontainer war, geschweige denn jemals einen Gelben Sack mit irgendetwas gefüllt hat. Gast 3: Ein Macho aus München, der Frauen als überflüssigen Ballast ansieht und von sich selbst behauptet, alle Frauen, die es wagen, ihn anzusprechen, verbal fix und fertig zu machen.
»Wir fangen ganz locker an«, der Aufnahmeleiter, ein Mann in meinem Alter mit einem Bleistift hinter dem Ohr, versucht mich zu beruhigen. »Das ist ja nicht live. Wenn was nicht klappt, können wir es immer wiederholen.«

Also konzentriere ich mich auf meine Anmoderation. Wird schon klappen. Steht ja alles im Skript. Dann geht es los. Der Aufnahmeleiter (»Ich bin übrigens Hubsi!«) sagt: »OK. Mach die ersten beiden Sätze in die fünf, dann dass du dich freust, in die zwei, dass der erste Studiogast jetzt kommt, in die sieben, und was der Studiogast so macht, in die eins.« O Gott. Wie soll ich mir das denn merken? An den Kameras befinden sich zwar Zahlen, aber das gleißende Scheinwerferlicht macht es quasi unmöglich, sie zu lesen.

»Einen schönen guten Tag, schön dass Sie eingeschaltet ha...«
»Stopp!« Das war doch die zwei! »Deine Nase wirft Schatten!« Das ist Hubsi. »Wir müssen da was reinsetzen!« Zwei Frauen kommen zu mir und reißen mir den Kopf hoch, um mir zwei metallige Teile in die Nasenlöcher zu schieben. »Das reflektiert das Licht nach innen, nicht mehr nach außen«, meint eine. Hoffentlich sehe ich jetzt nicht so aus, als ob mich eine Glühbirne von innen anleuchtet. »OK. Weiter im Text.«
Ich schwadroniere also in die hoffentlich richtigen Kameras und sage dann: »Herzlich willkommen, Sigrid Palm aus Bergisch-Gladbach.«

Eingeblendeter Applaus. Ich stehe auf, um meinen Gast persönlich zu begrüßen, und verheddere mich prompt in einem Kabel, das auf der Erde herumliegt. Das Malheur wird behoben, und eine Frau kommt in Riesenschritten auf mich zu. Ich gebe ihr die Hand, um sie im nächsten Moment angeekelt zurückzuziehen. Die Hand ist klebrig, und Haare befinden sich daran, Hunde- und Katzenhaare. Die ganze gedrungene Gestalt stinkt nach Hund und Katze. Widerlich. Da, der Aufnahmeleiter rümpft auch schon die Nase.
»Sigrid«, beginne ich. »Mit wie vielen Tieren lebst du denn zusammen?«

Sigrid holt Luft. »Na, mit gut vierhundert. So genau lässt sich das nicht zählen, weil ja immer Welpen und Katzenbabys dazukommen, nicht?, und es ist jeden Tag wieder eine Freude mit meinen Tieren, nicht?, und ...«
»Schön«, unterbreche ich sie. »Aber sag mal, wie groß ist denn die Wohnung?«
»Na, 45 Quadratmeter«, sagt Sigrid. Auf meine Frage, ob das nicht ein wenig eng sei, schüttelt sie den Kopf und behauptet, es herrlich zu finden, eine solch enge Bindung zu ihren Tieren zu haben. Und wenn eins stirbt, wird es in der Wohnung begraben. Hä? Wie kann man ein Tier denn in der Wohnung begraben? Ist da ein Garten dabei? »Aber nein, aber nein«, Sigrid ist entrüstet. »Ich habe doch einen Bettkasten.« Ach du liebe Güte. So erfahren wir noch, dass die Nachbarn von Sigrid alle böse zu ihr sind und auch das Tierheim schon gedroht hat, ihre Wohngemeinschaft aufzulösen, aber Sigrid hat eine gute Rechtsschutzversicherung und wird den Kampf aufnehmen. Ich sage: »Na ja, es sind ja wirklich eine Menge Tiere, und sicher ist die Wohnung auch nicht immer sauber«, aber Sigrid sagt, dass sie selbst gern lebt wie ein Hund. Sie säubert sich auch selbst mit ihrer Zunge.

Ich lasse das dann so stehen und begrüße meinen nächsten Gast (in die drei, dann in die vier, dann die sieben), den Messie, der Georg heißt und aussieht wie Christopher Lee in »Dracula«. Er hat so lange Zähne, dass mich das ganz wahnsinnig macht. Georg berichtet von seiner Sammelwut. Er ist besonders stolz darauf, dass er sich aus den ganzen Tetrapak-Milchtüten ein Hochhaus bauen könnte, wenn er wollte. Und er hat so viele Zeitungen gesammelt, dass man Düsseldorf flächendeckend damit auslegen könnte. Aber nicht, dass er zwischen seinen Sachen nichts finden würde. Ein Handgriff, und alles ist parat. »Wenn jemand zu mir sagt: ›Hol mal die Schale von der Mandarine, die du 1985 bei einer Folge von Aktenzeichen XY ungelöst gegessen hast, ist das kein Problem«, erzählt er stolz. Und *danndieganzen-Joghurtbecher*. Da sind Marken dabei, die gibt's heute schon gar nicht mehr. Das waren die, bei denen, wenn man den Deckel abgemacht hat, ein lustiges Männchen rausgesprungen ist. OK, es stinkt natürlich ein wenig, wenn sich die leeren, unausgewaschenen Joghurtbecher stapeln, aber an den Geruch gewöhnt man sich. Man gewöhnt sich schließlich an alles. Nur mit der Liebe klappt es so gar nicht. Meistens gehen die Frauen sofort, wenn sie kurz in seiner Wohnung waren, eine hat es eine Woche ausgehalten, ist dann aber auch geflüchtet, weil sie in einem Wandschrank Reste von Cornedbeef gefunden hatte, das in den späten siebziger Jahren von Georg gekauft wurde. Georg kann es bis heute nicht verstehen, dass Birgit damals Hals über Kopf von ihm weggelaufen ist. Er jedenfalls steht zu seinem Messietum, da kann kommen, was will. Nun gut. Jeder ist seines Glückes Schmied.

Dann gibt es eine kurze Pause, ich werde erneut abgepudert und von Hubsi daran erinnert, doch bitte gerade zu sitzen. Ich würde ständig mit den Schultern nach vorn fallen. Ich gelobe Besserung und bereite mich auf den Münchner Macho vor.
»Und nun begrüßen wir unseren letzten Gast für heute. Er findet Frauen Scheiße und meint, die gefallen ihm am besten, wenn er sie von hinten sieht und wenn sie ihre Klappe nicht aufmachen. Frauen sind zum Putzen und Kochen da, und wenn eine ihm widerspricht, wird sie so fertig gemacht, dass sie es bereut, auf der Welt zu sein. Da bin ich ja mal gespannt, ob er das bei mir schafft. Schlagfertigkeit war schon immer meine Stärke! (Steht so im Skript, ich habe noch nie behauptet, schlagfertig zu sein!!!) Wir sind gespannt auf Sepp Zastlhuber.«
Eine Tür geht auf, und Sepp Zastlhuber kommt herein. Ich er-

starre zur Salzsäule, denn Sepp Zastlhuber hat offensichtlich seinen wirklichen Namen abgelegt.
Kein anderer als Roland Dunkel kommt spöttisch grinsend auf mich zu. Bitte, lieber Gott, lass mich mit meinem Stuhl umfallen und unglücklich irgendwo mit dem Hinterkopf aufschlagen, sodass dieses Casting abgebrochen werden muss.
Im Bruchteil einer Sekunde trocknet mein Mund aus. Herr Dunkel steht schließlich vor mir und grinst mich herausfordernd an. Ich schaue entsetzt zu Sylvester und Marius, doch die strahlen und heben den Daumen hoch.
Komischerweise fällt mir just in dieser Situation auf, dass dieser Mann verdammt gut aussieht. Ich mag ja die Mischung schwarze Haare und helle Augen. Die von Herrn Dunkel sind grünblau. Es sind schöne Augen. Und eine gute Figur hat er auch. Breite Schultern, durchtrainiert, kräftige Oberschenkel. Die Levi's 501 steht ihm super. Spinne ich jetzt, oder was ist los mit mir? Ich muss mich auf meine Verteidigung konzentrieren!
»Äh, ja, äh, Sepp«, bringe ich endlich heraus. Bestimmt wollte Sylvester mir mit der Anwesenheit von Roland Dunkel eine Freude machen. Danke. Es ist ihm misslungen. Hektisch schaue ich auf die Stichworte, die auf der Karteikarte stehen. Roland setzt sich derweil und starrt mich ununterbrochen an. Er macht mich ganz verrückt.
»Also, du behauptest also von dir selbst, dass du jede Frau verbal niedermachen kannst?«
»Wollen wir es denn mal auf einen Versuch ankommen lassen?«, provoziert mich Sepp-Roland. Nein. Nein! »Nur zu«, sagt er. »Ich bin bereit.«
Ich mutiere schon wieder zum autistischen Kleinkind, das zwar rasend schnell die Streichhölzer, die da eben auf den Boden gefallen sind, zählen kann, aber ansonsten nie was sagt. Stopp! Ich will mir nichts mehr von diesem Kerl gefallen lassen. Plötzlich

bekomme ich einen Adrenalinschub. Mit, wie ich hoffe, kalt glitzernden Augen blicke ich Sepp-Roland an. »Ich bin auch bereit«, sage ich und wundere mich über mich selbst.
»Na dann, Carolin. Ich darf doch Carolin sagen?« Trief, trief.
»Gern, Sepp. Gut, was findest du denn an Frauen so Scheiße?«
»Na, Carolin, schau dich doch einfach mal an. Du bist eine Frau und du bist Scheiße. Und so wie du aussiehst, also nein …«
»Weißt du, Sepp, ich habe ja gewusst, dass du kommst. Und da wollte ich mich einfach nur anpassen. Ich gebe zu, es ist mir nicht ganz gelungen, das aber nur aus dem einfachen Grund, weil sich Stillosigkeit, Dummheit und Versagen im Bett nicht so ohne weiteres antrainieren lassen. Aber …«, ich mache ein dümmliches Gesicht. »Vom Gesichtsausdruck her passe ich doch momentan sehr gut zu dir!«

Das Team im Hintergrund fängt leise an zu lachen. Sylvester macht laut: »Hohohohoho!!!« Sepp-Roland selbst ist etwas verwirrt.
»Ich warte auf Antwort!«, sage ich bestimmt. »Oder dauert das mit deinen Antworten so lange wie beim Sex?«
»Das kannst du annehmen, dass Sex mit mir lange dauert«, kommt es arrogant zurück.
»Das glaube ich dir doch, Sepp. Ich nehme dir sofort ab, dass es Stunden, wenn nicht Tage dauert, bis du, wenn überhaupt, bereit bist.« Peng. Peng. Peng. Was ist denn mit mir los? »Wobei es dann allerdings mit Sicherheit sehr, sehr schnell vorbei sein wird, wenn du denn dann irgendwann mal bereit bist.« Ich strahle ihn an. »Ich rede hier nicht von drei Minuten, ich rede von knapp einer halben.« Sepp-Roland sagt gar nichts mehr. Ich jubiliere innerlich. »Sind die Frauen deshalb so Scheiße, weil sie nicht ihr halbes Leben warten wollen, um dann letztendlich festzustellen, dass tote Vögel nicht fliegen?« Den Spruch hab ich mal irgendwo gehört. Finde ihn passend in diesem Zusammenhang.

»Frauen sollen putzen und kochen und die Klappe halten, und das tun sie auch, wenn ich es ihnen sage«, ätzt Sepp-Roland schließlich.
Ich grinse. »In deinem Fall ist das auch sicher besser. Ich wette, dass alle Frauen, die mit dir zusammen sind, gern putzen und kochen und die Klappe halten. Das bringt sicher mehr Spaß, als sich mit dir zu unterhalten. Und außerdem – was hättest du schon groß zu sagen?«
»Eine ganze Menge«, bringt Sepp-Roland hervor.
Ich halte eine Hand hinter mein Ohr. »Ich höre …«
Aber Sepp-Roland sagt nichts mehr. Er blickt mich an, als wolle er mich im nächsten Moment erdolchen, steht auf, sagt: »Danke für das Gespräch«, und verlässt das Studio.
»Aber Sepp«, rufe ich ihm hinterher. »Bleib doch noch, du siehst so herrlich doof aus, wenn du nichts mehr zu sagen hast.«
Aber Sepp-Roland geht einfach weiter. Einen knackigen Hintern hat er auch noch. Die Studiotür fällt hinter ihm zu.
Die Anwesenden fangen an zu applaudieren.
»Höhö. Dem hast du es aber gegeben, unserem Roland!«, meint Sylvester. »So kenne ich ihn gar nicht. Aber er wollte ja unbedingt dein Gast sein. Ich hoffe, du bist nicht böse, dass wir den Namen geändert haben. Er meinte noch, sonst wäre es ja keine Überraschung.«
»Ach, das macht doch nichts«, sage ich befreit. Ich komme mir vor wie innerlich geläutert.
»Caro, Caro!« Marius schaut mich bewundernd an. »Ich wusste gar nicht, dass du auch solche Seiten hast. Kompliment.«

Wir setzen uns dann alle zusammen und machen ein Casting-Nachgespräch, davor kann ich endlich die juckende Schminke entfernen.
»Im Großen und Ganzen hat mir das alles sehr gut gefallen. Na-

türlich musst du dich erst mal einfinden, aber mit der Zeit wird das schon. Glückwunsch, Carolin. Du bist jetzt Talkshow-Moderatorin.«

Will ich das überhaupt? Moment mal. Ich habe doch einen Job.

»Ab wann soll das denn losgehen?«, frage ich.

»Ab September«, meint Sylvester, es müssten ja noch einige Vorbereitungen getroffen werden. Ein komplettes Redaktionsteam muss zusammengestellt werden und, und, und. Einen Vertragsentwurf schickt er mir dann zu und das Honorar wird mir auch gefallen. Ich soll an drei Tagen in Berlin aufzeichnen. Pro Tag sollen zwei Sendungen aufgezeichnet werden, und pro Sendung soll ich 1500 Euro bekommen. Allmächtiger. Das sind ja 9000 Euro in der Woche. In der Woche! In meinem Kopf dreht sich alles. Das ist zu viel für mich. Wie sage ich das Jo, meinem Chef? Was ist, wenn die Talkshow ein Flop wird? Dann habe ich weder den Job bei Strawberry noch bei easy-Radio. Ich muss mir das erst alles nochmal durch den Kopf gehen lassen. Sylvester meint, das sei ganz klar, dass ich mir erst alles nochmal durch den Kopf gehen lassen müsste, und fragt, ob ich mich bis Ende der nächsten Woche entscheiden kann. Das geht. Roland Dunkel ist im Übrigen abgereist, ohne sich von irgendjemandem zu verabschieden. Irgendwie tut er mir ein wenig Leid, aber er hat es verdient. Ich könnte ihn fünf Monate am Stück fertig machen, wenn man mal zusammenzählt, wie oft er mich und vor allen Dingen *wie* er mich fertig gemacht hat. Trotzdem – ein attraktiver Mann. Wie seine Frau wohl ist?

Beschwingt verabschieden wir uns von Sylvester und fahren erst mal zu Marius' Freund. Er heißt Janosch und hat mit Marius zusammen studiert. Seine Wohnung sieht aus wie seit 1968 besetzt. An der Wand hängt ein Poster »Atomkraft, nein danke«. Daneben hängt ein weiteres, auf dem steht: »Hopp hopp hopp –

Atomraketen stopp! Ostermarsch 1982! Komm auch du!«
Janosch hat diese typische Öko-Stimme, so ein bisschen genuschelt und durch die Nase, und die Silben werden lang gezogen. In jedem Satz kommt vor, dass er irgendwas »unheimlich gut« findet oder »gut, dass wir drüber gesprochen haben«. Er trägt eine lila gebatikte Latzhose und hat lange Haare. Mir war gar nicht bewusst, dass solche Leute noch existieren.
Janosch hat Essen vorbereitet. Es gibt Tofu, vegetarische Vollkornpizza und einen Salat. Dazu Ziegenmilch. »Hab ich extra vom Bauern geholt. Da springen die Ziegen frei herum. Das finde ich unheimlich gut, dass die nicht im Stall gehalten werden.«
Als ich frage, ob es auch Wein gibt oder Sekt, schaut er mich ungläubig an. »Nee, du, da muss ich passen, so was kommt mir nicht ins Haus. Aber ich kann dir einen Malventee machen.«
Nein, danke. Ich würde jetzt mein Leben geben für ein Schnitzel mit Rahmsoße, Reis und ein Glas Wein. Aber ich muss auch noch so tun, als ob mir die labbrige Vollkornpizza, die mit Gemüse belegt ist, schmeckt. Das oder der Tofu schmeckt einfach nur bitter, und der Salat hat überhaupt keine Soße. Es sind einfach nur grüne Blätter mit Kräutern in einer Schüssel. »Der Salat ist aus ökologischem Anbau, du«, lässt mich Janosch wissen. »Den hole ich immer beim Bauer Schwamm in der Wittelsbacher Allee. Der hat Salatköpfe, die sind so groß wie Kanonenkugeln. Ohne chemische Zusätze. Da springt einem die Gesundheit ins Gesicht. Das find ich unheimlich gut.« Dadurch schmeckt der Salat aber auch nicht besser.
Janosch schlägt nach dem leckeren Essen vor, einen Themenabend auf Arte zu schauen. Gleich fange ich an zu kotzen, gleich. Warum hat Marius solche Freunde?
Wir setzen uns also vor den Fernseher. Nicht etwa auf ein Sofa, sondern auf mit Reis gefüllte Sitzkissen. Mit Ziegenmilch im Glas. Ich würde jetzt viel lieber einen lustigen Spielfilm schauen.

Zum Glück kann ich mich relativ bald ins Bett verziehen. Marius und Janosch bleiben noch auf und reden bei einer leckeren Ziegenmilch noch unheimlich gut über alte Zeiten.
Als ich auf der ausgeklappten Bettcouch in dem anderen Zimmer liege, denke ich noch einmal über alles nach. Es ändert sich ja sehr viel in meinem Leben momentan. Und wenn ich daran denke, nicht mehr bei easy-Radio zu sein, könnte ich heulen. Ich liebe meine Kollegen. Ich muss gleich am Montag mit Jo sprechen. Ich weiß, dass er ausflippen wird, wenn ich kündige. Todmüde schlafe ich schließlich ein.

Am nächsten Tag fahren wir nach einem sehr üppigen Frühstück (»du, das Holundergelee ist von meiner Mutter selbst gemacht, die baut alles ohne Giftdünger im eigenen Garten an, das finde ich unheimlich gut!«) noch ein wenig in die Stadt, kaufen uns ein paar Klamotten und reisen dann mit dem ICE nach Frankfurt zurück.
Gero und Tom holen uns ab. Sie wollen natürlich sofort alles haarklein erzählt haben. »Ziehst du dann nach Berlin, Caro?«, fragt Gero ängstlich. Ich versichere ihm, dass ich ihm erhalten bleibe und lediglich drei Tage die Woche in Berlin sein werde. Wenn ich es überhaupt mache.
Wir sind kaum zu Hause angekommen, da klingelt das Telefon, und Pitbull ist dran, der fragt, ob alles gut gelaufen wäre und Margot wollte mich jetzt sprechen. Achtung!
»Heeee, Alte!«, kreischt Margot laut. »HatderRalfgesagtdassichmitdirnenBrautkleidkaufengehenwill?«
Gott, ist diese Frau laut. Warum spricht sie so schnell? »Ja, Margot, ich freue mich auch schon drauf!«, lüge ich.
»Das wird ein Kracher, das Brautkleid, da kannste einen drauf lassen!« Margot redet sich in Rage. »Dem Ralf werden die Augen aus dem Kopf fallen!« Oder mir, dann muss ich sie wenigstens

nicht mehr anschauen. »Der wird es nach der Hochzeit kaum abwarten können, mitmiralleinzusein!!!«
Ja, bitte, soll sie doch mit ihm weggehen, dann wird die Feier vielleicht sogar noch ganz lustig. Zähneknirschend verabrede ich mich für Montagnachmittag mit ihr.

Sonntag machen wir gar nichts. Ich hänge den ganzen Tag vor dem Fernseher rum und mache mir Gedanken darüber, ob ich das jetzt machen soll oder nicht. Marius meint, das sei die Chance meines Lebens. »Sprich doch mit Jo ab, dass du das erst mal für ein halbes Jahr machst und dass für dich eine Vertretung gesucht wird.« Das ist eine gute Idee. So hätte ich meinen Radio-Job erst mal sicher.
Gehe Sonntag früh ins Bett, weil ich fit sein will. Für das Gespräch mit Jo. Und für mein neues Leben.

8

»Was?«, fragt Jo ungläubig. Ich nicke. »Puh!«, Jo kratzt sich am Kopf. »Einerseits freue ich mich natürlich für dich, Caro, andererseits ist es furchtbar, dass du gehen willst. Überleg dir das gut.« Ich werfe ein, dass wir das ja erst mal für ein halbes Jahr probieren können, dem stimmt er zu. Ich muss dann eben eine Vertretung einarbeiten, was aber kein Problem sein sollte, es sind ja noch ein paar Wochen Zeit, bis ich meine erste Sendung habe.

Meine Kollegen finden es durch die Bank »unverschämt, dass du gehen willst«. Klar: Wer soll ab September Kaffee kaufen und dafür sorgen, dass für interne Redaktionsfeiern genügend gesponsertes Bier da ist?

Gegen Mittag fragt mich Wolfgang, der Planer, ob ich Lust hätte, einen Reportereinsatz zu übernehmen. In der Jugendstrafvollzugsanstalt Rottenburg feiert nämlich eine Rockband einjähriges Jubiläum; sie wollen demnächst eine CD herausbringen und haben irgendwie auch schon eine Plattenfirma an der Hand. Jedenfalls soll in der Mittagssendung mit Übertragungswagen live aus der JVA berichtet werden. Warum nicht? Ich habe lange keine Reportage mehr gemacht. Also fahre ich um 13 Uhr mit einem Team los.

Der Gefängnisdirektor heißt Herr Urban und ist ein griesgrämiger Mann Anfang sechzig mit einem großen Schlüsselbund an der Hose. Der Schlüsselbund ist so schwer, dass Herr Urban davon fast zu Boden gezogen wird. Das sei ihm alles überhaupt nicht recht, meint er, das sei doch alles Firlefanz, und diese laute Musik würde ihn sowieso bald unter die Erde bringen.

Dann muss ich eine seitenlange Sicherheitsvereinbarung unter-

schreiben und mich verpflichten, keinem Gefangenen zur Flucht zu verhelfen.
Die jugendlichen Gefangenen sind natürlich froh über die Abwechslung und fragen mich tausend Sachen. Die Band hat den originellen Namen »Knacki-Würste«. Ob ich die Doppeldeutigkeit dieses Namens verstehen würde? Ich bin ja nicht doof.
Die Jungs sind sehr höflich und stellen sich einzeln vor. Sie haben sich Tiernamen gegeben, das macht vieles einfacher, meinen sie. Aha? Die Band besteht aus sechs Personen, der Leadsänger heißt Orang-Utan und sieht auch so aus. Stolz zeigt er mir das ganze Equipment. Orang-Utan sitzt jetzt schon zwei Jahre in dieser Anstalt wegen Diebstahl und versuchter Brandstiftung. Seine damalige Freundin hatte nämlich ein Verhältnis mit seinem besten Freund, und dem wollte er »aus Rache« die Bude anzünden. Leider hat es an dem Abend ziemlich stark geregnet, sodass kein Feuer entfacht ist. Und Jutta, die olle Kuh, hatte nichts Besseres zu tun, als ihn anzuzeigen, weil sie ihn vom Fenster aus beobachtet hat. Jetzt kriegt die olle Jutta schon das zweite Kind von dem. Das wäre doch eine bodenlose Frechheit!
Ich sage besser nichts dazu, nicke aber verständnisvoll. Dann kommt der Drummer, ein zwei Meter zwanzig großer Koloss mit dem passenden Namen Chihuahua. Ich komme mir vor wie in einer Klapsmühle. Würde man Chihuahua eine blauweiß gestreifte Hose anziehen, ihm einen Hinkelstein auf den Rücken schnallen und ihn ein ganzes Wildschwein verspeisen lassen, könnte er glatt als Obelix durchgehen. Aber das ist nicht meine Sache.
»Also Leute«, fange ich an. »Ihr müsst euch alle so hinstellen, dass das Mikro nicht zerrt, dann machen wir ein paar Probeaufnahmen, und in zwanzig Minuten sind wir live auf Sendung. Insgesamt sind drei Takes geplant, also Interviews mit Musik,

und in einer Stunde sind wir ungefähr durch. Alles klar?« Einhelliges Nicken.

Thomas moderiert und übergibt mir das Wort.
»Ja, Thomas, ich befinde mich gerade inmitten der ›Knacki-Würste‹, einer Band, die es im Gefängnis zu was gebracht hat, hahaha. Die Band besteht aus sechs Personen, und neben mir steht Orang-Utan, der Kopf des Sextetts. Orang-Utan, wie kamt ihr denn auf die Idee, hier eine Band zu gründen?«

»Sin mir jetzt live uff Sendung?«, fragt Orang-Utan.
»Ja, natürlich«, entgegne ich. »Du kannst anfangen!«
»Sehr gut. Also, alle da draußen, passt mal auf, was jetzt passiert!« Die Arme werden mir auf den Rücken gedreht und ein wildes Gerangel beginnt. »Wir haben eure Kollegin als Geisel genommen!«, brüllt Orang-Utan. Der Bassist reißt ihm das Mikro aus der Hand und schreit: »Wer näher kommt, dem gnade Gott!« Er heißt im Übrigen Kakadu.
Es stellt sich heraus, dass irgendjemand es geschafft hat, die Tür des Proberaums von innen zu verschließen. Außer mir und den Bandmitgliedern befindet sich niemand im Raum. Von draußen aufgeregtes Bummern. Thomas im Sender ist außer sich. »Bleib ganz ruhig, Caro!«, schreit er über den Äther.
Natürlich bleibe ich ruhig. Natürlich. »HIIIIILFÄÄÄÄÄÄ!!!«, brülle ich laut.
»Halt die Klappe, dann passiert dir auch nichts«, sagt der Saxophonist (Weißer Hai) zu mir.
»Wir fordern eine Million Euro Lösegeld!«, kreischt Orang-Utan ins Mikrophon. »In nicht durchnummerierten Scheinen, und einen Fluchtwagen, der voll getankt ist. Am besten einen Volvo V 70!«
»Warum einen Volvo?«, fragt Thomas über den Sender. »An eurer Stelle würde ich einen Porsche anfordern.«

»In einen Volvo passen aber mehr Leute rein!«, krakeelt Orang-Utan.
»Caro hat da bestimmt einen Ansprechpartner über die Pressestelle. Sie soll sich darum kümmern!« Oho. Thomas denkt mit! Ich fasse es nicht, nein, wirklich nicht. Ich bin eine Geisel und soll auch noch über die Pressestelle einen Fluchtwagen organisieren. Dann soll ich wahrscheinlich auch noch dafür sorgen, dass Essen auf Rädern gebracht wird, sodass niemand Hunger leiden muss.
Das Gekreische über den Sender geht weiter. Die ganze Redaktion muss sich bereits im Studio befinden, alle reden durcheinander, und Orang-Utan übergibt das Mikro dem zweiten Leadsänger mit dem netten Namen Flunder. Flunder fordert alles Mögliche on air, unter anderem fünfzig Rhododendronsträucher mit nassen Wurzelballen. Seine Mutter, erklärt er mit brüchiger Stimme, hätte sich schon immer Rhododendronsträucher für ihren Garten gewünscht, und er, Flunder, wolle ihr nun diesen Wunsch erfüllen. Ich werfe ein, dass ich bei der Gärtnerei Wobereit anrufen könnte, die geben uns bestimmt Prozente. Thomas im Studio meint, dass bei Pflanzen-Pieske momentan Hibiskus im Sonderangebot sei, ich solle es doch da mal versuchen. Nein, es muss Rhododendron sein.
Eines ist bei der ganzen Aktion sicher: gute Einschaltquoten.

Ich schaue aus dem Fenster und stelle mit Entsetzen fest, dass inzwischen der Parkplatz der JVA schwarz von Menschen, Fernsehübertragungswagen, Kameras und Polizei- und Feuerwehrautos ist. Maskierte Männer in schwarzen Anzügen klettern mit Maschinengewehren auf Bäume.
»Caro!«, das ist Jo, der da on air im Studio rumschreit. Zum Glück habe ich noch das Headset auf, sodass er mich hören kann.

»Ja!«, rufe ich zurück. Wahrscheinlich will er, dass ich, wenn ich schon bei einer Gärtnerei anrufe und Prozente kriege, für seine Mutter Geranien, Margeriten und Männertreu mitbestelle. Oder ein bisschen Liebstöckel, Majoran und Petersilie. Wenn schon, denn schon.

»Caro!«, Jo hyperventiliert fast. »Sag den Geiselnehmern, sie sollen mit dir auf den Balkon gehen und so beweisen, dass du noch am Leben bist!«

»Wenn ich nicht mehr am Leben wäre, könnte ich wohl kaum mit dir reden!«, entgegne ich verzweifelt.

»Stimmt« – ich sehe es bildlich vor mir, wie Jo sich am Kopf kratzt und verzweifelt nach einer anderen Lösung sucht. »Hör zu!«, jetzt kommt die genialste Idee überhaupt: »Ich sag dir jetzt was, aber das darfst du denen nicht sagen: Sag ihnen, das Geld liegt bereit, wenn sie mit dir auf den Balkon gehen!«

Wenn ich nicht hundertprozentig wüsste, dass Jo schon seit fast zwanzig Jahren beim Radio arbeitet, ich würde ihn für unzurechnungsfähig halten. »Gut gemacht, Jo!«, rufe ich. »Das haben außer uns beiden jetzt alle Hörer mitbekommen, das ganze Einsatzkommando da unten und auch alle sonst in diesem Raum!«

»Wenn das Lösegeld bereit liegt, geh ich auch mit dir uff en Balkon!«, das ist wieder Orang-Utan. »Nein, ich!«, ruft Flunder. »Ich will auch mal ins Fernsehen kommen!« »Wir können doch alle gehen«, ich wieder. »Aber ich will vorne stehen«, Kakadu drängelt sich an die Tür. »Weg da!«, Orang-Utan öffnet die Tür, nimmt eine Waffe (ich erkenne auf den ersten Blick, dass es ein Plastikrevolver ist) und schiebt mich vor sich auf den kleinen Austritt. Alle anderen wuseln hinterher.

»Waffen runter!« Das ist irgendein Polizist.

»Ich stelle jetzt meine Forderungen!«, Orang-Utan holt einen Zettel aus seiner Tasche und liest laut vor, was sowieso schon alle wissen. Bei dem Fluchtwagen ist er dann doch kompromissbereit. Es muss nicht zwingend ein Volvo sein, ein Opel Zafira oder ein Renault Espace tun es auch zur Not. Aber voll getankt bitte. Dann verlangt er, dass Thomas im Sender Heidi Brühls »Wir wollen niemals auseinander gehn« spielt. Thomas meint, das ginge nicht, wir seien ein Jugendsender, das wäre Musik für Senioren ab 70. Jo quakt herum, dass Thomas es spielen soll, und Kakadu hat den Wunsch, jemanden zu grüßen.

»Waffen runter!!!« Die Polizisten unten auf dem Parkplatz werden ungeduldig. Im Radio läuft unterdessen »Herzilein« von den Wildecker Herzbuben. Man hat wohl in der Aufregung nichts anderes gefunden. Kakadu grüßt unterdessen: »Ich grüße meine Eltern, meinen Bruder Mike, meinen besten Freund Frieder, Frau Braun, der ich mal die Handtasche gestohlen habe, den Ernst von den Klärwerken, dem ich das Auto geklaut hab, Luigi von der Pizzeria ›Salerno‹, der noch 400 Euro von mir bekommt, die Belegschaft der Freiwilligen Feuerwehr Lämmerspiel, bei der ich als Kind mal Mitglied war, Traudel von ›Feinkost Schnapp‹, bei der ich immer ein Stück Wurst umsonst bekommen habe, Cameron Diaz, die ich in ›Drei Engel für Charlie‹ so toll fand, Ismail Gültippel, warum, weiß ich jetzt auch nicht mehr, die netten Zollbeamten in Spanien, die nicht gemerkt haben, dass mein Pass gefälscht war …«

»RUUUUHÄÄÄÄ!!!« Das ist Thomas.

»Was ist?«, fragt Kakadu.

»Ich habe nur die Instrumentalversion von Heidi Brühl gefunden, ist das okay?«

Orang-Utan überlegt. »Gut! Aber alle müssen mitsingen!«

Die Geisel (erwähnte ich schon, dass ich das bin?) und die Geiselnehmer auf dem Balkon, die komplette Redaktion im Studio 1, die Hundertschaften von Polizisten auf dem Parkplatz und die in den Bäumen, alle holen Luft, als die Musik beginnt.

Sieht man die Menschen sich quälen
und sieht ihren Schmerz, ihre Tränen,
da fragt man sich immer nur:
Muss das so sein?
Immer nur Scheiden und Weinen
und immer nur Warten und Leiden,
so hier und auch dort ist ein jeder allein.

Schenkt euch immer nur Liebe,
schenkt euch immer Vertrauen,
nichts ist so schön wie die Worte,
die ewigen Worte:
Mein Herz ist nur dein!

Gleich springe ich von diesem Balkon, gleich!

Wir wollen niemals auseinander gehn,
wir wollen immer zueinander stehn,
mag auf der großen Welt auch noch so viel geschehn,
wir wollen niemals auseinander gehn!

Unsre Welt bleibt so schön!
Wir wollen niemals auseinander gehn!

Ich traue meinen Augen nicht. Die Guerillakrieger in den Bäumen geben sich die Hände wie Klammeraffen und schunkeln mit. Sehe ich den Leiter des Einsatzkommandos neben einem Wasserwerfer sich da Tränen aus den Augen wischen? Selbst meine Geiselnehmer befinden sich in einem emotionalen Zwiespalt. Orang-Utan schluchzt leise und sagt dann zu mir, dass er das immer bei seinen Großeltern in Bad Schwisselsheim gehört hätte, und die Oma hätte immer Brote geschmiert und Mandarinen geschält, und eine Stehlampe brannte, und der

Bullerofen sorgte für wohlige Behaglichkeit. Ich sage zu Orang-Utan, dass ich das sehr schön finde und dass ich so was auch erlebt hätte. Erinnerungen an die Kindheit sind doch was Herrliches!
Thomas macht der Gefühlsduselei einen abrupten Abbruch und spielt Ozzy Osbourne, und ich sage, dass mir kalt wäre, und schiebe die anderen, die immer noch von Heidi Brühl gefangen sind, vor mir her wieder in den Raum. In diesem Moment merke ich, dass man die Balkontür von außen mit einem Haken verschließen kann. Im nächsten Moment verschließe ich die Balkontür von außen mit dem Haken, und im übernächsten Moment rufe ich: »Schnell, holt mich hier runter!«, und Thomas im Sender antwortet mit: »Ja, wie denn, Caro, wie denn, was sollen wir denn von hier aus machen?«
Ein geistesgegenwärtiger Feuerwehrmann peilt die Lage, eine Sekunde später schießt eine Feuerwehrleiter wie ein geölter Blitz zu mir herauf, und ich kann im letzten Moment, bevor die Scheiben der Balkontür hinter mir von Kakadu, Weißem Hai oder wem auch immer zerdeppert werden, draufspringen und mich daran festhalten.

Ich bin dann keine Geisel mehr.
Der erste Mensch, den ich sehe, als ich unversehrt unten ankomme, ist Margot. Sie freut sich sichtlich, mich zu sehen, denn sie schreit: »OhmannechtAltekönnenwirjetztnenBrautkleidkuckengehen???«
Ich glaube, ich brauche einen Drink (sagte das nicht immer Sue Ellen Ewing?).
Herr Urban wird unverzüglich die Balkontüren entfernen und Gitter anbringen lassen. Balkone wären sowieso Firlefanz.
Ich sage Jo später, dass ich keine Außenreportagen mehr machen will, und der meint, auf die Idee sei er auch schon gekommen.

Wir hatten übrigens an diesem Tag die höchste Hörerzahl seit Bestehen von easy-Radio. Vom Intendanten bekomme ich als Dankeschön zwei Frotteehandtücher geschenkt. Ich habe das ungute Gefühl, dass er sich wünscht, ich würde sie in Fetzen reißen und mich damit aufhängen.

Ich gehe dann direkt mit Margot »'nen Brautkleid kucken«. Marius weiß noch gar nicht, was passiert ist. Ich will ihn ungern in einer Therapiestunde stören, und außerdem: So sehr wundern würde es ihn gar nicht. Ich spare mir das für heute Abend auf. Mit Margot durch Frankfurt zu laufen ist etwas für Menschen, die sich gern selbst Schaden zufügen. Sie rennt wie ein unartiger Hund immer drei Schritte vor mir her und hechelt dabei. Hätte ich eine Leine dabei, wäre es auch nicht besser, denn dann würde sie mich einfach hinter sich herziehen.
Schon in Geschäft eins eskaliert die Situation, denn Margot findet alles grottig oder unterirdisch oder für die Füße oder was für Weiber, die Weiber sein wollen. Hä?
In einem Jagdoutfitgeschäft findet sie schließlich das Passende. Knickerbocker, eine grüne Hemdbluse, einen Janker, Bergsteigerstiefel, dicke Wollstrümpfe und einen Hut mit Gamsbart. Ich schlage aus Witz vor, noch ein Gewehr zu kaufen, ernte aber einen bösen Blick des Verkäufers, der meint, so mir nichts, dir nichts ginge das nicht, da bräuchte man einen Waffenschein. Auf mein »Das war doch wirklich nur ein Witz«, meint er, das hätte die Baader-Meinhof-Bande damals auch gesagt.
Ich sage dann besser nichts mehr.

Gegen 20 Uhr bin ich zu Hause und fertig mit den Nerven. Marius reißt die Tür auf, bevor ich den Schlüssel im Schloss stecken habe. Er schäumt vor Wut. Ich erschrecke.
»Sag mal, Caro, spinnst du oder was?«

»Wieso, was ist denn?«
Marius hüpft vor mir auf und ab wie ein Hampelmann. »Ich komme um sechs nach Hause, und du bist nicht da, und dann klingelt hier pausenlos das Telefon, und alle wollen wissen, ob es dir denn gut geht und ob die Geiselnahme dich stark mitgenommen hat und ob du vielleicht doch besser nochmal einen Tag zur Beobachtung ins Krankenhaus gehen sollst, und ich stehe hier WIE DER LETZTE DEPP UND WEISS VON NICHTS! NICHTS! NICHTS! KANNST DU MIR BITTE SAGEN, UM WELCHE GEISELNAHME ES SICH HANDELT?«
»Warum hast du mich denn nicht angerufen?«, frage ich schuldbewusst.
Marius fährt sich durch die Haare. Er ist rot im Gesicht. »Weil dein verdammtes Handy immer noch in der Redaktion liegt und jeder, der bei euch arbeitet, drangegangen ist, nur DU NICHT!!!«
Stimmt, hab es gar nicht mit auf die Außenreportage genommen. Hoffentlich haben Jo oder Bernd es an sich genommen.
»Dann mache ich den Fernseher an und sehe dich auf irgendeinem Balkon stehen und rumfuchteln, und irgendjemand hält dir eine Knarre an den Kopf. Mir reicht es langsam! Wie viel bedeute ich dir eigentlich, dass du es nicht mal für nötig hältst, mich nach so einer Geschichte anzurufen?«
Er hat ja Recht. Er hat Recht. Unbestritten. Aber was soll ich denn jetzt machen?
»Ich war mit Margot ein Brautkleid kaufen. Besser gesagt, Knickerbocker und einen Hut mit Gamsbart«, versuche ich mich zu rechtfertigen. »Hättest du Pitbull angerufen, wüsstest du es.«
Marius fährt herum. »Du glaubst also, ich hätte nicht überall angerufen und nach dir gefragt?«, giftet er. »Ich habe nur leider Pitbull nicht erreicht. Dafür Gero. Und den kannst DU jetzt anrufen. Er ist fix und fertig. Er denkt, du bist TOT!«

»Du hast WAS?«, schreit Gero mich an. Gute Güte, habe ich ein schlechtes Gewissen. »Wir sitzen hier und rechnen mit dem Schlimmsten, und du hast nichts Besseres zu tun, als Wandersocken zu kaufen? Ich fasse es nicht. Der arme Marius hat hier ungefähr zwanzigmal angerufen. Niemand wusste, wo du nach diesem entsetzlichen Drama abgeblieben bist. Niemand. Noch nicht mal die im Sender. Wir dachten, du hättest dir was angetan oder einer aus der JVA wäre geflüchtet und mit dir schon auf dem Weg nach Tschechien oder so. Wir haben angenommen, du wärst unter Drogen gesetzt worden und müsstest den Rest deines Lebens in einem runtergekommenen Puff arbeiten! Aber du warst WANDERSOCKEN KAUFEN!«

»Das nächste Mal rufe ich an«, verspreche ich klagend.
»Willst du mir damit sagen, dass du vorhast, solche Szenarien in Zukunft regelmäßig zu starten?«, fragt mich Gero böse.
»Natürlich nicht«, versichere ich schnell.
»Wundern würde es, glaube ich, keinen mehr«, Gero wird ruhiger, ein Glück.
Ich lege dann irgendwann auf. Marius hat sich auch beruhigt, glaube ich. Er ist in der Küche und räumt die Spülmaschine aus. Hilflos bleibe ich hinter ihm stehen. Er dreht sich nicht um, aber ich sehe, dass seine Schultern zucken. Ich umarme ihn von hinten, er dreht sich um, und ich sehe, dass er fast heult. »Mach so was nie wieder, Caro, nie wieder, hörst du. Ich hatte solche Angst!« Und dann umarmt er mich und hält mich ganz fest.
Ich mag ja Männer, die weinen, nicht so sehr. Ich fühle mich dann immer verpflichtet, mich um sie zu kümmern.
Was ist bloß los mit mir? Warum stört mich mal was an Marius, und dann finde ich wiederum alles toll? Kann nicht sagen, was das für ein ungutes Gefühl ist, das von mir Besitz ergriffen hat.

9

Ich schlafe kaum in dieser Nacht. Vielleicht, weil Vollmond ist, vielleicht aber auch, weil ich dauernd an meinem Vorhaben mit der Talkshow zweifle. Andererseits: Wer nicht wagt, der nicht gewinnt. Hat meine Oma immer gesagt. Im Halbschlaf sehe ich Wandersocken, die sich auflösen, und Fußabtreter, aus denen Gnome springen und mich anfallen, während sie »Welcome!« rufen. Dann kommt Margot und zwingt mich, mit ihr über einen Gebirgsbach zu laufen. Auf der Holzbrücke, die glitschig ist, rutsche ich aus und kann mich mit letzter Kraft an einer Planke festhalten. Roland Dunkel steht plötzlich auch auf der Brücke und grinst mich an, dann sagt er: »So tief kann man also sinken.« Es ist entsetzlich.

Am nächsten Tag erzähle ich in der Zehn-Uhr-Sitzung offiziell, dass ich gedenke, easy-Radio für erst mal sechs Monate zu verlassen. Schweigen. Ina fängt sofort an zu heulen, Nini verschränkt die Arme und schmollt, und Bob starrt mich an, als sei ich verrückt geworden.

»Das kannst du doch nicht machen, Caro!«, meint er entsetzt. »Du musst doch auch mal an uns denken!«

Das sehe ich nun ein wenig anders. Ich kann doch auch mal an mich denken.

Lediglich Bernd, der Redaktionsleiter, sieht der Sache realistisch ins Auge. »Lasst Carolin ihre Chance nutzen, die kriegt nicht jeder«, meint er freundlich. »Und wenn sie wiederkommt, sind wir alle froh!«

Ach, er traut mir also nicht zu, dass ich es beim Fernsehen schaffe? Na warte, Bernd, du wirst dich wundern.

Gleich morgen wird Jo eine Anzeige aufgeben, in der eine Vertretung für mich gesucht wird. »Aber wirklich erst mal nur für sechs Monate«, sagt er drohend. Ich kann ihn beruhigen.

Mittags rufe ich bei Sylvester in Berlin an und sage zu. Er brüllt vor Freude so laut auf, dass ich beinahe Tinnitus bekomme. (Tinnitus muss schrecklich sein. Ich kenne jemanden, der jemanden kennt, der hat sich wegen Tinnitus den Gehörgang entfernen lassen, aber dann war das Geräusch trotzdem noch da. Und ich kenne jemanden, der mal davon gehört hat, dass Leute sich wegen Tinnitus umgebracht haben. Furchtbar, dieser Tinnitus, furchtbar!)

Sylvester schreit: »Das habe ich gewusst, dass du zusagst, Caro, das haben hier alle gewusst, auch Felix hat es gewusst, und meine Sekretärin hat es auch gewusst, und kannst du dich noch an den Kleinen mit dem Schnauzbart vom Casting erinnern, der eine Beleuchter mit dem gestreiften Hemd?, der hat es auch gewusst, und wir sind ja so froh, dass wir es alle gewusst haben!«
Wenn das mit Sylvester so weitergeht, sehe ich schwarz. Hoffentlich ist er nicht mit für die Gästeauswahl verantwortlich, weil dann haben wir nämlich keine Gäste.
Aufgeregt erzählt Sylvester, dass mein Redaktionsteam (MEINS!) schon eifrig am Rödeln sei und eine Pressemitteilung geschrieben wird, und es müssen Fotos gemacht werden, und ich muss unbedingt demnächst nach Berlin kommen, weil da der Fotograf sitzt, und er braucht meine Bankverbindung, ich soll mich nämlich auf Kosten von Strawberry neu einkleiden, zusammen mit einer Typberaterin, die Strawberry mir selbstverständlich stellen wird, sie heißt Frau Huber und hat wirklich Ahnung und, und, und. Mir ist das alles jetzt schon zu viel. Und dann – ich sehe quasi Sylvesters erhobenen Zeigefinger: »Du weißt ja, Carolin, Kameras machen dicker, also müsstest du die

nächste Zeit Diät halten! Wir wollen schließlich alle stolz sein, dass du gut aussiehst!« Danke. Danke. Danke. Er hält mich also für zu fett! Viola von »Viola am späten Vormittag« ist aber viel fetter als ich. Hat aber bestimmt auch schlechte Einschaltquoten.

Wir verbleiben so, dass ich mich Anfang nächster Woche wegen eines Termins in Berlin melde, und er will bis dahin »alles klar machen, und wie klar ich das mache, Caro, alles klar?«. Nach dem Telefonat bin ich fix und fertig. Sylvester bringt einen um den Verstand. Ich frage mich, wie er es geschafft hat, so eine erfolgreiche Firma aus dem Boden zu stampfen. Es gibt nur eine Möglichkeit: Alle, mit denen er jemals was zu tun hatte, ob Banker oder andere Geldgeber und so weiter, haben irgendwann einfach nur noch »Ja« gesagt, um Sylvesters Redefluss zu stoppen. Anders kann es nicht gewesen sein.

Abends gehen Marius und ich mit Gero, Tom, Richard, Pitbull, Margot, Mausi und Little Joe essen. Richard fragt, ob er mit nach Berlin kommen kann, wenn ich Sendung habe, um dann bei den Umbauarbeiten im Studio zu helfen, da gäbe es bestimmt immer sehr viel zu tun. Margot brüllt: »Aber zur Hochzeit bist du noch da, Alte, oder?« Ich nicke. Pitbull meint, dass er sich so auf diesen schönen Tag freut, und Margot hätte ihm schon gesagt, dass ihr Brautkleid eine echte Überraschung wäre. Mir wird schlecht. Pitbull wird mich umbringen, wenn Margot in Knickerbockern und Wanderschuhen vor den Traualtar tritt. Bestimmt engagiert sie noch einen Jagdcorps, der »Sau tot« auf Hörnern spielt. Vielleicht inszeniert sie auch im Kirchenschiff eine Treibjagd, und lauter grün gekleidete Männer mit Schrotflinten machen während der Trauungszeremonie Jagd auf Hasen.

Pitbull ist ganz aufgeregt. Er hat sich den ersten Smoking seines

Lebens gekauft und für die Feierlichkeiten den »Ahornshof« angemietet. Es kommen zweihundert Leute. »Wir werden feiern, bis die Schwarte kracht!«, brüllt er. »Und vor sieben Uhr morgens darf keiner gehen!« Das dürfte kein Problem sein, solange genug Wein und Caipirinha da ist.
Margot jedenfalls blinzelt mir verschwörerisch zu. Ich kann sie einfach nicht ausstehen. Irgendwas an dieser Frau gefällt mir nicht. Ich weiß nicht, was, aber ich werde schon noch drauf kommen.

Kaum ist die Anzeige für meine Nachfolge draußen, hagelt es Bewerbungen. Ich siebe mit Jo gemeinsam aus, und dann lädt er drei Frauen zu Vorstellungsgesprächen ein.
Die erste ist bildschön, aber eigentlich Arzthelferin, wie sich im Gespräch herausstellt. »Aber ich höre gern Radio und kann auch super telefonieren«, meint sie strahlend.
Nummer zwei heißt Birte und sieht auch so aus. Sie wäre auf einem Aussiedlerhof in Schweden besser aufgehoben. Mit ihren roten Wangen kann sie bestimmt super Milchkannen schleppen. Sie studiert Theologie. Das geht auf keinen Fall. Wenn sie einmal die zotigen Sprüche meiner Kollegen hört, wird sie schlicht tot umfallen.
Nummer drei sieht normal aus und hat auch vernünftige Ansichten. Verena hat schon mal ein Praktikum beim Radio gemacht und möchte ihre Kenntnisse gern vertiefen. Wir laden sie ein, einen Tag probeweise mit mir zusammenzuarbeiten. Alles wird gut.
Verena kommt gleich am nächsten Tag. Ich stelle sie in der Zehn-Uhr-Sitzung vor und bitte sie, ein bisschen was von sich zu erzählen, woraufhin sie aufsteht und Luft holt: »Ich danke meiner Mutter, ich danke meiner Schwester, ich danke meinem Patenonkel Boris, und ich danke Carolin, ohne all diese Men-

schen wäre ich heute nicht hier und könnte nicht toll hier arbeiten, und dann danke ich noch meiner besten Freundin Ilka, die mich immer wieder ermutigt hat, mich hier zu bewerben!« Alle schauen ganz befremdet. Aber das soll mir egal sein, Hauptsache, sie macht den Job einigermaßen.

Verena hat auch schon super Ideen aufs Papier gebracht.

»Schau, Carolin, was wir alles verlosen können, wenn du nicht da bist!«, sie schiebt mir einen Zettel hin.

1. Swirl-Putzset: In einem Putzspiel müssen die Hörer anhand der Putzgeräusche hören, was gerade geputzt wird (Beispiel: eine Frau wischt den Wasserhahn in der Küche trocken).

Ich frage Verena, wie man denn hören kann, dass eine Frau einen Wasserhahn trocken reibt, die Frau könnte doch auch die Kaffeemaschine abwischen oder den Wasserhahn im Bad. Nein, das würde man bestimmt hören, dass das der Wasserhahn in der Küche ist ... Der Gewinn ist dann ein hochwertiges Swirl-Putzset mit Staublappen, Fensterleder, Spülbürste und einer pfiffigen Kittelschürze.

Noch eine tolle Idee: Die Hörer müssen raten, was der Moderator gerade malt, und können dann zwölf Filzstifte gewinnen. Ungiftige natürlich. Und jetzt kommt die Krönung, Verena ist ganz aufgeregt: »Wir verlosen dann einen Fernseher! Das ist superklasse! Wir machen ein Filmquiz und lassen zwei Hörer gegeneinander antreten, und der Hörer, der die meisten Filme, um die es geht, erkennt, kriegt einen Fernseher. Aber das ist dann kein Fernseh*apparat*, sondern wir schicken einen aus der Redaktion zu dem Gewinner nach Hause, der setzt sich dann da vor den Fernseher und ist dann also selber *Fernseher.* Das finden bestimmt alle total lustig!«

Bestimmt. Ich fände es auch klasse, einen Menschen zu gewinnen, der bei mir im Wohnzimmer fernsieht.

Ich sage Verena, dass wir darüber nochmal in Ruhe sprechen,

erst mal müsste sie die grundlegenden Dinge lernen. Ich gebe ihr die wichtigsten Adressen und Ansprechpartner und dann üben wir, wie man bei einer Firma anruft und eine Kooperation aushandelt oder etwas zum Verlosen.

Gegen Mittag bin ich mit den Nerven am Ende. Verena ist zwar sehr wissbegierig und nett, kriegt aber irgendwie nichts auf die Reihe. Ich mache den Fehler, sie dann auch noch bei einer Agentur anrufen zu lassen, nicht ohne ihr vorher noch einmal genau zu sagen, wie sie was zu machen hat.

»Hier ist easy-Radio, die Verena Boldt. Bitte schicken Sie mir einen Smart!«
Frau Paffke von der Smart-Agentur ist zu Recht etwas irritiert und fragt Verena, warum sie ihr ein Auto schicken soll. Woraufhin Verena einfach sagt: »Na, weil ich das so will!« Ich übernehme dann schnell das Gespräch (zum Glück kenne ich Frau Paffke schon länger) und kläre das Missverständnis auf.
»Hör mal, Verena«, sage ich zum hundertsten Mal. »Du musst erst mal erklären, wer du bist und wer wir sind und was du als Gegenleistung bietest und so weiter. Das habe ich dir doch alles aufgeschrieben. Dann mach es doch bitte auch so!«
»Ich hab doch gesagt, wer ich bin«, erwidert Verena beleidigt. Also erkläre ich es ihr nochmal und nochmal und nochmal. Nachmittags kommt Jo und fragt, wie es denn so laufe. Angstvoll starrt Verena mich an, und ich bekomme natürlich Mitleid und sage: »Alles bestens, Jo, alles bestens«, woraufhin Jo meint, das sei ja alles wunderbar. Zum Glück gibt sich Verena daraufhin mehr Mühe, sodass ich doch noch einen Hoffnungsschimmer habe. Ich sage ihr, dass sie unbedingt am nächsten Tag noch einmal kommen soll, und gebe ihr die ganzen Sachen, die ich ihr aufgeschrieben habe, zum Auswendiglernen mit. Und siehe da, es klappt anderntags tatsächlich schon ganz gut.

Freitag. Ich gehe früher aus der Redaktion weg und treffe mich mit Marius in der Stadt, um mir noch ein Kleid für Pitbulls und Margots Hochzeit zu kaufen. Und das Geschenk müssen wir auch noch abholen. Die beiden haben sich einen Chrommülleimer gewünscht, in dem man den Abfall trennen kann. Ich finde das nicht besonders romantisch, aber bitte. Wenigstens umweltbewusst.

Während wir unterwegs sind, ruft Pitbull auf dem Handy an.

»Ich bin fix und fertig!«, schreit er. »Meine Nerven machen das alles nicht mit! Wenn ich an morgen denke, bricht mir der kalte Schweiß aus!«

»Dann sag die Hochzeit ab, bevor es zu spät ist!«, rufe ich schnell.

Marius schüttelt den Kopf.

Pitbull ist böse. »Du bist wirklich 'ne super Freundin, Caro!«, giftet er mich an. »Ich weiß, dass du Margot nicht magst, aber musst du mir deswegen den schönsten Tag meines Lebens verderben?«

»Wieso? Du hast doch hier angerufen und gesagt, dass deine Nerven durchgehen, und beklagst dich, also was willst du denn?«, zicke ich zurück.

»Ich wollte nur mal mein Herz ausschütten. Entschuldige bitte, es kommt nicht mehr vor. Hast du wenigstens die Ringe?«

Natürlich hab ich als Trauzeugin die Ringe. Ich finde die Ringe scheußlich. Viel zu breit und mit so komischen filigranen Linien drin. Eheringe müssen schmal und schlicht sein. »Ja, ich hab die Ringe. Wann müssen wir denn morgen da sein?«

»Um elf geht das in der Kirche los, um neun müssen wir auf dem Standesamt sein. Am besten, ihr kommt hier vorbei, dann fahren wir zusammen!«

»Nein«, sage ich schnell, »das wird alles zu knapp. Wir kommen direkt zum Standesamt.«

»Du möchtest bloß Margot nicht mehr als nötig sehen«, das ist

wieder Pitbull. »Keine Angst, wir sind ja dann erst mal drei Wochen weg!« Pitbull verhält sich wie ein zänkisches Weib. Das ist ja furchtbar.
Ich kaufe mir ein wirkliches schönes Kleid, dunkelgrün und bis zum Knie, und einen schönen Blazer dazu. Marius besteht darauf, die Sachen zu bezahlen. »Ich will dir auch mal was schenken«, meint er. Er kann einfach auch so lieb sein.

Wir holen diesen idiotischen Mülleimer ab und fahren nach Hause, wo ein verheulter Gero auf den Treppenstufen sitzt und auf uns wartet. Als er mich sieht, fängt er sofort wieder laut an zu weinen.
»Was ist denn los?«, frage ich verwirrt. »Komm erst mal rein.« Wenn das so weitergeht, bekommen wir den Ruf weg, Menschen dauernd zum Weinen zu bringen, erst Little Joe und Mausi und jetzt Gero. Der kann nur stammeln und ist von Weinkrämpfen geschüttelt. »Tom ist so fies zu mir«, bringt er schließlich heraus. Gute Güte, jetzt geht das wieder los. Alle paar Monate ist Tom fies zu Gero. Dazu muss man zu Toms Ehre sagen, dass Gero manchmal wirklich eine kleine Diva ist und gern herumzickt, wenn ihm irgendetwas nicht passt oder Tom nicht so springt, wie er es gern hätte. Natürlich kommt Gero dann immer zu mir gerannt, weil ich ja die beste Freundin bin und – »Gell, du hältst doch zu mir, Caro, egal was passiert?« Wenn ich es dann wage, Tom zu verteidigen, schaut Gero mich mit großen Augen an und behauptet, ich hätte ihn eben gerade seelisch so verletzt, dass für immer Narben zurückbleiben werden. Wenn es ganz schlimm ist, redet er gar nicht mehr, sondern setzt sich gramgebeugt in einen Sessel und zuckt mit der Unterlippe.
Wir vertragen uns sowieso immer wieder, deswegen mache ich mich jetzt gar nicht verrückt. »Was hat Tom denn gemacht?«
»Er hat … er hat … er hat … uuuuääääähhhh!«

»Was hat er gemacht?«, jetzt wird selbst Marius ungeduldig. Gero blickt uns nacheinander an und sagt anklagend: »Er hat Bauer Zitronenjoghurt gekauft!!! Ja, Bauer Zitrone, obwohl er genau weiß, dass ich nur Kiwi-Stachelbeer-Joghurt von Bauer mag und Zitronenjoghurt nur von Ehrmann! Aber das Schlimmste kommt noch!« Kunstpause. Dann: »Erhatgesagtich-sollmichnichtsoanstellen!!!«

Finde ich persönlich verstehbar, andererseits kenne ich Geros Joghurttick zu Genüge. Wir mussten samstags mal in drei verschiedene Einkaufszentren fahren, um den richtigen Joghurtgeschmack zur passenden Marke zu finden. Gero hat dann mehrere Beschwerdebriefe an die Supermarktgeschäftsführer geschrieben und wollte die Benzinkosten erstattet haben. Ach Gottchen, mein Gero. Wäre ich Bibi Blocksberg, würde ich jetzt sagen: »Ene mene Doppelhauer, her mit Kiwi-Stachelbeer-joghurt von Bauer, hex, hex!«

»Na, komm, das renkt sich schon wieder ein«, tröste ich Gero.

»Nein«, er stampft mit dem Fuß auf. »Ich habe mich endgültig von Tom getrennt. Er packt gerade … ssss … sssei … ähäää … sssseiinne Sachen und dann, dann, dann … willermichnieWIE-DERSEHEN!!!« Gero springt auf und wirft sich in meine Arme. Ich falle fast nach hinten um. »Bitte, Caro, fahr hin und sag ihm, dass er bleiben soll, wenn er nicht schon weg ist. Bitte, Caro, oder du, Marius, fahrt hin!« Kann denn einen Tag lang mal nichts passieren? »Und morgen ist die Hochzeit von Pitbull, und da wollte ich Tom fragen, ob er mich heiraten will, und ach, es ist alles schrecklich, und ich liebe ihn doch so, und jetzt so was, und Joghurt hab ich auch nicht, und es hat doch sowieso nichts mehr einen Sinn! Tom! Tom! Tom!«

Warum muss es ausgerechnet jetzt an der Tür klingeln? Marius geht in den Flur. Eine Sekunde später steht Tom im Zimmer mit einer Palette voller Bauer-Kiwi-Stachelbeer-Joghurts und Zitro-

nenjoghurts von Ehrmann. Tom und Gero fallen sich in die Arme.
Eine Stunde später sind wir endlich allein. Ja, wir holen Tom und Gero, die sich nie, aber auch nie wieder trennen wollen, morgen pünktlich um halb neun ab, um dann gemeinsam zum Standesamt zu fahren. Die Joghurtpalette haben sie bei uns vergessen.

Samstag. Der große Tag. Pitbulls großer Tag. Ich wache mit dem Gefühl auf, dass heute etwas ganz Unangenehmes passieren wird. Das Gefühl wird von Minute zu Minute schlimmer. Marius meint, ich solle jetzt aufhören, schwarz zu sehen, und ihm lieber mit seinem Krawattenknoten helfen. Ich bin so nervös, dass ich noch nicht mal was frühstücken kann. Gero und Tom warten schon unten auf der Straße. Sie sehen aus wie eineiige Zwillinge. Sie bewegen sich sogar so. Vor dem Standesamt warten schon eine Menge Leute, und ich lerne endlich mal Pitbulls Eltern kennen. Es sind sehr nette Menschen, die uns gleich das Du anbieten und meinen, ich sei dafür verantwortlich, dass aus ihrem Jungen noch was geworden sei, was mich ein Stück weit mit Stolz erfüllt.
Margots Eltern sind nicht da. Auch sonst ist niemand von Margots Familie da. Auch keine Freunde. Ich wundere mich immer mehr. »Die kommen später, die haben zusammen einen Bus gemietet, wahrscheinlich stehn die noch im Stau!«, brüllt Margot auf meine Nachfrage los.
»Von wo kommen die denn?«, hake ich nach.
»Keine Ahnung, Alte!«, Margot zuckt mit den Schultern. »Lange nicht gesehen, die Bande!«
Irgendwas ist doch hier megafaul. Margot zieht mich zur Seite und meint, sie hätte ihr Brautkleid extra noch nicht an, sie würde sich in der Sakristei der Kirche noch umziehen, um Pitbull zu überraschen. Im Moment sieht sie aus wie eine überreife

Tomate in einem dunkelroten Hängerkleid und roten Pumps und einem roten Hut und roten Wangen. Sogar die Strümpfe sind rot. Wenn man sie auf die Straße stellen würde, käme es zu extremen Verkehrsbehinderungen, weil alle Autos stehen bleiben und auf Grün warten würden.
Der Standesbeamte betont extra noch einmal, dass es eine Ausnahme sei, dass er am Samstag jemanden traue, normalerweise würde er ja nur wochentags trauen, aber jetzt genug der Worte, die eigentliche Trauung werde jetzt beginnen, und nach der Trauung seien Pitbull und Margot dann getraut. Ich habe die dunkle Vermutung, dass es sich bei dem Standesbeamten um den Bruder von Sylvester Löwenthal handelt.
Pitbull sagt ergriffen »Ja«, als er gefragt wird, ob er Margot Dörtelhuber ehelichen möchte, und Margot kreischt auf dieselbe Frage: »Na logo, Alter, was denkst du denn?«
Ich schäme mich fremd. Dann muss ich auch noch meine Unterschrift auf dieses Dokument setzen. Margots Trauzeugin ist die Frau des Standesbeamten, weil Margots Verwandte und Freunde ja angeblich noch im Bus im Stau stehen.

Es gibt noch ein Gläschen Sekt, und dann fahren wir zur Kirche. Margot verschwindet sofort in irgendeinem Kirchenraum. »Irgendwas stimmt hier nicht«, flüstere ich Marius zu. Der sieht sich verwirrt um, als erwarte er, dass Osama bin Laden hinter einem Beichtstuhl auftauchen könnte. »Nein!«, ich ziehe an seinem Sakko. »Ich meine, mit Margot.«
»Ach Caro, nun hör doch mal auf. Man könnte ja meinen, du bist eifersüchtig«, sagt er resigniert.
»Carolin!« Da ist wieder Pitbull. »Ich bin ja sooo gespannt auf das Brautkleid! Margot meint, ihr hättet was ganz Außergewöhnliches gefunden!«
In spätestens einer halben Stunde bin ich tot. Bitte, lieber Gott,

lass es schnell gehen. Die Hochzeitsgesellschaft nimmt ihre Plätze ein, und ich schaue verzweifelt auf ein Jesusbild an der Wand. Vielleicht kann er mir ja helfen. Aber nichts passiert. Ich kann mich noch nicht mal setzen, weil ich ja mit Pitbull vorn am Altar warten muss. Ich, die Trauzeugin. Wo bleiben bloß die Verwandten im Bus?

Der Organist spielt den Hochzeitsmarsch von Mendelssohn-Bartholdy. Und dann geht die Tür auf, und Margot kommt das Kirchenschiff entlang. Sie hat tatsächlich ihr Brautkleid an. Der Gamsbart auf dem Hut wippt fröhlich im Takt der Musik. Pitbull starrt mich ungläubig an. Alle starren mich ungläubig an. Hinter Margot läuft ein Obdachloser mit Aldi-Tüten, aus denen leere Schnapsflaschen ragen. »Hicks«, macht der Obdachlose. Wahrscheinlich war ihm draußen zu langweilig.

Mausi ruft: »Sag mal äääächt, Caro, das soll ein geilcooles Brautkleid sein?«, und ich kann gar nichts sagen, weil mir das alles so peinlich ist.

»Ich kündige dir hiermit die Freundschaft«, sagt Pitbull leise. Ich kann ihn ja verstehen. »Das hast du extra gemacht, weil du Margot nicht leiden kannst.«

»Sie wollte es unbedingt haben«, versuche ich mich zu rechtfertigen.

Pitbull schnaubt zynisch. »Erzähl das jemand anderem, und wag es nicht, noch einmal zu behaupten, dass du mich kennst. Du hast den schönsten Tag meines Lebens zerstört.«

Ich merke, wie mir die Tränen in die Augen schießen. Ich hab das doch wirklich nicht mit Absicht gemacht. Alle, wirklich alle sitzen da und blitzen mich böse an. (»Ja, meine Freundin Carolin geht mit meiner zukünftigen Frau ein Brautkleid kaufen. Sie hat so einen guten Geschmack, und ich finde es klasse, dass sie ihr beratend zur Seite steht. Das ist eben wahre Freundschaft!«

»Ach, das ist aber eine reizende Geste! Solche Freunde hat man fürs Leben!« »O ja, auf Carolin lasse ich nichts kommen. Wir würden füreinander durchs Feuer gehen!« »Das ist selten. Das ist selten. Und kostbar!«) Ich könnte natürlich einfach gehen und mich beim Schorsch sinnlos betrinken, aber ich traue mich nicht. Außerdem habe ich bestimmt schon Hausverbot dort. Wegen des Brautkleides.

Margot kommt strahlend schrittchenweise auf uns zu. Der Pfarrer ist sichtlich irritiert und schaut verwirrt umher. Bestimmt vermutet er, dass hinter der Balustrade gleich Jäger mit Schrotflinten auf ihn zielen.

Schweigen. Dann Margot vor Pitbull, dann Pitbull mit gequältem Grinsen, dann Gelaber vom Pfarrer, dann ich erneut mit den Ringen, und dann geht die Tür auf. Wir drehen uns gruppendynamisch um. Ein Pulk von Menschen betritt die Kirche. Der Pfarrer sagt: »Wenn es hier jemanden gibt, der etwas gegen die Ehe von Ralf Lehmann und Margot Dörtelhuber einzuwenden hat, so möge dieser Jemand jetzt reden oder für immer schweigen.«

Die Kirchentür schlägt wieder zu, eine ältere Frau kommt mit Riesenschritten auf uns zugestürmt. Ihr Atem geht stoßweise, und sie hebt den Zeigefinger.

Margot schreit: »Raus!!!«

»Wer sind Sie?«, fragt der Pfarrer.

»Ich bin die Mutter! Und ich werde nicht zulassen, dass MEIN SOHN EINEN MANN HEIRATET!«

Ein Aufschrei geht durch das Kirchenschiff. Margot (Margot?) brüllt: »Hau ab, Mutti!«, und Pitbull wird ohnmächtig. Er reißt das Taufbecken mit um.

Zum Glück steht da Rotwein, der für das Abendmahl bestimmt ist. Der liebe Gott nimmt es mir bestimmt nicht übel, wenn ich die Flasche mal eben ansetze.

10

Zwei Stunden später. Wir sitzen bei uns zu Hause in der Küche. Ich habe ein Déjà-vu und frage mich, woher. Dann fällt mir ein, dass mich die Szene an »Vier Hochzeiten und ein Todesfall« erinnert. Da wird doch Hugh Grant von seiner Braut niedergeschlagen, und die Clique sitzt dann auch bei ihm zu Hause in der Küche und beratschlagt, was zu tun ist.

Pitbull ist um Jahre gealtert. Selbst Marius, der immer alles relativ gelassen sieht, ist am Boden zerstört. Aber eines wollen wir alle wissen: »Wie konntest du nicht merken, dass das keine Frau ist?«

Pitbull stützt den Kopf in die Hände. »Sie wollte es sich für die Hochzeitsnacht aufheben«, sagt er leise und verzweifelt.

»Du meinst, ihr habt noch nie miteinander geschlafen?«, fragt Marius fassungslos.

Pitbull nickt. Gero sagt: »Oh Gott oh Gott oh Gott«, lediglich Richard ist gefasst. Das Einzige, was ihn interessiert, ist die Frage, wo sich Margot wohl »den Busen hat machen lassen«.

Nachdem Margots Mutter gebrüllt hatte, ihr Sohn solle keinen Mann heiraten, und Pitbull umgekippt war, eskalierte die Situation. Margots Mutter sprang auf die Kanzel und schaltete das sich dort befindende Mikrophon an, um uns laut und deutlich mitzuteilen, dass ihr Sohn sich Frauen gegenüber so unmöglich verhalten hätte, dass keine ihn hätte haben wollen (Hallo, Herr Dunkel!), und dann müsste er wohl auf die Idee gekommen sein, dass das als Frau doch alles besser funktioniert, außerdem hätte Hans (Margot!) Schulden und sich deswegen einfach aus dem Staub gemacht und eine neue Identität angenommen. Sie, Frau Ruppel, hätte Monate gebraucht, um Hans

zu finden. Aber jetzt hätte sie den Schwerenöter ja gerade noch erwischt!
Dann ging sie zu Hans-Margot und haute ihm eine runter. Später stellte sich heraus, dass er/sie Pitbull schon dazu überredet hatte, sämtliche Bausparverträge und geldbringende Versicherungen auf seinen Namen umschreiben zu lassen. Pitbull muss am Montag sofort einen Rechtsanwalt aufsuchen. Hans-Margot gab dann irgendwann zu, dass er noch in der Nacht zum Sonntag seine Siebensachen packen und abhauen wollte. Auf Nimmerwiedersehen. Allmächtiger.
Pitbull und wir alle waren Frau Ruppel unglaublich dankbar für die Aufklärung dieser entsetzlichen Geschichte. Gott, wie furchtbar. Hoffentlich passiert mir so was nie. Irgendwann kam dann auch noch die Polizei in die Kirche (Pinki und Little Joe hatten Hans-Margot am Altar mit einem Lasso festgebunden), und er/sie wurde wegen versuchten Betruges verhaftet und gleich mitgenommen. Der Pfarrer stellte fest, dass in einer solchen Situation auch Beten nicht mehr hilft, und opferte freiwillig noch mehr Rotwein, den er persönlich aus der Sakristei holte. Dann saßen wir alle auf den Stufen vor dem Altar und auf dem Altar und auf dem Boden und tranken was auf den Schreck.

»Bestimmt wollte Hans-Margot deswegen kein Brautkleid anziehen, weil man dann gesehen hätte, dass er ein Mann ist, wegen der Oberarme und der Behaarung und so«, sinniere ich jetzt in unserer Küche.
»Und ich habe noch geglaubt, du hättest das extra gemacht«, sagt Pitbull, der mit Hilfe von Mausis Riechsalz wieder unter den Lebenden weilt. (»Oh Mann, äääächt, ich hab immer geilcool Riechsalz dabei, weil ich die Kleider von den Frauen, die so Korsagen tragen in der Schokokozeit, so schön finde. Die sind

immer umgekippt in der Schokokozeit, und dann haben sie geilcool Riechsalz genommen, und dann konnten sie echt voll weiterlaufen mit den megastarken extremen Reifröcken.«)
»Na ja«, werfe ich ein. »Ich gebe zu, dass ich sie nicht leiden konnte. Also ihn. Das kam mir alles so komisch vor.«
Pitbull nickt. »Irgendwas kam mir auch komisch vor. Ich konnte nur nicht sagen, was. Und ich war deswegen so blöde zu dir, weil ich eigentlich gewusst habe, dass du Recht hast. Entschuldige bitte, Caro!«

Ich winke ab. »Vergiss es einfach«, sage ich. »Was machen wir jetzt mit der Reservierung im Ahornshof?«
»Keine Ahnung«, Pitbull hebt hilflos die Hände. »Entscheidet ihr das.«
Nach kurzer Diskussion beschließen wir, gemeinsam in den Ahornshof zu gehen.
Wir feiern dann also doch noch, wenn auch keine Hochzeit. Nach dem vierten Glas Wein ist das aber auch egal. Marius' Einwurf »Trink doch nicht so viel, Carolin. Milch ist doch auch gesund«, überhöre ich geflissentlich. Das ist hier schließlich keine Beerdigung. Pitbull flirtet auf Teufel komm raus mit der Aushilfe, die zum Bedienen engagiert wurde. Sie heißt Isabell und beweist ihm gern, dass sie eine wirkliche Frau ist. Ich bin sehr froh, dass Pitbull Hans so schnell vergessen hat, das macht vieles einfacher. Ich gönne es ihm von Herzen.
Was für ein Wochenende!

Am Montag hole ich Kontoauszüge. Huch, wieso bin ich denn plötzlich im Plus? Dann stelle ich fest, dass Strawberry mir zehntausend Euro überwiesen hat. Bei Verwendungszweck steht »Pauschale für Einkleidung«. Hui. Ich, die ich seit Jahren zu H&M gehe, kann ja jetzt mal richtig die Wutz rauslassen.
Zu Hause ist ein Brief von Frau Schneider von Strawberry, die

mich bittet, Kontakt mit Estefania Huber, der Typberaterin, aufzunehmen. Also rufe ich Frau Huber an. Frau Huber ist nicht etwa freundlich am Telefon, sie behandelt mich, als sei ich eine Strafgefangene in einem Arbeitslager in Stalingrad und sie die Aufseherin mit dem Namen Kasalinka Dermisova, die mit zurückgekämmten Haaren und schweren Lederstiefeln den Gefangenen, die in Eisenketten darben, Zucht und Ordnung beibringt und ihnen die Kohlsuppe streicht, wenn sie einen schlechten Tag hat. Ich habe jetzt schon Angst.

»Ich bin schon gebrieft«, schreit Frau Huber. »Da gibt es ja einiges auszumerzen. Ich bin übermorgen bei Ihnen. Wir treffen uns am Hauptbahnhof, da holen Sie mich bitte ab, und dann müssen wir schauen, wie wir das am besten hinkriegen mit Ihnen!« Sie tut ja gerade so, als sei ich eine Aussätzige, bei der Hopfen und Malz verloren ist. Eingeschüchtert sage ich zu. Frau Huber brüllt abschließend, dass sie um 14.03 Uhr ankommt und ich pünktlich sein soll. Wie ich mich kenne, werde ich bereits um eins am Gleis vier stehen, von Panik gebeutelt.

Marius, der das Gespräch mitbekommt, meint, dass ich endlich mal selbstbewusster auftreten soll. »Die Frau wird dafür bezahlt, dass sie mit dir losgeht«, meint er böse. »Der hätte ich was anderes erzählt.«

Am übernächsten Tag stehe ich aber dennoch um eins am Gleis vier. Mit schlotternden Knien. Ich traue mich nicht, einen Kaffee trinken zu gehen oder aufs Klo, aus Angst, dass der ICE aus Berlin früher eintrifft und ich anstelle eines freundlichen Hallo eine Peitsche über den Rücken gezogen bekomme. Das hat zur Folge, dass ich so dringend aufs Klo muss, dass ich ständig auf- und abspringe. Ein ungefähr zehnjähriges Mädchen kommt auf mich zu und fragt, ob mein Hüpfseil eine Tarnkappe aufhat.

Pünktlich um 14.03 Uhr kommt der ICE aus Berlin. Ich erkenne Frau Huber sofort. Sie ist ungefähr zwei Meter groß und top gekleidet. Kein Makel. Alles aufeinander abgestimmt. Grauer Hosenanzug aus Cashmere, weiße Bluse, dezenter Silberschmuck, passende Brille. Die Haare frisiert wie die Frau in der Drei-Wetter-Taft-Werbung: Morgens Berlin. Leichter Nebel. Mittags Rom. Die Sonne brennt. Abends Hamburg. Starker Nordwestwind. Die Frisur sitzt.
Ich mutiere zum Säugling in meinen Jeans und Turnschuhen. Entsetzt fällt mir ein, dass ich in Turnschuhen immer Schweißfüße habe. O nein!

Frau Huber hat noch eine Assistentin dabei, die sich pikiert als Laura von Castellani vorstellt. Sie gibt mir nicht die Hand, sondern nur die Fingerspitzen, ich glaube, sie ekelt sich vor mir. Ich mutiere zum Embryo.

Die nächsten beiden Stunden sind der reinste Horror. Mit einem Taxi geht es in die Innenstadt Frankfurts, dort befiehlt Frau Huber, dass wir die Goethestraße aufsuchen. In der Goethestraße befinden sich nur Designerläden. Unsere erste Station ist Versace. Ich versuche, die Tür zu öffnen, was aber leider nicht geht, weil man bei diesen gar so edlen Geschäften klingeln muss, um Einlass zu bekommen. Frau Huber quittiert meine Unkenntnis mit einem milden Lächeln und begrüßt die Verkäuferin, die uns schließlich öffnet, mit einem »Monique, ach ist das lange her, ich meine, das letzte Mal habe ich dich und Fabian auf den Bermudas getroffen!«
Monique gibt Bussi links und rechts und sagt: »Nein, das war auf den Fidschis«, woraufhin Frau Huber sich an die Stirn greift und lauthals schreit: »Natüüüüüürlich, wie konnte ich das verwechseln, was hatten wir ein Champagnerbad abends in der Lobby! War es nicht Pommery?«

»Nein, Piper Heidsieck!«
»Aber ja, aber ja!«
Ich glaube, ich würge. Ich KANN solche Weiber nicht ausstehen.
»Aber du, Estefania, was kann ich denn heute für dich tun?«, fragt Monique.
»Das ist in der Tat ein Problem«, sagt Estefania und blickt mich von oben bis unten an. »Wir müssen die da zur Talkshowmoderatorin umbürsten. Jedenfalls outfitmäßig.« Sie hebt abwehrend die Hände. »Ich weiß, das ist eine kaum zu bewältigende Herausforderung, aber wir müssen es wenigstens *versuchen.*« Das ist die Schwester von Herrn Dunkel, das ist die Schwester von Herrn Dunkel. Wer sollte das *sonst* sein?
»Ich weiß ja nicht, ob in der Größe überhaupt was da ist. Und vom Typ her, ich kann sie nicht zuordnen.« Monique redet nicht mit mir persönlich, sie tut so, als sei ich eine Schaufensterpuppe, die sie für die Herbstkollektion einkleiden müsste. Das ist ja wohl Verachtung pur.
Estefania seufzt hörbar. »Leg am besten erst mal ein paar basics raus«, woraufhin Monique mit ihren Stelzenbeinen an ein Regal wackelt, um Estefania irgendwelche schwarzen Teile hinzulegen.
»Probieren Sie das mal an«, befiehlt mir Estefania.
Nervös betrete ich eine Umkleidekabine, in der die Spiegel so angebracht sind, dass man sich fühlt wie in einem Spiegelkabinett auf dem Jahrmarkt, wobei man es da lustig findet, so auszusehen, als hätte man die Figur eines überdimensionalen Regentropfens. Ich muss meine Turnschuhe ausziehen. Meine Füße, meine Füße. Nervös spucke ich darauf und versuche sie mit meinem T-Shirt zu reinigen. Barfuß verlasse ich daraufhin die Kabine.
Estefania, Laura und Monique treten sofort drei Schritte zurück, rümpfen die Nase und mustern mich eingehend, nicht ohne mich merken zu lassen, dass sie das als eine Zumutung empfinden.

»Es sieht un-mög-lich aus«, sagt Monique kategorisch. »Sie wirken wie eine Rolle Faxpapier, über die versehentlich Toner geschüttet wurde. Ausziehen!«
Gleich sterbe ich. Die Designersachen lassen mich unförmig wirken. Ich bin nun mal kein Model. Wenn ich ein Oberteil in Größe 34 anprobieren soll, kann ich es lediglich als Handschuh tragen. Aber auch nur, wenn ich es vorher lang ziehe oder eine trächtige Elefantenkuh bitte, es kurz vor der Niederkunft zwei Tage für mich zu tragen.

Monique dackelt wieder umher und holt neue *basics*.
Ich gehe damit wieder in die Umkleidekabine. Draußen höre ich die drei leise lästern und verhalten lachen.
Mein Handy klingelt. Dummerweise ist meine Tasche draußen bei Estefania, und dummerweise geht sie dran. Frechheit. Ich höre nur: »Aha, ja, werde ich ausrichten.« Wer war das bitte? O Gott. Margot? Hans? Wer? Ich trete in einem Federboakleid ins Geschäftsinnere. Estefania sagt spitzlippig: »Da war eben eine Felizitas Funke für Sie dran, Frau Schatz. Sie sagte, die Umoperation zur Frau sei erfolgreich abgeschlossen, und sie meint sogar schon einen Hauch Busen bei sich zu erkennen, obwohl sie erst seit heute Hormone nimmt. Sie sollen demnächst mit ihr einen dunkelroten Lippenstift kaufen gehen und Pumps. Und ob es wohl möglich wäre, sie die nächsten Tage zu besuchen?«
Ich stammle etwas wie: »Äh, ein Faschingsgag, ist ein lustiger Freund von mir, der mich immer anruft, wenn ich bei Versace bin, kommt nicht wieder vor …«, und Monique sagt kalt: »Sie waren noch nie hier, ich merke mir jedes Gesicht! Und Fasching ist von November bis Februar beziehungsweise März.« Ich beschließe kurzerhand, Richard seine Hormontabletten wegzunehmen.

Wir werden nicht fündig beim »Gianni«, und Estefania Huber befiehlt, nun zum »Giorgio« zu gehen. Also auf zu Armani. Ich habe keine Lust auf nichts und möchte nirgendwo mehr hingehen.
Beim »Giorgio« ist die dämliche Verkäuferin zwar etwas höflicher zu mir, aber auch nicht wirklich. Und die Kostüme, die sie mir hinlegt, passen genauso wenig wie die Hosenanzüge. Estefania meint, bei mir sei Hopfen und Malz verloren, am besten, sie ruft Sylvester an und bittet ihn, mich doch während der Talkshows nur in Kopfaufnahme zu zeigen. »Wir finden nie was für Sie!«, sagt sie verächtlich. Laura sitzt derweil auf einem Ledersesselchen und schlürft Champagner.
»Natürlich finden wir nichts für mich, wenn die Sachen alle zu klein sind«, wage ich zu sagen. »Ich hatte noch nie Größe 34 oder 36, noch nicht mal als Baby.«
Estefania schaut an die Decke. »Himmel, jetzt werden Sie doch nicht gleich so ausfallend. Einen Kartoffelsack werden wir irgendwo schon noch auftreiben.«
In diesem Moment reißen meine Nerven. »Was glauben Sie eigentlich, wer Sie sind?«, schreie ich Estefania an. »Sie sind engagiert worden, um mich zu beraten, und nicht, um mich fertig zu machen! Wenn Sie neidisch sind, weil ich was kann, was Sie nicht können, dann kann ich auch nichts dafür! Ich hab jedenfalls keine Lust, mich mit einer verbitterten, verhärmten, unzufriedenen und dummen Blödzicke, die nie einen abkriegen wird, herumzuschlagen!« Drohend gehe ich auf Estefania zu. Die weicht zurück und stößt gegen ein Regal mit einigen basics. »Ist das klar?« Schweigen. »Ob das klar ist?« Nicken. »Gut!« Ich nehme meine Tasche, gehe zur Tür, drehe mich nochmal um und sage: »In einer Viertelstunde, meine Beste, sind Sie gefeuert! Und ich werde dafür sorgen, dass Sie nie wieder irgendwo einen Fuß in die Tür kriegen!«

»Ding dong« macht die Tür, als sie hinter mir zufällt. Dann hole ich mein Handy raus und rufe Sylvester Löwenthal in Berlin an. Von einer Typberaterin Estefania Huber habe ich seitdem nie wieder etwas gehört.

Am nächsten Tag gehe ich mit Gero einkaufen, und wir finden tolle Sachen, und ich bekomme wieder einen Anflug von guter Laune.

Dann besuchen wir Richard. Er liegt in einem wirklich schönen Einzelzimmer und strahlt vor Glück. Neben ihm liegen stapelweise Kataloge und Perücken. Eine davon hat er auf.
»Wie sehe ich aus?«, fragt er freudig erregt.
Um ehrlich zu sein sieht er aus wie jemand, der an Fasching beim Männerballett mitwirkt und jubelnd Gassenhauer singt, vom betrunkenen Publikum angeheizt. Aber ich sage natürlich: »Du siehst klasse aus, Richard! Richtig weiblich!«
»*Felizitas*! Das wird alles noch richtig gut«, meint er. Die Hormone wären ja wirklich der absolute Hammer. Er hebt sein Pyjamaoberteil. »Schaut nur!« Wir schauen, sehen aber nichts als eine behaarte Männerbrust. Aber das wird ja alles noch. Richard muss noch circa eine Woche im Krankenhaus bleiben. Dann wird das alles. Richard freut sich darüber, dass wir ihm die »Freundin«, die »Brigitte« und die »Amica« mitgebracht haben. »Ich muss doch wissen, für was ich mich jetzt interessieren muss«, sagt er.

Dann wieder ein Termin in Berlin: Vertragsunterzeichnung.
Da Strawberry sehr großzügig ist und die Kosten übernimmt, kann ich fliegen und komme mir vor wie eine Businessfrau. Obwohl ich Fliegen nicht ausstehen kann. Aber es geht nun mal schneller.
Die ersten Entwürfe für ein Logo sind schon da und Briefpapier und Entwürfe von Pressemeldungen. »ContraDrei hat einen

neuen Star! ›Anders, aber klar‹ heißt es bald in jedem deutschen Haushalt«, und so weiter und so fort. Ich bin überfordert, weil ich sogar ein eigenes Büro habe, nur für mich allein, wenn ich mich auf meine Sendung vorbereiten muss oder einfach mal meine Ruhe haben will. Das Redaktionsteam ist sehr okay. Felix tut so, als hätte er das alles, aber auch alles organisiert und als ob ohne ihn überhaupt nichts laufen würde. Die ganze Zeit rennt er herum. Felix hat die schreckliche Angewohnheit, alles mit den Worten »it's up to you« abzuschließen. Selbst Anweisungen. Und fast jeden Satz beginnt er mit »On top«. On top müssen wir jetzt hier die Pflanzen noch näher ans Fenster schieben, Bea, machst du das mal eben, it's up to you.

Ich sitze bei Sylvester und unterschreibe den Vertrag. »Ich halte große Stücke auf dich, Carolin, du wirst das schon machen, und wie du das machen wirst. Mach dir keine Gedanken, mach einfach.« Der Vertrag hat noch nette Zusatzvereinbarungen: Wenn ich mal in Berlin bleiben möchte, kann ich dort im Adlon wohnen, Frisör- und Kosmetikstudiobesuche kann ich komplett absetzen, und alle drei Monate gibt's Kohle fürs Neueinkleiden. Und essen kann ich gehen, so viel ich möchte. Und mit dem Taxi fahren. Also wirklich, es gibt Schlimmeres. Rufe Marius an, der freut sich mit mir und meint, er sei stolz auf mich. Ich selbst kann das alles noch gar nicht glauben. In knapp sechs Wochen habe ich die ersten Aufzeichnungen, und es wäre gut, meint Sylvester, wenn ich in der Anfangszeit immer einen Tag vorher da wäre, um mich gründlich vorzubereiten. Ich sage, dass das kein Problem wäre. Dann entschuldigt er sich nochmal wegen Frau Huber. Das sei ja fast schon Körperverletzung gewesen. »Ich habe es ja überlebt«, sage ich und versuche, diesen entsetzlichen Nachmittag zu verdrängen.

»Gestern habe ich übrigens mit Roland in Hamburg telefoniert, dem geht's ja gar nicht gut«, meint Sylvester.

Schön zu hören. Wahrscheinlich ist er mit einem Boot auf eine Sandbank aufgelaufen, und langsam, aber sicher geht das Trinkwasser aus. »Ach, der Arme«, sage ich zuckersüß, »was hat er denn?«
Sylvester beugt sich verschwörerisch nach vorn. »Eheprobleme.« Er schüttelt den Kopf. »Seine Frau überlegt gerade, sich von ihm zu trennen. Eine Katastrophe.«
»Sag doch bitte Roland, dass er mich gern anrufen kann, wenn er mal das Bedürfnis hat, über seine Sorgen zu sprechen«, höre ich mich sagen. Was rede ich da?

»Das würdest du tun? Also, das finde ich ja großartig. Roland ist ein so netter Kerl, er hilft, wo er nur kann, auf seine Hilfe kann man zählen, wenn ich dir sage, wie Roland mir schon geholfen hat, das ...«
Ich stehe auf. Nein, ich kann das jetzt nicht ertragen. »Mein Flugzeug geht in knapp zwei Stunden, und ich möchte gern pünktlich sein.«
Das versteht Sylvester natürlich und lässt mich von dannen ziehen.

Im Flugzeug sitze ich am Fenster. Neben mir sitzt eine Frau, die ununterbrochen auf den Mann neben sich einredet. »Ich fliege so gern und sehr häufig, dann bin ich Gott näher«, sagt sie mit einer Stimme, die so klingt, als befände die Frau sich bereits im Himmel. »Hmmhmm«, brummelt der Geschäftsmann, der gerade die Financial Times liest. »Gott ist zwar überall«, ruft die Frau und breitet ihre Arme so aus, dass sie mich fast im Gesicht trifft. »Aber hier, hier oben im Himmel, da ist er uns besonders nah. Spüren Sie ihn?« Der Mann schüttelt den Kopf, ohne von der Zeitung aufzublicken. »Ich spüre ihn, er ist hier direkt neben uns.« Sie blickt mich an. Ich werde rot. »Auch Sie haben Gott in sich«, sagt die Frau zu mir. »Gott wird uns immer den richtigen Weg zeigen. Auch diesem Flugzeug.« Ich hoffe nur, dass die Piloten sich nicht ausschließlich auf die Aussage dieser Frau verlassen. »Seit Jahren arbeite ich nun schon ehrenamtlich für unsere Gemeinde«, rekapituliert die Frau. »Ach, Sie wissen gar nicht, was da alles zu tun ist. Gott allein kann da auch nicht helfen. Die ganzen alten Menschen, die Obdachlosen, die Verlassenen, die armen allein erziehenden Mütter und Väter, die Familien ohne Arbeit, denen wir Speis und Trank und Kleidung geben. Wir alle wissen gar nicht, wie gut es uns geht, nein, das wissen wir nicht. Wir leben in den Tag hinein und achten nicht auf unsere innere Stimme, die uns sagt: ›Hilf. Hilf. Hilf!‹« Die letzten Worte brüllt sie geradezu. Die anderen Fluggäste schauen schon zu uns. Mir ist das alles sehr unangenehm. Die Stewardess kommt mit dem Essen. Böse blickt die Frau sie an. »Wenn man diese Portionen mit Geschnetzeltem und Spätzle und Salat nimmt, kann man einem ganzen afrikanischen Völkerstamm eine warme Mahlzeit geben und ihnen somit das Hungergefühl nehmen. Hunger hat hier nämlich niemand wirklich!«

Die ist ja noch schlimmer als Janosch. Das würde noch fehlen, dass der Pilot den Kurs ändert und Richtung Serengeti eiert. Und ich muss dann Marius anrufen und sagen, dass es ein wenig später wird, weil ich im Busch noch bei der Essensausgabe helfe. Zum Glück reagiert die Stewardess gelassen und meint, sie mache hier nur ihren Job.

»Aber Sie nehmen Geld dafür und behalten es auch noch, anstatt es zu spenden. An die Kirche. An Gott! Die Menschen brauchen das Geld. Und Ihre Hilfe!« Jetzt redet sie zu uns allen. Der Financial-Times-Mann blickt von seiner Zeitung auf. »Hören Sie mal«, sagt er. »Wer bezahlt das eigentlich, dass Sie dauernd fliegen, um näher bei Gott zu sein?« »Na, die Gemeinde«, sagt die Frau entrüstet. »Ich selbst arbeite ja ehrenamtlich!« »Meinen Sie nicht, dass das Geld, das Ihre Flüge kosten, auch

besser in Afrika aufgehoben wäre?« Ui, jetzt wird er zynisch.
»Was wollen Sie damit sagen?«, fragt die Frau keifend.
Der Mann faltet seine Zeitung zusammen und setzt sich auf.
»Ich will damit sagen, dass Sie mit Ihrem blöden, überflüssigen Geschwätz aufhören sollen!« Er wird rot vor Wut. »Das interessiert hier nämlich niemanden! Von mir aus können Sie bis an Ihr Lebensende irgendwohin fliegen und ehrenamtlich belegte Brote verteilen, aber verschonen Sie bitte Leute mit Ihren Unterhaltungen, die sich mit Ihnen nicht unterhalten wollen!«

»Sie unchristlicher Mensch!«, schreit die Frau zurück. »Der Anzug, den Sie tragen, würde eine achtköpfige Familie im Sudan eine Woche lang ernähren!«
»Und Ihr Flugticket einen ganzen Volksstamm für einen Monat!«, kontert Mr. Financial Times. Nervös fängt die Frau an, einen Rosenkranz zu beten. Ich halte das gleich hier nicht mehr aus. »Wissen Sie was?«, echauffiert sich Herr Times. »Hier!«, er zieht etwas aus seiner Tasche und kritzelt darauf herum. »Hier haben Sie einen Barscheck über 20 000 Euro. Für die Mütter, die sich keine Milch leisten können, oder für die Wohnsitzlosen ohne Wolldecke. Aber lassen Sie mich jetzt bitte in Ruhe!«
Die Frau nickt. Sie traut sich offenbar nicht mehr zu sprechen. Der Mann widmet sich dann wieder seiner Zeitung und die Frau sagt tatsächlich nichts mehr. Ich sehe sie nur einige Minuten später den Betrag auf eine Liste schreiben. Auf der Liste stehen schon eine ganze Menge anderer Beträge. Clever. Sollte ich vielleicht genauso machen.

Die nächsten Wochen vergehen wie nichts. Verena bringt es fertig, eigenständig Preise zu organisieren, und kann auch irgendwann mit dem Computer umgehen. Zum Glück hat Jo gesagt, dass Nini, die ja sonst immer meine Vertretung macht, Verena

mit Rat und Tat zur Seite stehen soll, während ich weg bin, und somit bin ich einigermaßen beruhigt. Dann kommt mein letzter Tag bei easy-Radio. Ich kaufe eine Menge Sekt und Chips und Flips und Bier und Wein, und nach Redaktionsschluss wird gefeiert. Jo und Bernd halten Reden, die mich zum Weinen bringen, und ich bekomme einen eigenen Stern vom Team geschenkt, der nur mir gehört. Mit Zertifikat und einem großen Foto mit allen Kollegen drauf. Und Ohrringe. Jo sagt in seiner Rede, dass ich immer ich bleiben solle und dass mein guter Geist der Redaktion fehlen werde. Bernd meint, er würde es jetzt schon vermissen, dass ich nicht mehr zur Tür reinkomme, weil dann ginge ja immer die Sonne auf und der Tag wäre gerettet. Das macht mich alles emotional so fertig, dass ich kurz davor bin, alles rückgängig zu machen und zu bleiben. Dann halte ich noch eine Rede, die ich aber abbrechen muss, weil ich von Weinkrämpfen geschüttelt werde, und alle trösten mich, und zum Schluss weinen wir alle gemeinsam. Aber nur kurz, Sekt, Bier und Wein verdrängen die Trauer irgendwann.
Gegen Mitternacht schließe ich zum letzten Mal mein Büro ab und drücke Nini den Schlüssel in die Hand. Ich habe ein ungutes Gefühl. Noch unguter als vor Pitbulls Hochzeit. Ist das alles richtig? »Ist ja nur für kurz, wenn du willst«, versucht mein Gewissen mich zu beruhigen. »Du kannst ja immer zurück.« Kann ich das? Kann ich immer zurück? Mir fällt meine Oma ein, die immer sagte: »Bleib aufem Teppich, Kind!«
Ich bleib schon aufem Teppich, irgendwie.

11

Eine Woche später komme ich gegen Mittag auf dem Flughafen Berlin-Tegel an. Ein Fahrer von Strawberry holt mich ab. Ich komme mir blöd vor, als ich in den dicken Mercedes steige, und muss dauernd an die Frau denken, die uns erzählt hat, dass Menschen Hunger leiden. Bestimmt würde sie jetzt sagen, dass von der Versicherung, die das Auto kostet, achthunderttausend allein erziehende Mütter bis an ihr Lebensende Alete-Gläschen für ihre Kinder kaufen könnten.

Sylvester und »mein« Redaktionsteam, an der Spitze Felix, erwarten mich schon. Sie stehen Spalier, ich bin froh, dass sie nicht noch einen roten Teppich ausgelegt haben, und komme mir vor wie Prinzessin Diana, die ohne Dodi al Fayed ins Ritz marschiert. Ich bin so was nun wirklich nicht gewohnt und tue burschikos.

Sylvester hat einen Plan entworfen. In dem Plan habe ich unter anderem einen persönlichen Fitnesstrainer, mit dem ich, wenn ich in Berlin bin, täglich zwei Stunden trainieren darf. Darf. Darf. Darf. Ich hasse Sport. Und ich bin das unsportlichste Wesen auf der ganzen Welt. Aber das gebe ich natürlich nicht zu. Die erste Aufzeichnung ist übermorgen um elf. Jetzt stärken wir uns erst mal alle bei einem feinen Lunch, denn am Nachmittag um vier ist eine Pressekonferenz anberaumt.

Ich war schon oft auf Pressekonferenzen. Als Zuhörerin. Wenn Phil Collins kam. Oder Heiner Lauterbach. Oder Götz George. Oder Catherine Zeta-Jones. Aber noch nie war ich auf einer Pressekonferenz, bei der es um mich ging. Das macht mich verrückt. In den Pressemeldungen wurde geschrieben, ich sei »die Entdeckung des Jahrzehnts«, und »Bärbel Schäfer könne einpacken« und eigentlich auch Sabine Christiansen. Wer mich mit

Sabine Christiansen vergleicht, muss völlig wahnsinnig sein. Ich weiß weder, welcher Partei Joschka Fischer angehört, noch was eine Ampelkoalition ist. Ich weiß aber, was eine Ampel ist. Das weiß Sabine Christiansen aber bestimmt auch. Insofern sind wir doch ein Stück weit gleichwertig.
Sylvester trompetet herum, dass mehr als zweihundert Journalisten ihr Kommen angekündigt haben, woraufhin mir schlecht wird. Bestimmt sind verkleidete ehemalige Schulkameraden dabei, die mich vor laufenden Kameras darauf ansprechen, warum ich damals auf der Klassenfahrt nach Forchheim geschlafwandelt bin oder wieso ich immer die Pausenbrote von Jürgen gestohlen habe (weil ich immer Hunger hatte, deswegen).
Felix brieft mich für die Pressekonferenz. »Du machst das schon, Caro, sei einfach ganz locker und unverkrampft. Und antworte nicht gleich auf jede Frage. Ich meine, klar, it's up to you, aber die müssen ja nicht alles wissen. Und Journalisten sind doch immer so neugierig. Also, on top würde ich sagen, die Pe Ka wird ein voller Erfolg. Wir haben die Maske schon gecheckt, du wirst großartig aussehen!«
Pe Ka? Ach so, die Pressekonferenz. Mir wird jetzt schon schlecht.

Nach dem Lunch geht es zurück, und ich begebe mich in die Maske. Eine neue Maskenbildnerin wartet schon auf mich. Sie ist schlecht gelaunt und redet kaum. Das macht mich ganz unsicher, und deswegen blinzle ich, während sie mir die Wimpern tuscht. Sie blitzt mich wütend an und frisiert mir daraufhin die Haare so, dass ich aussehe wie ein Löwe um die Eier.
In meiner Garderobe (in meiner Garderobe!) hängen tausend Klamotten herum, und eine Evi meint, ich solle diese Miederhose da anziehen, das kaschiere die dicklichen Hüften. Die Miederhose sieht aus wie ein Keuschheitsgürtel und fühlt sich auch so an. Aber ich protestiere nicht und bin folgsam. Dann passe

ich tatsächlich in eine Hose in Größe 38, der dazugehörige Blazer sieht super aus. Drunter ein mintfarbenes Top. »Das schmeichelt der Kamera«, sagt Evi. Sie sagt das so, als ob ich allein der Kamera ganz und gar nicht schmeicheln würde.
Um 16 Uhr ist die Pe Ka anberaumt, ab viertel nach drei habe ich Durchfall. Die böse Maskenbildnerin kommt um kurz vor vier nochmal mit Puder und meint, ich solle nicht so breit grinsen, das gäbe Streifen auf dem Make-up. An was man alles denken muss.

Sylvester und Felix kommen dann auch und meinen, wir sollen bis viertel nach vier warten. Ich hasse Unpünktlichkeit. »Wenn die dann denken, ich sei unzuverlässig«, wage ich einzuwerfen, »dann haben die mich gleich auf dem Kieker. Ich bin doch keine Diva!« Aber Sylvester besteht auf Unpünktlichkeit. Felix sprüht sich ununterbrochen Odolspray in den Rachen. Der ganze Mann stinkt nach Pfefferminze. »Das ist die Aufregung«, meint Felix achselzuckend. »On top habe ich schon seit Monaten einen vereiterten Zahn. Das Zahnfleisch ist schon ganz geschwollen. Da kommt manchmal richtig gelber Eiter aus dem Zahnfleisch, das riecht natürlich unangenehm.«
Mir dreht sich der Magen um. »Warum lässt du den Zahn nicht einfach ziehen?«, frage ich würgend.
Felix ist empört. »Bist du verrückt? Dann habe ich ja on top eine Zahnlücke.«

Um viertel nach vier gehen wir dann endlich, ich mit Puddingknien, in den Saal, in dem die Journalisten warten. Mir wird schwarz vor Augen, als ich die ganzen Menschen sehe und die ganzen Mikrophone und Fotoapparate. Sylvester, ganz der erfahrene Geschäftsmann, rückt mir den Stuhl zurecht und setzt sich dann neben mich. Gemurmel, das abebbt, und dann Sylvester, der ein Tischmikrophon einschaltet und eine Rede hält, die

beginnt mit den Worten: »Im Namen von Strawberry Entertainment heiße ich Sie alle, meine Damen und Herren von der Presse, herzlich willkommen, ich darf Ihnen heute eine ganz besondere Entdeckung des Hauses vorstellen, eine Frau, die schon so viel erlebt hat, dass sie einfach eine Talkshow moderieren muss ...«, und endet mit den Worten: »Sie können jetzt Fragen stellen!«
Ein Journalist meldet sich und fragt, wie mir denn Berlin gefällt. Muss sofort an »Ein Herz und eine Krone« denken. Audrey Hepburn war mit Gregory Peck im Nachtleben von Rom unterwegs, die beiden haben sich verliebt, und Audrey hat sich in letzter Minute dann doch noch an ihre Pflichten als Prinzessin erinnert. Auf einer Pressekonferenz kurz vor ihrer Abreise sehen sie und Gregory sich dann zum letzten Mal, und jemand fragt, welche Stadt ihr von allen besuchten am besten gefallen hätte, und sie sagt mit Tränen in den Augen: »Rom, Rom hat mir am besten gefallen!« Bei dieser Stelle müssen alle Frauen weinen. Ich natürlich auch. Am lautesten. Jedenfalls antworte ich, dass ich Berlin sehr schön finde, vor allen Dingen das Kolosseum, woraufhin alle lachen. Sylvester und Felix lachen lauthals mit, was ich merkwürdig finde. Von rechts kommt ein Tritt gegen meine Wade. Es ist Sylvester. Böse blicke ich ihn an. Er murmelt: »Weiter so.« Was meint er nur, was?
Ein anderer Journalist meldet sich und will wissen, wie man das schafft, so mir nichts, dir nichts eine eigene Talkshow angeboten zu bekommen. »Na ja, wenn Sie ein paar Wochen auf einer einsamen Insel leben und irgendwann nackt am Strand stehen und zwei Männer, die auf einem Segelboot Rochen suchen, Sie zufällig finden, dann würden Sie aus Mitleid wohl auch eine Talkshow angeboten bekommen.« Das finden wieder alle ganz witzig. Sylvester ist außer sich: »HARHARHAR!!!«, macht er ununterbrochen.

Da wedelt eine Frau mit der Hand. »Ja bitte!«, das ist wieder Sylvester.
»Sagen Sie, Frau Schatz, in der Pressemeldung steht, dass Sie spontan, äußerst witzig und ungemein schlagfertig sind.«
Oh nein. Hab ich es nicht gleich gesagt? Man soll nie lügen, und gerade in Pressemitteilungen nicht. Das ist fast so schlimm wie in Reisekatalogen. »Meerblick« heißt da gerne mal: Im Hotelzimmer hängt eine Fototapete mit dem Pazifischen Ozean drauf.

»Ja, und?«, höre ich mich sagen.
Die Frau grinst süffisant. »Ich frage deswegen, weil ich hier ein Schreiben vorliegen habe, das leider keinen Absender hat.«
Mein Herz klopft mir bis zum Hals. Jetzt kommt das mit den Schulbroten raus. Oder dass ich in meiner Ausbildungszeit mal einen Kugelschreiber in der Firma geklaut habe. »Was steht denn drin?« Das bin ich, die da gefragt hat. Bin ich denn von allen guten Geistern verlassen?
»Wollen Sie das wirklich hören?«, das ist jetzt wieder Frau »Ich-weiß-etwas,-was-ihr-nicht-wisst«. »Äh nein«, sage ich schnell, um das Schlimmste zu verhindern.
»Ich lese es Ihnen trotzdem gern vor«, sagt Frau Wichtig und faltet ein Blatt Papier auseinander. Gleich werde ich ohnmächtig. »Also: *Frau Schatz ist selbstbewusst und unschlagbar. Dass ich nicht lache. Sprechen Sie Frau Schatz mal auf ihr Gewicht und ihren Hintern an.*«
Ein Raunen geht durch den Saal, dazwischen Gekicher.
Roland Dunkel. Es kann nicht anders sein. Ich fahre sofort nach Hamburg, sofort, von Berlin aus bin ich in knapp zwei Stunden da. Ich werde zu dieser komischen Segelredaktion gehen und die Dame am Empfang k.o. schlagen, sollte sie es wagen, sich mir in den Weg zu stellen. Dann werde ich das Büro von Herrn Dunkel stürmen, ihn würgen, mit seinem Kopf einen

Monitor einschlagen und ihn dann auf ein Boot schleifen. Und dann werde ich mit ihm unter Motor, unter Motor, weil ich ja nicht segeln kann, bis kurz vor Rungholt fahren, und dann versenke ich das Boot. Aber erst, nachdem ich Roland Dunkel einen Doppelzentner Pflastersteine am Körper festgeklebt habe. Und ich? Was wird aus mir, wenn das Boot sinkt? Ich muss dafür sorgen, dass ein kleines Schlauchboot an Bord ist. So mache ich das.

Ich stehe auf.

Sylvester drückt mich in den Sitz zurück. Er räuspert sich. »Man muss immer damit rechnen, dass es Neider gibt, wenn jemand im Licht der Öffentlichkeit steht.«

»Schon möglich«, sagt die Pressedame mit ihrem zynischen Grinsen. »Aber interessant ist es schon. Frau Schatz?«

Ich bin völlig durcheinander. »Ja, was denn, bitte?«, kann ich sagen.

»Was ist denn dran an den Gerüchten, dass Sie nicht schlagfertig sind? Wie können Sie denn eine Talkshow moderieren, wenn Sie den Gästen kein Kontra geben können?«

Das weiß ich auch nicht, wie das funktionieren soll, ich habe keine Ahnung. Aber das kann ich natürlich nicht sagen. »Ich würde sagen, wir lassen das Ganze mal auf uns zukommen, und nach den ersten Sendungen können Sie sich Ihr Urteil selbst bilden.« Wenigstens habe ich diesen Satz klar und deutlich rausgekriegt. Das ist ja alles furchtbar hier.

Sylvester meint, das würde jetzt auch reichen zu meinem Privatleben, und wir sollten uns doch jetzt bitte der Show widmen. Felix stellt das Konzept und den Ablauf vor. Die Presseleute sind sichtlich enttäuscht, dass sie nicht mehr über meinen dicken Hintern und meine Schlagfertigkeit diskutieren dürfen, beugen sich aber den Anordnungen.

Eine halbe Stunde später ist die Pressekonferenz zu Ende. Wir gehen in einen Versammlungsraum.
»Also on top ist es gut gelaufen«, meint Felix nüchtern. »Aber wer hat diesen komischen Brief geschrieben?«
»Ich nehme mal an, it's up to you, das herauszufinden«, sage ich mürrisch.
»Nun sei mal nicht gleich so«, sagt Felix beleidigt. »Ich mache mir eben Gedanken.«
»Die mache ich mir auch«, sage ich, »vor allen Dingen, weil ich weiß, von wem das Schreiben kommt!«

»Von wem?«, fragen Felix und Sylvester gleichzeitig.
»Von deinem tollen Freund Roland Dunkel«, sage ich erzürnt.
»Das würde Roland NIE tun!«, sagt Sylvester vehement. »Er ist so ein netter Mann.«
»Das war doch offensichtlich«, jetzt bin ich wütend. »Dieser Mistkerl!«
»Jetzt lass doch Roland aus dem Spiel«, sagt Sylvester. »Ich lege meine Hand dafür ins Feuer, dass er das nicht war.«
»Du weißt ja gar nicht, wie dieser Mensch mich schon beleidigt hat«, ich fange gleich an zu heulen. »Er hat mich dauernd gedemütigt, aber so, dass ihr es nicht mitbekommen habt. Er hat mich hinter dem Boot herschwimmen lassen und mich dauernd attackiert.«
Sylvester haut mit der Hand auf den Tisch. »Du übertreibst, Carolin! Ich kenne Roland nun schon Ewigkeiten, er ist der zuvorkommendste Mensch, den ich kenne, und ich nehme an, dass du einfach nur wegen der Situation damals alles ein bisschen zu ernst genommen hast.«
Ich koche vor Wut und verlasse den Raum. Felix läuft mir hinterher. »Nun hab dich doch nicht so. Ich kenne den Roland auch. Der ist echt in Ordnung.« Ich gebe es auf. Ich möchte was Süßes. Zum Glück steht da ein Süßigkeitenautomat. Felix hebt

die Hände. »Neeeiiiin! Caro, du bist doch auf Diät gesetzt. Iss einen Apfel oder so.«
»Ich will aber keinen Apfel«, sage ich böse. »Ich will jetzt sofort ein Stück Schokolade.«
»Nein!«, Felix wird sauer. »Sylvester hat on top gesagt, dass ich darauf achten soll, dass du keine Süßigkeiten mehr isst, man soll bei den Aufzeichnungen nicht denken, dass man ein Pferd filmt.«
Ich werde jetzt einfach ganz ruhig dieses Gebäude verlassen, mit einem Taxi zum Bahnhof fahren oder zum Flughafen, nach Frankfurt zurückfliegen und niemals wieder die Worte Strawberry Entertainment in den Mund nehmen. Und wenn ich zu Hause bin, werde ich zu IKEA fahren und mir fünf von diesen leckeren Schokomandeltorten kaufen, noch acht Familienpackungen Kekse, zwanzig Tüten Dajm, dazu sagt ja keiner nein, und mich dann ins IKEA-Restaurant setzen, um vier Portionen Köttbullar mit Pommes, Doppelsahnesoße und Preiselbeeren zu verschlingen. Danach werde ich zwar aussehen wie Marianne Sägebrecht, aber die mögen auch alle, weil sie in dem Film »Angst essen Seele auf« so bemitleidenswert war. Oder war das »Zuckerbaby«? Tatsache ist, dass ich mir nie wieder von einem Schnösel wie Felix sagen lassen werde, dass es nicht up to me ist, dass ich Süßigkeiten esse. So viel steht schon mal fest. Ich drehe mich zu Felix um und sage: »Na gut, dann gehe ich eben in eure Kantine und hole mir ein wenig Rohkost.« Weil ich ja nie durchziehe, was ich mir vorgenommen habe.
Felix nickt wohlwollend. In der Kantine kontrolliere ich, ob Kameras die Leute aufzeichnen, dann kaufe ich mir schnell eine Lila Pause, die ich im Klo heimlich verschlinge. Danach habe ich ein schlechtes Gewissen.

Felix wartet in der Redaktion auf mich. Sylvester hat sich anscheinend verdrückt. Die erste Sendung soll besprochen werden.

Das hektische Rumgerenne der anderen geht mir auf die Nerven. Warum müssen alle immer so tun, als wäre man quasi vor einem Bombenangriff und wollte davor noch retten, was zu retten ist. Warum kann man nicht einfach in Ruhe irgendetwas angehen? OK, bei easy-Radio ist es auch manchmal hektisch, aber diese angestrengte Professionalität hier nervt ungemein. Ich möchte nach Hause. Zu meinen Freunden und zu meinen Kollegen. Ich möchte zu Marius. Auch wenn er gerade eine komische Phase hat. Ich möchte in unserem Club ein Bier trinken oder beim Schorsch und mir Mausis Gemeckere anhören oder Richards Renovierungsvorschläge für ein heruntergekommenes Acht-Familien-Haus. Ich will keine Talkshow moderieren. Ich will nach Hause. Gleich fange ich noch an zu heulen, das würde noch fehlen. Ich hasse Berlin. Aber ich muss in Berlin bleiben, weil ich diesen dämlichen Vertrag unterschrieben habe, und morgen haben wir die ersten Aufzeichnungen. Und ich muss mich on top noch vorbereiten.

Felix kommt mit den Infos. Es wird drei Gäste geben und eine Psychologin. Die Psychologin heißt Marte Giffey-Rips und kennt sich super mit Eheproblemen aus. Warum müssen Lehrerinnen, Politikerinnen und Psychologinnen eigentlich immer Doppelnamen haben? Weil man dann automatisch mehr von ihnen hält?
Die Gäste: Zuerst eine Sachbearbeiterin aus Ravensburg, die sich die »Säurefrau« nennt. Sie hat einen derart resistenten Magen und eine solch unempfindliche Haut, dass sie sich in Fußgängerzonen stellt und nebenberuflich damit Geld einnimmt, Salzsäure zu trinken und sich ins Gesicht zu schütten. Laut Briefing ist geplant, dass sie eine kleine Livevorstellung geben wird. Allmächtiger. Ich hoffe nur, dass sie keine Säure in meine Richtung verschüttet.

Nummer zwei ist ein Ehepaar. Er Deutscher, sie Thailänderin. Er findet es gut, dass sie Thailänderin ist, weil die ja so unterwürfig sind, und er möchte auch gar nicht, dass sie Deutsch lernt. Sie hat auch, wenn seine Freunde zum Biertrinken kommen, zu bedienen und ansonsten in einer Ecke auf dem Boden zu knien. Sie, also die Thailänderin, findet das angeblich nicht schlimm. Wie, bitte, soll sie auch zum Ausdruck bringen, dass sie irgendetwas schlimm findet, wenn sie kein Deutsch spricht? Auf diesen Mann freue ich mich ganz besonders. Ich werde dafür sorgen, dass die Scheidung noch während der Aufzeichnung rechtskräftig wird. Oh ja.
Nummer drei: Ein Mann, der sagt, er würde seit über zwanzig Jahren mit genau drei Worten auskommen. Dieser Mensch würde nie mein Freund werden. Außerdem frage ich mich, wie er das Vorgespräch mit einem aus der Redaktion geführt hat. Hallo. Ja. Nein. Keine Ahnung. Das sind allerdings schon fünf Worte. Mein Magen knurrt, aber ich darf ja nichts essen. Also hole ich mir einen Kaffee und setze mich hin, um mir die seitenlangen Infos durchzulesen. Felix kommt alle zwei Minuten angesprungen und fragt, ob ich noch irgendwas brauche. Ich brauche aber nichts. Und ihn am allerwenigsten.
Gero ruft an. Er ist mit Tom und Richard beim Schorsch, und gleich kommen noch die anderen. Sie werden einen gemütlichen Abend haben, während ich allein durch Berlin laufe, wo es in Strömen regnet, um dann irgendwann durchnässt in dieses blöde Hotel zu latschen, um mich dann allein in das King-size-Bett zu legen, um dann allein einen bekloppten Film zu sehen und dann allein einzuschlafen. Allein. Ich fühle mich so allein.

Gegen 19 Uhr bin ich fertig und kann gehen. Ich warte nur darauf, dass ich noch ein Formular unterschreiben muss, in dem ich mich verpflichte, ab 19 Uhr nichts mehr zu essen. Felix gibt

mir noch einen Haufen Sachen zum Lesen mit und Tipps, wie man so in die Kamera schaut, dass man nicht aussieht, als ob man gleich kotzen müsste.
Und dann stehe ich mutterseelenallein in Berlin, und es regnet tatsächlich. Verzweifelt wähle ich Marius' Nummer, aber auf seinem Handy ist nur die Mailbox dran, und bei uns zu Hause höre ich meine eigene Stimme auf dem Anrufbeantworter.
Wo ist er? Nutzt er es aus, dass ich ein paar Tage nicht daheim bin, um sich gleich die Nächste zu angeln? Um mir dann irgendwann zu sagen, dass es doch nicht das Wahre gewesen ist mit uns? Um mir meine gepackten Koffer vor die Tür zu stellen und zu mir zu sagen: »Deine Post schicke ich dir an die neue Adresse nach, Caro, aber wir bleiben doch Freunde?«

Und dann, wenn ich sowieso schon am Boden zerstört bin, treffe ich ihn mit Elle MacPherson oder Naomi Campbell auf irgendeiner Presseveranstaltung, und er will sie mir auch noch VORSTELLEN! Um dann …
»Passen Sie doch auf! Sind Sie verrückt geworden???« Erschrocken blicke ich auf, um festzustellen, dass ich mitten auf einer Hauptstraße stehe und fast von mehreren Autos gleichzeitig überfahren worden wäre. Ich bin also auch noch zu blöd zum Laufen.

Im Hotelzimmer liegt unter anderem eine überdimensionale Speisekarte. Rinderfiletsteak in Roquefortsoße mit Kroketten und Sahnegemüse. Tagliatelle im Pfifferlingsrahm. Mousse au chocolat. Bayerische Creme. Rote Grütze mit Vanillesoße. Und ich müsste es noch nicht mal bezahlen. Ich bleibe standhaft und beschließe, mir ein Bad einzulassen, schon allein aus dem Grund, weil die Badewanne einen integrierten Whirlpool hat und so groß ist wie das Nichtschwimmerbecken im Hallenbad von Watzelborn. Außerdem riecht der Badezusatz so toll. Man kann den Whirlpool so regulieren, dass er ganz langsam konstant läuft. Herrlich, hier kann man wirklich fast schwimmen. Ich glaube, ich schütte noch ein wenig Badezusatz rein. Wenn schon, denn schon. Meine verspannten Schultern entspannen sich durch den Massagestrahl. Nur ein bisschen dösen, nur ein bisschen.

Ich träume von der Talkshow und dass ich ganz erfolgreich bin. Lauter Leute drängen sich auf einer Veranstaltung um mich und wollen Autogramme oder ein Foto. Sie rufen ununterbrochen: »Hallo!!!« Ja, ja, schon gut, ich kann ja nicht alles auf einmal machen. Jemand rüttelt mich an den Schultern. Ich mache die Augen auf und sehe nur Köpfe. Köpfe, die mich ungläubig und böse anstarren. Die Köpfe sind von weißem Schaum umgeben. Ist das jetzt Mode?
Irgendwann registriere ich, dass ich mich immer noch im Badezimmer meines Hotelzimmers im Adlon befinde. Ich hatte es wohl ein wenig zu gut gemeint mit dem Badezusatz. Hätte ich das Kleingedruckte gelesen, dann wüsste ich, dass man nur eine Messerspitze der Körnchen bei Whirlpoolbetrieb ins Wasser schüttet. So aber haben sich, während ich geschlafen habe, das komplette Badezimmer und das Schlafzimmer mit weißem Schaum gefüllt. Aber damit nicht genug. Der Schaum hat einen Weg durch Fenster und Türen gefunden und wurde letztendlich von einem libanesischen Ehepaar zur Kenntnis genommen, das aus dem Fahrstuhl stieg und sich in einem Meer von Badeschaum wiederfand.
Das ist, glaube ich, der Manager vom Adlon, der sich einen Weg durch den Schaum zu bahnen versucht. Seine Augen sind rot vor Zorn. »In der Suite neben Ihnen wohnen Michael Douglas und Catherine Zeta-Jones mit ihren Kindern! Sie sind sehr böse!«
»Tut mir so Leid«, bringe ich schuldbewusst hervor.

»Ganz Tebbisch nass«, schreit eine philippinische Raumpflegerin. Ich gebe nochmals zum Ausdruck, dass mir das ganz furchtbar Leid tut, und das Ende vom Lied ist, dass ich das Zimmer räumen muss, weil ja Tebbisch nass un Grund-rei-ni-gung, und der Manager meint, das hätte alles ein Nachspiel, ob ich ihm mal erklären könnte, wie man den ganzen Schaum so schnell beseitigen soll! Darauf weiß ich auch keine Antwort.

Ich muss dann in ein anderes, viel kleineres Zimmer umziehen und komme mir vor wie eine Magd, die in der Gesindekammer zwischen Gänsen und Ziegen schlafen darf, nachdem sie die Wäsche der Gutsbesitzerfamilie bei minus vierzig Grad in einem vereisten Trog gewaschen hat und als Tagelohn einen Taler bekommt und ein wenig Hirsebrei. Aber hab ich es nicht verdient?

Ich überlege kurz, nochmal aus dem Zimmer zu schleichen und an der Tür von Michael Douglas und Catherine zu lauschen, habe aber Angst, dass sie mich bemerken könnten und Michael denn reagieren könnte wie bei »Ein Mann sieht rot«. Also lasse ich es lieber.

Schaue dann »Vom Winde verweht« und mag mich nicht mehr aufregen. Keine Ahnung, was Sylvester zu dem Badezimmermalheur sagen wird. Wie sagt doch Scarlett O'Hara: »Ich werde einen Weg finden. Ich muss darüber nachdenken. Aber nicht heute. Verschieben wir's auf morgen.«

Nächster Tag, vierzehn Uhr. Ich habe Magenkrämpfe, Kopfschmerzen und eine Korsage an, die mich dünner wirken lassen soll. In einer Viertelstunde beginnt die Aufzeichnung. War eben bei den Gästen und hätte am liebsten alle gleich umgebracht. Der Mann, der nur drei Worte redet, spricht überhaupt nicht mit mir, die thailändische Ehefrau grinst dauernd vor sich hin, und ihr Mann hat nur noch einen Zahn im Mund. Er trägt ein

Hawaiihemd. Muss ich noch mehr sagen? Bestimmt hat er auch »Laila« oder »Dolly« irgendwo tätowiert auf seinem Körper stehen. Aber am allerschlimmsten ist die Säurefrau aus Ravensburg. Sie hat Augen so groß wie Untertassen und stiert mich die ganze Zeit an. Jeden Satz und jede Frage von mir kommentiert sie mit »Schaun mer ma«.
Ich spreche noch kurz mit dieser Psychologin, Frau Giffey-Rips. Sie trägt einen weiten Kaftan-Umhang und riecht nach Patschouli-Parfüm, das in den 80er Jahren immer gern von pubertierenden Gören aufgetragen wurde, die sich dann für unwiderstehlich wie die Mädels in »Bilitis« gehalten haben. Ich war ja genauso. Meine Freundin Andi und ich haben uns sogar gegenseitig so fotografiert wie damals David Hamilton seine Models. Weil wir keinen Weichzeichner zur Verfügung hatten, haben wir die Linse mit Niveacreme voll geschmiert, was zur Folge hatte, dass die Nikon-Ausrüstung von Andis Vater hinüber war. Wir hatten also großen Ärger, aber keine Fotos.

Frau Giffey-Rips scheint meine Nervosität zu bemerken und tätschelt mir die ganze Zeit beruhigend den Arm. »Sie machen das schon«, meint sie liebevoll. »Sie haben eine positive Aura.« Gleich will sie noch ein Mandala mit mir malen, gleich.
Felix kommt zum hundertsten Mal angelaufen und meint, dass das on top alles sehr gut aussehen würde. Sylvester kommt in die Garderobe und stellt sich väterlich vor mich. Dann packt er mich an den Schultern. Achtung!
»Carolin, ich setze große Stücke auf dich, wir setzen uns nach den ersten Aufzeichnungen unbedingt zusammen, aber erst muss sich die Aufregung mal setzen, und dann sitzen wir den Rest schon aus, nicht wahr? Ach, Carolin, auch von Roland (Aaaaargh!) herzliche Grüße, er meint, du sollst alles auf eine Karte setzen, und er kommt nächste Woche mal nach Berlin,

aber nur, wenn er einen Sitzplatz im Zug bekommt, und achte auf die Satzzeichen bei deinen Memo-Karten gleich, das hilft, die Worte richtig einzusetzen.«
Ich möchte dann doch lieber mit der Aufzeichnung der Sendung beginnen.

Zwei Stunden später: Sitze allein in meiner Garderobe, bin durchgeschwitzt wie noch nie in meinem Leben, meine Hände zittern, meine Stimme gibt es nicht mehr und mich selbst nur noch zu einem Viertel. Es ist alles ganz schrecklich, schrecklich, schrecklich. Ich bin so verzweifelt, dass ich kurz davor bin, in den Gelben Seiten nach einem Bestattungsunternehmer zu suchen, der mir ein paar Särge zur Ansicht vorbeibringen soll. Bei meiner Beerdigung soll man bitte den »Carpet crawl« von Genesis spielen und so tun, als hätte es diese Fernsehaufzeichnung nicht gegeben.

In ein paar Minuten kommt Sylvester für ein Nachgespräch (die Aufregung muss sich bekanntlich erst *setzen*), und ich weiß, dass ich eigentlich gleich zum Adlon laufen kann, um meine Sachen zu packen. Ein Taxi wird mir Strawberry Entertainment nie wieder bezahlen. Vielleicht ohrfeigt mich Sylvester ja auch. Oder tritt mich mit Füßen bis zum Pförtner, dem er die Anweisung gibt, mir Hausverbot zu erteilen.
Die Tür geht auf, und Sylvester kommt herein, gefolgt von Felix und Evi und noch zwei Männern, die ich nicht kenne. Die Männer tragen dunkle Anzüge. Sie sehen aus wie Arnold-Schwarzenegger-Verschnitte. Bestimmt nehmen sie mich gleich in die Mitte und informieren sich, bevor sie eine dunkle Wolldecke über mich werfen, über Headsets, ob vor den Pforten des Hauses schon der Mob auf mich wartet, um mir wie im Mittelalter eine Halsgeige umzulegen oder mich einfach mit faulen Eiern zu bewerfen.

12

Alle bleiben in der Mitte des Raumes stehen. Dann fangen sie gleichzeitig an zu klatschen.
»Carolin, Carolin!«, das ist Sylvester. »A star is born! Das war ja großartig, Carolin, wie der Mann der Thailänderin winselnd auf seinem Stuhl gesessen hat, und wie die Säurefrau, also Caro, ich bin, nein wir sind, sind, sind … sind so begeistert, wie man begeisterter gar nicht sein kann. Und ich bin schwer zu begeistern, aber alle haben es gewusst, und alle sind mit uns begeistert. Die Begeisterung schwappt förmlich über, was glaubst du, wie begeistert die Presse sein wird, Carolin, und das ist erst der Anfang, glaub mal nicht, dass in ein paar Wochen alle weniger begeistert sind!!!«
Hä?
Wen meint er?
Meint er mich?
Felix zaubert von irgendwo eine Magnumflasche Heidsieck hervor und öffnet sie so, dass alles umherspritzt. Hätte ich jetzt ein Kinn so lang wie die Südspitze Englands und einen roten, feuerfesten Anzug an, müsste ich, glaube ich, auf ein Podest steigen und mir von Ferrari-Bossen die Hand schütteln lassen.
Felix' Wange, unter der sich der vereiterte Zahn befindet, ist mittlerweile so dick geworden, dass man annehmen könnte, er würde permanent einen ganzen Kürbis darin aufbewahren. Er kann auch nicht mehr richtig sprechen. »ch mach gleichch nachchcher noch 'ne Prechemeldung, damit alle Becheid wissen, wach da Kroches auf chie chukommt«, nuschelt er.
»Was meint ihr überhaupt?«, wage ich zu fragen.
Sylvester verdreht die Augen. Er hebt beide Arme. »Du warst GROSS, Carolin, ganz, ganz GROSS!«

Ich begreife gar nichts mehr. Die Aufzeichnung war der reinste Horror. Schon währenddessen habe ich mir geschworen, nie wieder so etwas über mich ergehen zu lassen. Eher trete ich den Hare Krishnas bei. Oder werde Scientology-Mitglied, da kann man neben seinem Vermögen auch noch die ganze Verantwortung abgeben. Aber so was, nein, nicht noch einmal.
Davon abgesehen, dass ich während der ersten Minuten der Aufzeichnung gemerkt habe, dass ich eine Blasenentzündung bekomme, musste ich feststellen, dass der Ehemann der Thailänderin aus dem Mund stank wie eine Kuh aus dem Hinterteil.

Dieser Widerling jedenfalls kommt mit seiner Frau ins Studio, und sie setzt sich nicht auf den für sie vorgesehenen Stuhl, sondern auf den Boden! Ich stehe auf, um ihr klarzumachen, dass wir hier nicht im Fernen Osten sind, aber sie weigert sich standhaft. Schließlich setze ich mich wieder hin, schaue diesen dickbäuchigen Typen an und beginne die Talkshow mit dem Wort »Arschloch!«. Raunen im Publikum.
Er setzt sich auf und blitzt mich wütend an. »He, mal langsam!«
Ich fahre meine Krallen aus. Das hier geht zu weit. Unterdessen holt seine Frau eine Schießer-Feinripp-Unterhose aus einer Tasche und fängt an, diese zu stopfen. Ich koche. »Was bilden Sie sich eigentlich ein?«, fahre ich diesen Eugen an. »Sie armer Wicht. Zu dumm und zu feige für eine europäische Frau, weil sie der sowieso nicht gewachsen wären, da macht man es sich doch lieber einfach, nicht wahr?«, pflaume ich herum.
Eugen wird rot und ballt eine Faust. »Meine Frau ist glücklich«, schnaubt er, um dann zu husten. »Es fehlt ihr doch an nichts. Sie hat ein Dach über dem Kopf, kriegt warmes Essen und darf fernsehen!«
Meine innere gleichgeschlechtliche Solidarität schwappt über.

»Ach, das ist ja großartig. Das ist also das Ziel einer Ehe, dass die Frau ein Dach über dem Kopf und eine warme Mahlzeit hat. Super. Was das Fernsehen angeht, so kann ich das noch nachvollziehen, ich würde mir auch lieber das ›Alpenpanorama‹ anschauen, als in Ihr feistes Gesicht zu gucken!«

Marte Giffey-Rips schaltet sich ein. »Eugen«, meint sie sanft. »Nun denken Sie doch einmal nach. Eine Ehe ist doch eine gleichberechtigte Institution, jeder der Partner hat Wünsche und Bedürfnisse, die er ausleben muss. Ja, MUSS. Sonst klappt das nicht.«

»Aber sie hat doch gar keine Wünsche«, verteidigt sich Eugen.

»Weil sie sie nicht aussprechen kann«, zische ich. »Oder?«, frage ich seine Frau, die mittlerweile einen Flicken auf einen Blaumann näht.

Sie schaut mich mit ihren großen braunen Augen an und deutet auf ihren Mann. »Arslog!«, sagt sie klar und deutlich.

Eugen steht auf. Sein ganzer übergewichtiger Körper zittert. Meine Korsage ist so eng, dass sie gleich auseinander platzen wird. Ich brauche Luft, Luft, Luft.

»WAS HAST DU DA GESAGT, MAI-LYNN?«, kreischt er so laut, dass die Studiogäste in der ersten Reihe aufstehen und Schutz bei den Leuten in der Reihe hinter ihnen suchen.

»Sie hat Arschloch gesagt«, das ist wieder Marte. Sie bemüht sich, ihre Nervosität nicht zu zeigen.

Eugen fährt zu Marte Giffey-Rips herum wie ein angeschossener Keiler. »Ihr Weiber seid doch alle gleich!«, kreischt er. »Wollen den Kerlen nur das Geld aus der Tasche ziehen, anstatt ihnen die Hemden zu bügeln, so, wie es sich gehört. Hat mein Vater auch immer gesagt. Und meine Mutter hat gespurt, das kann ich euch versichern.«

»Da haben wir ja einen wunden Punkt getroffen«, meint die sanfte Marte. »Du hast die traumatischen Erlebnisse deiner

Kindheit nicht verarbeitet. Du hast gemerkt, dass man mit einer Frau alles machen kann, wenn sie alles mit sich machen lässt. Insgeheim hat dir deine Mutter aber Leid getan. Bestimmt wolltest du sie eigentlich retten, aber dein übermächtiger Vater hat dir keine Gelegenheit dazu gegeben!« Seit wann duzt sie ihn? Eugen steht da mit hängenden Schultern.

»Arslog, Arslog!«, sagt Mai-Lynn, während sie einen Wanderstiefel besohlt.

Eugens Augen füllen sich mit Tränen. Mit erstickter Stimme stammelt er: »Ich habe versucht, meine Liebe den Tieren zu geben, weil ich sie meiner Mutter nicht geben konnte. Mein Vater hat es verboten. Meine Mutter war nur zum Arbeiten da. Also bin ich in den Ziegenstall gegangen und habe die kleinen Zicklein gestreichelt und habe mit ihnen gesprochen ...«

Ich drehe mich verstohlen um, weil ich Angst habe, dass Hannibal Lecter hinter mir steht, um mir ins Ohr zu raunen: »Sie werden es mich wissen lassen, wenn die Lämmer schweigen, Clarice?«

Marte nimmt Eugen fest in den Arm und fängt an, langsam mit ihm zu tanzen. Sie nehmen sich kurz darauf bei den Händen und drehen sich im Kreis. »Die bösen Schlacken aus unserem Körper!!! Die Seele reingewaschen! Jetzt alle!!!«, ruft Marte verzückt, woraufhin das gesamte Publikum aufsteht und anfängt, sich an den Händen zu fassen und zu drehen. Alles ruft: »Die bösen Schlacken raus!« Wenn jetzt noch irgendjemand anfängt, ein Feuerzeug zu schwenken, werde ich ohne schlechtes Gewissen zugeben können, schon einmal auf einem Chris-de-Burgh-Konzert gewesen zu sein.

Eugen wird irgendwann von Sanitätern auf einer Trage entfernt, und Mai-Lynn springt freudestrahlend hinterher. Sie hat, ohne dass ich es bemerkt hätte, die Knöpfe meiner Bluse abgetrennt und diese durch andersfarbige ersetzt.

»Nach dieser anstrengenden Prozedur freuen wir uns auf jemanden, der etwas ganz Besonderes kann. Begrüßen Sie mit mir bei ›Anders, aber klar‹ ...«, ich senke bedrohlich die Stimme, »DIE SÄUREFRAU!!!«
Eine Tür öffnet sich, und die Säurefrau betritt den Raum. Trockeneis quillt durch die Fußbodenritzen, und Musik ertönt, die mich an Nosferatu erinnert oder an die Filmmusik von »Wenn die Gondeln Trauer tragen«.
Die Ravensburgerin hüpft die Treppen hinunter. »Ich bin's, die Säurefrau!!! Ich bin überall da, wo Säure ist! Es ist schlimm, aus dem achtundzwanzigsten Stock eines Hochhauses zu springen, um dann festzustellen, dass man seinen Fallschirm vergessen hat! Gar nicht nett ist es auch, wenn man über eine Blumenwiese läuft, und dann kommt eine Dogge ohne Herrchen, die schrecklichen Hunger hat. Besonders unangenehm ist es natürlich auch, sich mal eben zur Entspannung hinzusetzen, und dann stellt man fest, dass man statt des Sessels die glühende Herdplatte gewählt hat! Aber was jetzt kommt, das ist das Allerschlimmste, was Sie jemals gesehen haben. Yeah!«
Sie hebt eine Flasche. »In dieser Flasche ... befindet sich puuuuuuuure Salzsäure!« Raunen durchs Publikum, gespannte Erwartungshaltung. »Und jetzt schauen Sie mal, was ich mit dieser Flasche mache!« Sie öffnet die Flasche und lässt etwas Flüssigkeit über ihren Kopf laufen, dann über ihre bloßen Arme, dann trinkt sie noch einen Schluck. Schweigen im Saal. Die Säurefrau schüttelt sich und meint wieder: »Yeah! Denn ich bin die Säurefrau!« Tosender Applaus und »Zugabe! Zugabe!«-Rufe.
Die Säurefrau kommt mit der halb vollen Flasche zu mir. Ich traue mich nicht, ihr die Hand zu geben, weil ich die Befürchtung habe, dass ich dann keine Hand mehr haben könnte. Die Säurefrau setzt sich. Das Stuhlkissen unter ihr fängt an zu zi-

schen, einige Sekunden später ist es verschwunden. Mir wird angst und bange.
Die Säurefrau heißt Linda Kriecher und blickt mich stolz an.
»Also, ähem, Linda, das ist ja unglaublich, was wir da gesehen haben!«, rufe ich begeistert. »Lassen Sie uns darüber reden, wie Sie diese Fähigkeit an sich entdeckt haben. Irgendetwas muss doch mit Ihrer Haut und Ihren Organen anders sein als bei anderen Menschen, sonst wäre das doch alles gar nicht möglich, oder?«

Linda sagt: »Na, ich habe, nachdem ich meinen Mann umgebracht habe, überlegt, wie ich die Leiche am besten verschwinden lassen könnte. Ich hätte ihn natürlich vergraben können, aber der Lehmboden war so hart. Und da dachte ich, Salzsäure!«
Eine eiskalte Hand hat sich um mein Rückgrat gelegt. Ich blinzle zwischen den Scheinwerfern zu Felix, aber der glotzt nur dümmlich die Säurefrau an. Sylvester steht neben Felix. Er telefoniert mit seinem Handy und gibt mir ein Handzeichen, das so was wie »halt noch ein paar Minuten durch, gleich ist die Polizei da« bedeuten soll. Glaube ich zumindest.
Linda beugt sich nach vorn. Ihre Augen glitzern mordlüstern.
Ich weiche zurück.
»Also habe ich Gernot in die Badwanne gelegt und Salzsäure darüber geschüttet. Es hat nur ein paar Minuten gedauert. Ich bin unglücklicherweise gestolpert und mit der Hand in die Badewanne gerutscht. Hab ich einen Schreck bekommen – aber nichts ist passiert. Gernot war weg, aber meine Hand war unversehrt!« Sie rutscht immer weiter auf mich zu. Die geöffnete Flasche ist jetzt direkt vor meinem Gesicht. »Aber«, zischt sie vertraulich. »Das bleibt doch alles unter uns, nicht wahr?« Ich nicke. Das beruhigt Linda ein Stück weit und sie lehnt sich wieder zurück. »Und dann habe ich festgestellt, dass man mit so

einer Begabung eine Menge Geld machen kann, bin nebenberuflich im Zirkus aufgetreten und habe Aufführungen in Fußgängerzonen gehabt. Und dann kam Ihre Einladung!«

»Was ... was haben denn die Leute gesagt, also ich meine, haben die Leute nicht gefragt, was aus Ihrem Mann geworden ist?«, traue ich mich zu fragen. Reden, reden, Vertrauen gewinnen, Mitgefühl zeigen, in Extremsituationen immer richtig reagieren, ja, du machst das goldrichtig, Caro ...

Linda zuckt mit den Schultern. »Ich hab gesagt, der wäre für ein paar Monate im Ausland unterwegs, er war sowieso Forscher. Meeresbiologe. Da fällt schon mal gern jemand vom Dampfer.«

Ich muss dieser Frau Roland Dunkels Adresse geben, unbedingt.

»Hahaha«, kommentiere ich Lindas Bekenntnisse. »Das ist ja lustig, oder?« Beifallheischend blicke ich ins Publikum. Aber niemand sagt ein Wort. Ich glaube, dass viele einfach aufgehört haben zu ATMEN. Ich kann es nachvollziehen.

»Es war ja auch nicht der Erste, den ich um die Ecke gebracht habe«, gibt Linda gleichgültig zu. »Es waren insgesamt vier. Aber mit denen war ich nicht verheiratet. Scheißkerle.«

Wo ist eigentlich Marte Giffey-Rips, Helferin in allen Lebenslagen? Sie sitzt mit ihrem Kaftan auf dem Schoß eines Fast-Rentners, der aussieht, als bereue er seine präsenile Bettflucht, und hält sich an dessen Krawatte fest. Meine Füße schwellen an. Das ist immer so bei mir. In Extremsituationen bekomme ich Füße, die so groß werden wie die eines Menschen mit Elefantitis. Wenn ich Pech habe, werde ich die Schuhe nicht mehr ausziehen können, weil die Haut schon eins mit dem Leder geworden ist. Ich könnte Linda bitten, ein wenig Salzsäure auf die Verbindungsstellen zu kippen, aber ich habe Angst, dass sie es zu gut meinen könnte. Dann bräuchte ich nämlich auch keine Schuhe mehr. Ich habe auch plötzlich wieder Angst, Krampfadern zu bekommen. Das ist bei uns in der Familie erblich. Alle Frauen haben Elefantitis-Füße und ab Mitte fünfzig Krampfadern. Man kann den Krampfadern vorbeugen, indem man die Beine nicht übereinander schlägt, aber daran denke ich nie. Aber ich habe ja noch ein wenig Zeit bis Mitte fünfzig. Wenn ich überhaupt Mitte fünfzig werde. Wenn das hier so weitergeht, können meine Freunde schon bei einem Steinmetz einen Termin machen und Herrn Brauser von der Allianz anrufen, dass meine Sterbeversicherung auszahlungsreif ist.

»Aber«, zischt Linda wieder und geht auf Tuchfühlung: »Das bleibt alles unter uns.« Sie darf auf gar keinen Fall merken, dass ich lüge. Ich nicke. Linda schaut mich an. »Wie bitte?«, fragt sie. Ich nicke wieder. Mein Herz klopft so laut, dass meine Halsschlagader mit Sicherheit pulsiert. »Warum geht denn Ihre Ader am Hals auf und ab?«, fragt Linda interessiert.

O Gott. »Na, das ist so spannend hier«, sage ich fröhlich.

»Ich glaube Ihnen kein Wort«, lamentiert Linda, während sie langsam aufsteht und die Flasche mit der Salzsäure hebt.

Mein Leben zieht in Sekundenbruchteilen an mir vorüber. Ich sehe mich als Dreijährige an einem Zwieback verschlucken und weinen, als ich einen Luftballon auf der Kirmes in Gallenberg losgelassen habe. Ich sehe meinen Opa, der mir ein Kastanienmännchen bastelt und Holz in den Bullerofen nachlegt. Ich sehe meine Oma, die mich zum Abendessen ruft, und rieche den Geruch von frisch gemähtem Gras, wie er nur vor ihrem Haus zu riechen war. Ich sehe mich in der Schule, wie ich meine Mütze nicht absetzen wollte, damit niemand sehen konnte, dass ich meine Haare auf Befehl meiner Mutter raspelkurz habe schneiden müssen. Ich sehe …

Ein Tumult beginnt in Studio drei von Strawberry Entertainment. Zivilbeamte springen vor die Kamera und werfen Tücher über mich, Linda kreischt und spritzt mit Säure um sich, und

durch eine Wollritze sehe ich Menschen panisch durcheinander laufen. Der Einzige, der cool und gelassen reagiert, ist Dirk, der erste Kameramann. Ununterbrochen hält er die Kamera auf das Geschehen. Nach ungefähr sieben Monaten hat sich die Lage einigermaßen entspannt, und ich luge unter meiner Wolldecke hervor. Linda ist mit Handschellen gefesselt und wird abgeführt, und ich soll laut Sylvester mit der Sendung weitermachen. Das ist ja auch nur das dritte Mal in wenigen Wochen, dass ich mit Kriminellen konfrontiert werde.
Vor mir sitzt Urs Pleißner, der Mann der drei Worte.
Er sagt: »Ich habe Angst.«
Dann sagt er nichts mehr. Wir brechen die Aufzeichnung dann ab.

Sylvester reibt sich die Hände. »Das hat es ja noch nie gegeben«, feixt er. Alle Anwesenden im Raum nicken. Felix setzt zum wiederholten Mal die Champagnerflasche an. Meine Füße sind mittlerweile so dick wie Wassermelonen. Nie wieder werde ich einen Schritt laufen können. »Übermorgen ist die Ausstrahlung! Das wird ein Fest, Carolin, ein Fest wird das, wir werden alle bei mir zu Hause zuschauen, ich muss gleich das Fest organisieren, Felix, rufst du meine Frau an wegen des Festes? Sie soll ein schönes Menü in Auftrag geben, ach, wird das ein Fest!«
»Ihr habt es also wirklich gut gefunden?«, frage ich zaghaft.
»Gut? Du fragst, ob es gut war??? Carolin! Wir werden die Einschaltquoten des Jahrhunderts haben! Eine Mörderin auf frischer Tat ertappt! Einen Macho-Ehemann, der mit der Psychologin zusammen weint und tanzt!!! Das Handgemenge vor laufender Kamera!!! Das wird der Brüller!!! Sag sofort, dass das der Brüller wird, Felix!!!«
Felix nickt wohlwollend. »Im Erncht, Caro, dach war chuper!«
Die Anspannung fällt ein wenig von mir ab. Leider hat das kei-

nen Einfluss auf die geschwollenen Elefantitis-Füße. Die Riemen der Sandaletten sind schon nicht mehr zu sehen. Schmerzerfüllt beuge ich mich zum wiederholten Male nach unten, aber ich bekomme nichts auf. Das Leder ist zum Zerreißen unter der Haut gespannt. »O mein Gott!«, ruft Sylvester. »Was ist denn mit deinen Füßen los? Die sehen ja aus wie Medizinbälle! Einen Krankenwagen, sofort!«

Felix holt schon sein Handy aus der Tasche und telefoniert.

Die beiden Männer in den dunklen Anzügen, die sich als Mitgesellschafter entpuppen, die mir eigentlich nur zu dem klasse Start gratulieren wollten, holen nasse Handtücher, aber nichts nützt. Gleich werden meine Füße wegen der Abschnürung blau anlaufen, dann schwarz werden und dann abfallen. Es wird nicht mehr lange dauern.

Dann kommt der Rettungswagen. Hilfsbereite Sanitäter legen mich auf eine Bahre und geben mir in jeden Fuß eine Spritze, dann kommt der Arzt und meint, ich müsse mit den Füßen nach oben hängend transportiert werden, damit das Wasser sich von den Füßen in die Beine verteilt. Mir ist alles egal, wenn nur endlich diese entsetzlichen Riemchensandalen entfernt werden. Also werde ich kopfunter an eine Art Stange gehängt, die die Sanitäter mit nach oben gestreckten Händen tragen. Leider steht der Notarztwagen vor dem Haupteingang von Strawberry, und leider warten ungefähr zwanzig Reporter auf Frau Schatz, die Entdeckung des Jahres, um sie zu ihrer ersten Aufzeichnung zu befragen. Leider haben auch alle Fotoapparate und Kameras dabei. Und auch genügend Filme.

13

Am nächsten Morgen werde ich gegen sechs Uhr geweckt. Ich bin immer noch im Krankenhaus und habe einen Bärenhunger. Habe ungefähr zehn Spritzen bekommen, und meine Sandalen wurden zerschnitten. Jedenfalls sehen meine Füße jetzt wieder normal aus. Eine Krankenschwester stellt ein Tablett mit dem Frühstück vor mich. »Heute schon de Zeitung gelesen, wa?«, fragt sie mich augenzwinkernd. Ich verneine. »Na, dann mal Butter bei de Fische, wa, det Foto hat Seltenheitswert, wa?«
Mir schnürt sich der Magen zu. Ich springe aus dem Bett und fahre im Krankenhausschlafanzug nach unten zum Kiosk. Es gibt elf Tageszeitungen. Auf allen elf Titelblättern bin ich zu sehen. In Großaufnahme. Nach unten an einer Stange hängend mit Füßen so dick wie das Gesicht eines Sumo-Ringers. Nur die Bildüberschriften unterscheiden sich. »Carolin Schatz – der Superstar von morgen hängt heute schon durch!« »So weit meine Füße mich tragen – für Carolin Schatz, der Neuentdeckung von Strawberry Entertainment, ein Fremdwort!« »Wir werden die Schatz schon schaukeln!« »Carolin Schatz hält die Bälle nicht flach!« (Da sind meine Füße in Großaufnahme zu sehen.) Und so weiter. Ich sehe Blitze vor meinen Augen.
Gedemütigt laufe ich die sieben Stockwerke durchs Treppenhaus. Ich traue mich nicht, mit dem Fahrstuhl zu fahren, aus Angst, dass jemand mit einer Tageszeitung neben mir stehen könnte.

In meinem Zimmer wartet Sylvester mit einem riesigen Blumenstrauß auf mich. »Reg dich nicht auf, Caro, das ist Publicity!«, ruft er. »Wenn die erst morgen die Aufzeichnung sehen, drehen die durch. Das ist großes Tennis! Das wird klasse. Und übermorgen stehen ganz andere Schlagzeilen in der Presse. Ist

gar nicht so schlecht, dass das passiert ist mit den Füßen, da hat man die Leute schon mal aufmerksam gemacht!«
Ich nicke resigniert. Was soll ich denn sonst tun? Unglücklich trinke ich den mittlerweile kalt gewordenen Kaffee. Sylvester hat mir Anziehsachen mitgebracht. »Hat Evi zusammengestellt. Liebe Grüße von allen. Ich habe mit dem einen Arzt gesprochen, du kannst im Prinzip jetzt gleich mit mir nach Hause fahren«, meint er lieb. Nach Hause? Mein Zuhause ist in Watzelborn.

»Du kommst mit zu mir nach Hause, Caro, da kann man sich besser um dich kümmern.« Ich nicke und muss noch irgendein Formular unterschreiben und meine Krankenkassenkarte vorzeigen, und dann trotte ich hinter Sylvester her. An der Ampel vor dem Parkplatz hält er meine Hand. Wahrscheinlich denkt er, ich weiß noch nicht, dass man bei Rot stehen bleibt. Gleich wird er mir noch einen Teddybär in die Hand drücken und mir da vorn an dem Kiosk einen Kokosmohrenkopf kaufen.
Um erwachsen zu wirken, schalte ich mein Handy an. Im Krankenhaus wurde ich von ungefähr dreitausend Mitarbeitern darauf hingewiesen, dass es meine Schuld wäre, wenn ein Herzschrittmacher bei einer rüstigen Rentnerin nicht fachgerecht eingesetzt werden könnte, weil mein eingeschaltetes Telefon die Elektronik beeinflusst.

Der Chauffeur bringt uns in der riesigen Limousine zu Sylvester. Irgendwann hält er an und wartet, bis sich ein gigantisches, schmiedeeisernes Tor öffnet. Dann fahren wir einen pappelgesäumten Kiesweg entlang durch einen Park. Aber dann kommt das Haus.
Das ist kein Haus. Das ist ein Palast. Ein Schloss. Ein Märchentraum. Schneeweiß und mit Sprossenfenstern und Erkern und efeubewachsen und rosenbewachsen und mit einer Veranda aus

Holz! Seit ich denken kann, möchte ich in einem Haus mit Veranda wohnen. Die Vorstellung, dass der Regen ringsherum prasselt und man selbst auf der Veranda in einer Schaukel sitzt, macht mich verrückt vor Sehnsucht.

Der Chauffeur hält an und macht mir die Tür auf, und dann gehen wir eine riesige Freitreppe hoch Richtung Eingangstür, die von einem Butler, ja, einem Butler, geöffnet wird. Das »Haus am Eaton Place« ist ein Witz gegen das hier.

Von drinnen kommen Schritte näher, und Sylvesters Frau steht vor mir. »Meine Liebe! Wie schön, dass ich Sie endlich kennen lerne. Bitte nennen Sie mich Angela. Sylvester hat sooo viel von Ihnen erzählt. Nun kommen Sie herein und erholen Sie sich. Fühlen Sie sich wie zu Hause!« Angela ist eine Frau Mitte fünfzig, der man ansieht, dass sie Gesichtspflege von Chanel benutzt hat, seitdem sie auf der Welt ist. Sie trägt ein Kostüm von Karl Lagerfeld, das sehe ich sofort, und ihre Hände sind so gepflegt, sie können einfach noch nie mit Spülwasser in Berührung gekommen sein. An jedem ihrer Ringfinger steckt ein taubeneigroßer Edelstein. Und die Kette, die sie da um hat, ist bestimmt nicht aus Strass.

Ich fühle mich deplatziert. Evi hat es ja gut gemeint, aber mit dieser komischen Leinenhose und dem T-Shirt sehe ich so aus, als müsste ich im nächsten Moment anfangen, hier den Eingangsbereich zu schrubben.

»Angela, meine Liebe!« Sylvester geht mit großen Schritten auf seine Frau zu und umarmt sie herzlich. »Danke, dass du Carolin so spontan ein wenig umsorgen wirst. Die Arme hat Schreckliches durchgemacht. Carolin, ich lasse dir von Fred dann noch deine Sachen aus dem Hotel hierher bringen, du wohnst jetzt erst mal bei uns. Wir haben wirklich reichlich Platz hier, an Platz soll es nicht mangeln, aber wenn du denken solltest, dass der Platz nicht ausreicht, dann …«

»Danke, Sylvester«, sage ich schnell. Egal, was Fred mir an Klamotten von mir bringen wird, ich werde in diesem Tausendundeine-Nacht-Schloss wirken wie Aschenbrödel.
»Nun«, Sylvester schaut auf seine goldene Uhr. »Ich muss wieder in die Firma. Wir sehen uns heute Abend. Und Angela, meine Liebe, du denkst daran, dass wir morgen hier mit Carolins Redaktionsteam eine kleine Fete haben?«
Angela nickt gnädig. »Felix hat mich schon angerufen, ich habe ein leichtes Menü bei Sieglinde bestellt. Unsere Köchin«, sagt sie erklärend zu mir.

Klar. Unsere Köchin. Angela denkt bestimmt, ein Kartoffelschäler wäre eine Telefongabel von Tiffany's. Nicht neidisch sein, Caro.
Sylvester streichelt mir über die Wange und küsst seine Frau auf die Stirn, dann setzt er sich in den Fond des Riesenautos und düst davon.

Ich bin gehemmt und stehe dümmlich herum.
»Am besten zeige ich Ihnen erst einmal das Haus, Carolin, damit Sie sich gut zurechtfinden«, sagt Angela und hakt mich unter. »Kommen Sie!«
Ich warte noch einen kurzen Moment, falls jemand kommen sollte, um mir Filzpantoffeln unter die Schuhe zu schieben, aber nichts passiert.
Während wir durch das 480 Quadratkilometer große Anwesen laufen, erzählt Angela, dass sie und Sylvester nun schon seit über dreißig Jahren verheiratet sind. Als junger Student hat er um ihre Hand angehalten, und in den schweren Anfangszeiten haben sie in einer Einzimmerwohnung gewohnt, die noch nicht mal eine Heizung hatte. Sie, Angela, hat nebenbei gemodelt, um die Miete und das Essen bezahlen zu können. Aber dann ging es bergauf. Erst war Sylvester Kabelträger bei einer Produktions-

firma, hat sich dann aber immer weiter hochgearbeitet und schließlich so viel gespart, dass er seine eigene Produktion aufmachen konnte. Und Angela hat ihn immer nach Leibeskräften unterstützt. Also war meine These mit dem Spülwasser und Chanel doch falsch. So kann man sich irren. Vielleicht hat sie einfach eine gute Haut. Oder ist geliftet.

»Sylvester mag Sie sehr, Carolin«, sagt Angela. »Er sagte, Sie würden ihn sehr an unsere Tochter erinnern. Manon sehen wir nur einmal im Jahr. Sie lebt mit ihrer Familie in Neuseeland. Sie und ihr Mann sind professionelle Regattasegler und haben ihre Auftraggeber dort.«

Kann ich bitte mal irgendjemanden kennen lernen, der nichts mit diesem Scheiß-Segeln zu tun hat? Hat Little Joe nicht gesagt, Sylvesters Tochter würde Westernreiten machen? Hmm. Von einer Ranch hat Sylvester auch noch nie was erzählt. Aber sein Haus ist ja schon so groß wie Texas. Jeder Raum scheint in einen anderen überzugehen. Das sind keine Zimmer, das sind Zimmerfluchten. Mindestens vier Meter hoch, Deckenmalerei, Stuck, Kronleuchter und Flügeltüren. Es gibt sogar eine Bibliothek mit einer richtigen Holzleiter an der Bücherwand. Und ein Herrenzimmer mit einem Zigarrenkasten, der elektrisch temperiert wird.

»Sie wohnen hier«, Angela öffnet eine weitere Tür, und wir gehen in ein Zimmer, das aus Rosen zu bestehen scheint. Ein riesengroßes Himmelbett mit Baldachin, rosendurchwirkt, die Tagesdecke rosendurchwirkt, alles ganz dezent, versteht sich. Die Wände zartrosa gestrichen. Ein Sekretär und eine Frisierkommode aus der Biedermeierzeit. Der Chagall und der Matisse da an der Wand sind hundertprozentig *keine* Drucke.

»Soll ich Ihnen erst einmal ein Bad einlassen?«, fragt Angela. »Sie sind sicher sehr erschöpft.«

»Das ist lieb, aber das kann ich doch selber machen«, sage ich.

Das wäre ja noch schöner, wenn Angela jetzt für mich noch die Dienstmagd spielen muss, wo sie so freundlich ist.
Aber Angela lacht nur trällernd. »Aber meine Liebe – daran sollten Sie sich ganz schnell gewöhnen: Hier müssen Sie gar nichts selber machen«, sie geht zu einer Wand und drückt einen Knopf. »Agnes wird das für Sie erledigen.« Ah ja.
Zwei Minuten später klopft es an der Tür, und Agnes im schwarzen Kleid mit Häubchen und Schürze fragt nach Madames Wünschen.

»Es wird sicher noch eine Weile dauern, bis Fred Ihre Sachen bringt. Haben Sie denn für morgen ein Abendkleid?«
Ich schlucke. Ich habe noch nie in meinem Leben ein Abendkleid besessen. »Nein«, bringe ich hervor.
»Ach«, sagt Angela. »Dann rufe ich eben in einigen Boutiquen an und lasse etwas zur Auswahl herbringen. Auch Schuhe. Schmuck bekommen Sie von mir, davon habe ich wirklich genug.«
Weil Angela meine Situation zu erkennen scheint, ordert sie netterweise in »den paar Boutiquen« nicht nur Abendkleider und Abendschuhe, sondern auch normale Alltagsklamotten.

Wir trinken dann noch einen Tee aus hauchdünnen Chinatassen in Angelas Privatsalon mit Wintergarten, der den Blick auf eine parkähnliche Landschaft mit einem überdimensionalen Swimmingpool freigibt. Mein Handy klingelt. Es ist Marius, der etwas verwirrt fragt, was denn eigentlich los sei und warum ich nicht mal angerufen hätte. Er hätte eben gerade zufällig auf ein paar Zeitungen geschaut, als er an einem Imbiss eine Currywurst gegessen hätte, und stünde nun gewissermaßen auf dem Schlauch. Mist, Mist, Mist. Ich bin so durcheinander gewesen, dass ich schon wieder vergessen habe anzurufen. »Es nervt, Caro«, sagt Marius sauer. »Du erinnerst dich sicher an letztes

Mal, da habe ich dich im Fernsehen auf einem Balkon stehen sehen. Und dann hast du mir versprochen, dass so was nie wieder vorkommen wird.«
Ich versuche mich rauszureden, aber er beendet das Gespräch relativ unwirsch. Muss ihn nachher nochmal anrufen.
»Ach, Männer«, tschilpt Angela. »Ihnen kann man nie etwas recht machen.« Ich nicke. Marius stellt sich wirklich an.

In der Zwischenzeit waren die Lieferanten der paar Boutiquen da und haben einige »Kleinigkeiten« vorbeigebracht, die im Gästeankleidezimmer auf mich warten. Das wusste ich vorher auch nicht, dass es Leute gibt, die ein Gästeankleidezimmer haben. Ein weiteres Zimmermädchen kommt mit einem Wägelchen, auf dem Angelas Schmuckschatullen stehen. Auf ihre Anweisung hin trage ich nur Unterwäsche unter einem seidenen Bademantel, weil ich ja sowieso gleich alles probieren muss.
Heimlich schaue ich auf das Preisschild eines schwarzen, langen Samtkleides von Valentino. Mir kommt Magensäure hoch.
18 200 Euro! Das ist ein Auto mit Navigationssystem und Airbags auch an den Türen.
Angela begutachtet alles mit kritischen Augen. »Probieren Sie das mal an«, meint sie und hält mir einen Traum aus Seide hin. Eisblau mit eingestickten Perlen und ganz, ganz winzigen Steinen, die im Licht glitzern. Dazu eine Stola. Eine Stola! »Christian Lacroix weiß, wie man die Frauen anzieht«, schwelgt Angela. Wäre sie doch neulich mit mir losgegangen statt dieser Estefania-Huber-Schnepfe. Das wäre allerdings teuer geworden.
Agnes hilft mir beim Anziehen. Ich bin fassungslos. Ich sehe in dem Kleid aus wie Dornröschen. Es ist perfekt. »Aber es ist zu auffällig für unser kleines Fest morgen«, meint Angela wieder.
»Das nehmen wir aber trotzdem. Es kommen noch einige Empfänge und Partys auf Sie zu!«

Wer soll das eigentlich alles bezahlen? Ich traue mich nicht zu fragen.
Am Ende habe ich neun Abendkleider, von denen zwei »ein wenig enger gemacht werden müssen«, was für mich das Nonplusultra ist. »Das muss enger gemacht werden« hat noch nie jemand zu mir gesagt. Allein deswegen liebe ich diese beiden Kleider, die übrigens von Yves St. Laurent kommen und zusammen so viel kosten wie die Mieten eines Zehnparteienhauses für zwei Jahre. Für die jeweils dazu ausgesuchten Schuhe könnte ich acht Monate lang die Welt bereisen und immer in Luxushotels wohnen.

Angela ruft die paar Boutiquen wieder an und lässt die Reste holen. Kein Mensch fragt nach Geld. Aber zum Schluss sagt Angela zu jedem Abholer: »Die Rechnung wie immer an meinen Mann.« Und sie nicken einfach. Als Sylvester abends nach Hause kommt, erzählt sie ihm beiläufig davon, und er sagt: »Das ist aber nett von dir, Liebes!« Wahrscheinlich bringt er ihr morgen zur Belohnung den Krupp-Diamanten mit.

Nächster Tag. 19 Uhr. »Das ist die beste Sendezeit«, meint Sylvester. »Man hat schon gegessen und muss die Zeit bis zur Tagesschau totschlagen. Das haben wir fein hingekriegt, was, Felix?«
Felix nickt müde. Er sieht aus, als ob er hohes Fieber hätte. Der Zahn, der Zahn! Ich verstehe nicht, dass sie ihn nicht zwingen, zum Zahnarzt zu gehen. Aber vielleicht habe ich ja in einer Sendung mal einen Zahnarzt, vielleicht sogar so einen wie Dustin Hoffman in »Der Marathon Mann«, danach wird Felix hundertprozentig immer freiwillig zum Zahnarzt gehen. Wer bekommt schon gern freiwillig eine Lochstickerei bei vollem Bewusstsein in die Schneidezähne gefräst?
Ein Riesenbüfett ist aufgebaut, aber ich bin zu nervös, um etwas

zu essen. Außer mir und Felix (der Zahn, der Zahn) haben alle einen Bärenhunger, Evi verdrückt mindestens acht Portionen. Ich frage mich, wie sie es schafft, nur vierzig Kilo zu wiegen. Allerdings rennt sie nach jeder Portion aufs Klo, und ich tippe auf Bulimie, was mich zwar beunruhigt, aber auch wieder beruhigt. Dann setzen wir uns alle vor den Fernsehapparat, der das Ausmaß einer Kinoleinwand hat, und warten gespannt darauf, dass die Werbung endlich vorbei ist.

Mein Handy klingelt. Ich höre ohrenbetäubenden Lärm im Hintergrund und Hans Albers »La Paloma, ade« singen. Dieser Anruf muss entweder vom Schorsch oder aus einer Hafenkneipe aus Hamburg kommen.

»Schatz?«, das ist Pitbull. »Hörst du mich? Wir sitzen hier alle beim Schorsch. Auf welchem Scheißprogramm kommt denn diese Sendung?«

»Schrei doch nicht so. Auf ContraDrei.«

»Mach mal ContraDrei rein, Pinki!«, befiehlt Pitbull. »Und stell dieses Gejaule ab.« Hans Albers schweigt. »Übrigens«, wieder Pitbull, »Marius ist ziemlich sauer auf dich, er wollte heute Abend nicht hierher kommen, weil du ihm nichts von deiner Teppichstangenaktion gesagt hast.«

Teppichstangenaktion. Superwitzig. »Meine Füße waren angeschwollen, es war entsetzlich«, sage ich mürrisch. »Und außerdem habe ich jetzt wirklich keine Zeit für euch. Ich habe Wichtigeres zu tun.«

»Hier ist keine Talkshow«, ruft Pitbull. »Hier ist nur ein Typ zu sehen, der aussieht, als hätte seine Mutter mit einem Schaf gepoppt!«

Wer könnte das denn sein? Thomas Gottschalk? »Es fängt ja auch erst in ein paar Minuten an«, stöhne ich. Kann dieser Watzelborner Mob mich nicht in Ruhe lassen?

»Marius hat gesagt, dass du ihm dauernd wichtige Sachen vor-

enthältst, Schatz! Ich warne dich!« Pitbulls Stimme hört sich böse an. »Wehe, du wirst so 'ne Schickimicki-Tante und hast plötzlich andere Vorstellungen vom Leben. Dann lernst du mich aber kennen! Kann mal jetzt einer von euch schwulen Pennern ContraDrei reinmachen!«
»Du spinnst wohl, Pitbull«, jetzt bin ich sauer. »Du übertreibst!« Ich lege wütend auf.
Und dann rufe ich Marius an, der aber nicht zu erreichen ist. Weder zu Hause noch auf dem Handy. Wie unverschämt, dass er überhaupt nicht an meine erste Ausstrahlung zu denken scheint. Ich bin doch jetzt schließlich prominent.

»Carolin, nun komm, in zwei Minuten geht's los!«, ruft Sylvester. Nervös nehme ich mein Weinglas und setze mich zu den anderen. Felix glüht und macht leise »Ah, ah«, als ich mich neben ihm niederlasse. Er muss höllische Schmerzen haben.
»Drei – zwei – eins!«, schreien alle im Chor, und dann sehen wir den Opener mit der Stimme aus dem Off: »Die ultimativ andere Show mit Menschen, die anders sind – hier ist ›Anders, aber klar!‹« Duuuuusch, Trommelwirbel und dann eine fette Frau mit Mondgesicht, die durch eine Tür kommt. Es dauert eine halbe Minute, bis ich merke, dass ich das bin. Ach du Scheiße. Felix und Sylvester hatten Recht. Kameras machen so dick, dass jede Frau, die über dreißig Kilo wiegt, von den Fernsehzuschauern für hochschwanger gehalten wird.
Anmoderation ohne Versprecher, und dann der Macho mit Frau. Kurz darauf geht schon die Streiterei los. Großaufnahme von Mai-Lynn, wie sie Sachen stopft und Schuhe besohlt und laut sagt: »Arslog!« Den Tanz mit Marte Giffey-Rips haben sie mit Tantra-Musik unterlegt oder mit was auch immer. Aber dann die Krönung: Die Säurefrau. Das Handgemenge im Studio ist wirklich sehenswert. Aber am sehenswertesten bin ich, wie

ich dämlich versuche, unter dieser Wolldecke hervorzuschauen und fast strauchle.
Sylvester und alle anderen brüllen vor Lachen. Lediglich Felix macht nur leise »Äh, äh, äh«. Die anderen schlagen sich auf die Schenkel. Sylvesters und Felix' Handys klingeln gleichzeitig, und irgendwelche Leute scheinen zu dem bombastischen Erfolg zu gratulieren. Mein Handy klingelt auch. Ungefähr hundertmal. Alle rufen an. Gero ist total gerührt, und Jo und Zladko meinen, so was Geniales hätte die Welt noch nicht gesehen. Mausi fragt, ob ääääächt schon extrem geilcoole Promis da gewesen wären und ob ich jetzt auch ein Promi wäre und ob sie eine Autogrammkarte kriegt und ob ich sie mal auf eine extrem voll genialstcoole Promifeier mitnehme. »O Mann, äääächt, Caro, da kommt dann bestimmt auch der George Clooney oder der Brad Pitt und der Herr Baumeister!« Ich frage sie, wer Herr Baumeister ist. »Weiß ich jetzt auch nicht, aber den Namen habe ich mal irgendwo in einer Zeitung gelesen. Und wenn ein Name in einer Zeitung steht, dann ist man doch ein Promi.« Langsam nerven die mich, und das sage ich auch, woraufhin Mausi beleidigt auflegt. Marius ruft nicht an.
Mir doch egal.

Wir essen leckere Sachen und trinken eine Menge Champagner. Ich trage ein schwarzes langes Kleid, das von Valentino, und habe geliehene Smaragde von Angela an den Ohren und am Hals. Leider ist meine Trauer über Marius nicht so groß, dass ich nichts essen könnte. Ich bin eine Frustesserin. Und ich bin nun mal gerade frustriert. Heut ist heut und morgen ist morgen.
»Carolin, iss nicht so viel!«, ermahnt mich Sylvester väterlich. »Ein paar Kilo müssen noch runter, bis du der Kamera wirklich schmeichelst.«

»Lass sie doch essen«, sagt Angela und streichelt meinen Arm, als sei ich eine Zwölfjährige, die sich noch im Wachstum befindet. »Diese dünnen Weiber von heute taugen doch vorn und hinten nichts. Schaut euch doch nur mal die Kate Moss an. Die haut doch der kleinste Luftzug um.«
Lieb von Angela, dass sie mich tröstet. Ich esse trotzdem kein Dessert. Obwohl ich für Vanilleeis mit heißen Kirschen alles geben würde. Na gut, nur ein bisschen Eis. Und Kirschen. Keine Soße. Nur ein bisschen.

Wir sitzen an einer riesigen Tafel im Esszimmer, das holzgetäfelt ist, und die Stühle haben so hohe Lehnen, dass man das Gefühl hat, sich auf einem Thron zu befinden. Natürlich Damasttischdecke und feinstes Geschirr von Meißen. Und Silberbesteck von Christofle. Und riesige Kerzenleuchter. Alle reden durcheinander und finden die Show super. Sylvester telefoniert ununterbrochen mit irgendwelchen Fernsehleuten und Leuten im Sender und meint dann, ich müsste morgen die ersten Interviews geben. Eine Horrorvorstellung.
»AAAAAAAAHHHH!!!«, kreischt plötzlich Felix neben mir. Er hält sich seine rechte Wange. »OOOOOHHHHH GOOOOOOOTT, SO TU DOCH EINER WAAAAAS!!!«, brüllt er verzweifelt.
Alles springt auf. Er muss mit seinem schlimmen Zahn auf eine Nussschale gebissen haben, die eigentlich nur zur Dekoration für das Eis bestimmt war. Er brüllt so laut, dass ich mir sicher bin, dass allen Anwesenden gleich die Trommelfelle platzen werden.
Sylvester rauft sich die Haare. »Ich hole Ferdinand!«, schreit er zu Angela und rennt weg.
»Ferdinand ist Zahnarzt, er wohnt nebenan«, erklärt sie. Dass Ferdinand nebenan wohnt, heißt aber im aktuellen Fall nicht, dass er auch schnell da sein kann, denn es dauert zu Fuß unge-

fähr eine Stunde, durch den Park zum Tor zu laufen. Aber Sylvester hat offensichtlich einen der Wagen genommen und ist in weniger als zehn Minuten mit Ferdinand zurück.

Wir anderen halten unterdessen Felix fest, der nur noch am Brüllen ist. »DIESE SCHMERZEN! DIESE SCHMERZEN! NEIN! NEIN! NEIN!« Es ist entsetzlich. Irgendjemand holt von irgendwo ein Seil hervor, und wir binden Felix auf dem Esstisch fest, auf dem wir ein wenig Platz gemacht haben. Felix bäumt sich auf. Weinflaschen kippen um, ein Kandelaber fällt zur Seite, und die Tischdecke steht in Flammen. Verzweifelt verteile ich die Eisreste und den restlichen Wein darauf und kann so das Feuer löschen.

Ferdinand ist kein Mann der großen Worte. Er kommt in den Raum und gibt präzise Anweisungen. Und so hängen wir zu zehnt an Felix, um ihn festzuhalten, und Sylvester leuchtet mit einer Taschenlampe in dessen Mund. »NICHT DEN ZAHN ZIEHEN!!! NEIN!!!«, kreischt Felix verzweifelt. Um sich schlagen kann er nicht mehr, weil wir ihn alle nach unten ziehen, als seien wir lustige Tischtuchbeschwerer in Traubenform.

Ferdinand hat zum Glück alles dabei, nur Spritzen mit Betäubungsmitteln hat er leider vergessen. Aber das kann man jetzt auch nicht mehr ändern. Er schiebt dem armen Felix eine Art Metallsperre in den Mund, sodass er ihn nicht mehr schließen kann. Dann untersucht er ihn und stellt fest, dass das Zahnfleisch um den Zahn nicht nur komplett vereitert ist, sondern dass der Zahn auch noch in der Wurzel ganz tief feststeckt. Felix bekommt natürlich mit, was er sagt, und kreischt noch lauter. Wir müssen die Seile fester ziehen. Dann holt Ferdinand einige Geräte aus seiner Tasche, und mir stockt fast der Atem. Die Zange da ist so groß, dass man damit Nägel in der Größe von Platztellern ziehen könnte.

»Da müssen wir jetzt durch«, meint Ferdinand, Felix' verzweifeltes Brüllen ignorierend. »Schnell, ein Handtuch, gleich wird es sehr bluten«, fordert er.
Weil es zu lange dauert, in die Küche zu gehen, ziehen sich Evi und eine Produktionsassistentin ihre Blusen aus und springen daraufhin in BHs umher. Wilfried, ein Beleuchter, hängt mit seinen hundertzwanzig Kilo quer über Felix' Unterleib. Felix versucht immer noch zu fliehen, sein Hin- und Hergezapple sieht so aus, als würde er sich beim Oralverkehr mit Wilfried vor Ekstase winden.

»Gleich, ja, ja, ja, gleich!«, schreit Ferdinand. Er hat sich rittlings auf Felix' Brust gesetzt und hantiert mit den Zangen herum. Dann bekommt er den schlimmen Zahn zu fassen. Felix kreischt, als hätte er zehn Megaorgasmen auf einmal. Wir alle stöhnen aus Solidarität mit. Es herrscht ein heilloses Durcheinander, und dann kommt der entscheidende Moment. Mit einem starken Ruck wird der schlimme Zahn gezogen. Felix' Laute haben nichts Menschliches mehr an sich.
»Guten Abend«, sagt dann plötzlich ein Mann. Ich drehe mich um und bemerke dabei, dass der eine Träger des schwarzen Samtkleids nach unten gerutscht ist und eine meiner Brüste frei herumbaumelt. Da Sylvester direkt hinter mir steht und um mich herumgreifen musste, um Felix festzuhalten, könnte man annehmen, dass er sich gerade ausgiebigst mit meiner Oberweite beschäftigt. Außerdem ist Sylvester so verschwitzt, dass für jemand Außenstehenden der Verdacht nahe liegt, er habe gerade wirklich guten Sex gehabt. Und alle anderen im Raum sehen genauso aus.
In der Tür steht Marius mit einem riesigen Blumenstrauß. Er sieht mich fassungslos an. Alle sind schlagartig still. Selbst Felix hört auf zu kreischen.
»Das war es dann wohl«, sagt Marius, dreht sich um und geht.

Ich bin vor Entsetzen gelähmt und stehe da mit gesträubtem Nackenhaar, unfähig, ihm hinterherzulaufen.

»Wer war das?«, fragt Evi. »Ein Fan?«

»Nein, mein Freund«, sage ich langsam.

Selbst Sylvester fehlen die Worte.

Nur Angela sagt: »Ach, wie nett, warum hat er denn nicht ein Glas Wein mit uns getrunken?«

14

Ich versuche stundenlang, Marius zu erreichen, in jedem Hotel frage ich nach ihm, aber nirgendwo wohnt er. Angeblich. Vielleicht hat er sich ja auch umgebracht. Oder ist vor Wut in ein Bordell gegangen, um aus Rache eine heiße Nacht mit einer dicktittigen Madeleine oder Jessica zu verbringen. Oder mit beiden. Oder mit allen. Mir ist schlecht. Wäre ich in seiner Situation gewesen, hätte ich auch gedacht, dass ich gerade mitten in eine nette Gruppensex-Sadomaso-alles-kann-nichts-muss-Session hereingeplatzt wäre. Leider habe ich keine Gelegenheit, ihm irgendetwas zu erklären, denn ich erreiche ihn ja nicht. Bestimmt, ganz bestimmt ist er in einem Bordell.

»Wir müssen in den Puff fahren«, sage ich zu Sylvester.
»Bist du übergeschnappt?«, herrscht der mich an. »Wieso sollten wir jetzt in einen Puff fahren?«, er schaut auf seine Uhr. »Außerdem haben die, die ich kenne, um diese Uhrzeit schon zu.«
Alles schweigt.
Sylvester merkt, was er da gesagt hat, und schaut zu Angela, als müsse er ihr mitteilen, dass er nur noch eine halbe Minute zu leben hat.
»Seit wann weißt du denn, wie lange die Puffs aufhaben, die du kennst?«, schreit Angela ihn an. »MEIN MANN GEHT ALSO IN DEN PUFF!«
Sylvester rauft sich verzweifelt die Haare. »Nein, nein, ja, nein«, ist alles, was er herausbringt.
Angela dreht völlig durch. »Und ich dachte, unsere Ehe ist intakt! Deswegen überhäufst du mich also mit dem ganzen Schmuck und willst, dass ich zur Kur und auf die Beautyfarm fahre! Damit du in Ruhe in den Puff gehen kannst!!!« O Gott, ist das schrecklich. Keiner traut sich, etwas zu sagen, und Angela

schreit weiter: »Das war's! Glaub mal bloß nicht, dass ich mit einem Mann zusammenbleibe, der es nötig hat, mit Nutten herumzuhuren! Morgen bin ich beim Anwalt!«

»Aber Liebes«, sagt Sylvester verzweifelt »Das ist alles ein Missverständnis!«

Angela geht zum Kamin und nimmt den Schürhaken in die Hand. »Wenn ich dich damit jetzt gleich töte, ist das kein Missverständnis!«, keift sie.

Nein. Bitte jetzt nicht auch noch einen Mord.

»Hilfe, macht mich loch, ich chabe Ankcht«, flüstert Felix auf dem Tisch.

Angela sieht aus wie ein leibhaftiger Racheengel. Fast so wie Madeline La Motte aus »Fackeln im Sturm«, die ihrem brutalen Ehemann Justin ebenfalls mit einem Schürhaken auf der Südstaatenplantage »Resolute« das Gesicht zweiteilt, nachdem er ihr eine gescheuert hat, weil sie mitbekommen hat, dass sein Neffe losgeritten ist, um die frisch Verheirateten Brett und Billy Hazard auf dem Weg zum Bahnhof zu meucheln. Wilfried springt zu Angela, um sie davon abzuhalten, etwas Unrechtes zu tun, und beide knallen auf den Perserteppich.

Sylvester schreit: »Es ist alles deine Schuld, Caro! Solch ein Unglück, du bist schuld!«, und dann klingelt mein Telefon.

Marius ist dran und sagt: »Wir sind getrennt. Morgen packe ich deine Sachen zusammen und bringe sie zu Gero. Bitte wirf mir bei Gelegenheit den Haustürschlüssel ein!«

Dann legt er einfach auf. Ich rufe sofort bei ihm an, aber er hat das Handy schon ausgeschaltet.

Angela packt wutschnaubend ein paar Sachen zusammen und will die Nacht bei einer Freundin verbringen. Alle anderen bleiben, niemand möchte Sylvester allein lassen. Ferdinand meint, er bräuchte jetzt einen Cognac, und stiefelt in den Keller,

um Flaschen heraufzuholen. Sylvester betrinkt sich dann sinnlos.
»Ich war mit einem Filmteam mal in verschiedenen Puffs, ja, das stimmt, aber ich habe nichts gemacht! Aber wie soll ich das Angela denn glaubwürdig versichern?«, er schaut mich fragend an.
Ich bin zu keiner Antwort in der Lage, weil ich dauernd daran denken muss, dass ich wieder Single bin. Allein. Ohne Partner. Im Supermarkt werden mich die Pärchen und Familien wieder mitleidig anschauen, weil man den Sachen, die ich kaufe, ansieht, dass sie für nur eine Person sind. Ein Joghurt, ein kleines Päckchen Brot, eine Tiefkühlpizza und eine Zahnbürste. Obwohl Supermärkte doch angeblich die reinsten Kontakthöfe sind. Man kann sich, wenn man den Artikeln in diversen Frauenzeitschriften glauben darf, super einen Mann angeln, etwa mit der gewissen Frage an der Tiefkühltruhe: »Falls Sie die Lachslasagne suchen, die liegt hier verdeckt unter den Erbsen.« Und schon ist man kein Single mehr. Wenn man den Artikeln in den Zeitschriften glauben darf, ist man quasi schon verheiratet, bevor man den Supermarkt verlassen hat. Dann aber mit zwei Tiefkühlpizzen.

Gero ruft an. Er ist schon informiert. »Sorry, aber ich kann Marius verstehen«, meint er vorsichtig. »Versetz dich mal in seine Lage. Du wärst auch am Boden zerstört.«
»Das kannst du ja wohl nicht beurteilen. Und außerdem habe ich jetzt keine Zeit und keine Lust mehr, mit dir zu reden.«
Sollen sie sich doch alle auf Marius' Seite schlagen. Die sind ja nur neidisch. Weil ich jetzt ein Promi bin.

Evi schläft bei mir im Zimmer auf einer Chaiselongue. Mit mir im Bett will sie nicht liegen. Vielleicht hat sie Angst, dass ich sie in meinem Unglück anbaggere. Aber so verzweifelt bin ich nun auch wieder nicht.

Evi trägt halterlose Strümpfe. Also keine Strapse, sondern die, die von selbst durch einen Gummibund am Oberschenkel kleben. Evi hat so durchtrainierte Beine, dass oben am Ende der Halterlosen noch nicht mal ein winziges Stück Haut überquillt. Ich habe einmal in meinem Leben halterlose Strümpfe getragen. Genau zwei Minuten lang. Die Dinger haben sich nämlich fröhlich nach unten gerollt, weil meine Oberschenkel zu viel an Masse waren. Und so stand ich mit meiner damaligen Eroberung an einer Kinokasse und hatte die Strümpfe bis zu den Kniekehlen hängen. Ich glaube, der Typ hat sich damals sogar schon im Kino drei Reihen hinter mich gesetzt.

Es ist halb fünf, als ich einschlafe. Und weil keiner von uns einen Wecker gestellt hat, schlafen wir bis zwölf Uhr am nächsten Mittag. Ich bin gerädert, unglücklich und habe Kopfschmerzen. Mein Handy, das ich angelassen habe, zeigt noch nicht mal eine Kurzmitteilung an.

Wir wollen nach dem Frühstück gemeinsam zu Strawberry fahren und Felix beim Zahnarzt absetzen wegen einer Nachuntersuchung. Er sagt, er glaube nicht, dass er jemals wieder arbeiten kann. Diese Schmerzen. Weil er diese Schmerzen in der Nacht mit reichlich Whiskey betäubt hat, nehme ich an, dass er eher einen Kater hat. Sylvester redet während des Frühstücks kaum. Er sieht mich nur ständig an wie ein verendender Rehbock. Wir sind eine ziemlich traurige Truppe, wie wir da so sitzen.

Sämtliche Angestellten werden beauftragt, sofort unter allen verfügbaren Telefonnummern anzurufen, sollte Angela auftauchen.

Als wir die Redaktion betreten, sausen die bereits Anwesenden auf uns zu und wedeln mit Zeitungen vor unserer Nase herum. Wegen des ganzen Trubels haben wir alle total vergessen, dass ja heute eventuell etwas in den Tageszeitungen über die erste Ausstrahlung steht. Um ehrlich zu sein, interessiert mich das nicht wirklich, weil ich ja wieder Single bin. Einsam. Allein. Ohne die Aussicht, irgendwann einmal geheiratet zu werden.

Sylvester schaut die Presse durch und ist dann wieder der Geschäftsmann, den wir alle kennen: »In zehn Minuten im großen Sitzungssaal, das ist der Saal neben den Damenklos, Caro, der Saal hat eine große Holztür, da steht eine Drei dran, an der Tür von dem Saal, wir besprechen uns dann gleich alle im Saal. Franka, organisierst du bitte Getränke und Gebäck für den Saal? Also, wir sehen uns gleich im Saal!«

Ich sitze mit den anderen zehn Minuten später in dem Saal, und Sylvester fängt an zu schwadronieren, von irgendwoher hat er auch schon die Einschaltquoten bekommen.

Um es kurz zu machen: Wir hatten gestern einen Marktanteil von 73 Prozent. Ja, 73 Prozent. »Das ist mehr, als der Gottschalk bei ›Wetten dass‹ die letzten Jahre hatte!«, brüllt Sylvester. »Und das unter der Woche! Carolin, das lag an dir und wie du mit den Gästen umgegangen bist!!! Glückwunsch! Und hier – die Zeitungen, alles voll mit Lobeshymnen auf dich und die Sendung. Hier, schau: ›A star is born‹, oder hier: ›Endlich Licht am trüben Fernsehhimmel!‹ Also das ist so großartig, wirklich, wirklich enorm großartig. Ich bin begeistert!«

Alle gratulieren und klopfen mir auf die Schulter, und dann kommen belegte Brötchen und Champagner, als ob wir nicht alle noch Restalkohol in uns hätten.

Ich habe keine Zeit, Trübsal zu blasen, die nächste Aufzeichnung steht an. Ich bin völlig unkonzentriert. Dann ruft auch noch Richard an und nervt: »Wenn das nächste Mal jemand auf dem Esstisch einen Zahn gezogen bekommen soll und kein Betäubungsmittel zur Verfügung steht, dann könnte man doch zum Festbinden rechts und links unter der Tischplatte kleine Ringe anbringen, durch die die Seile gezogen werden können zur Fi-

xierung. Gibt es günstig im Baumarkt. Wenn dein Chef will, dass ich mich darum kümmere, dann …«
Ich sage, dass das im Moment für mich nicht das Wichtigste ist auf der Welt, und lege auf.

Trotz all der Aufregung läuft die Aufzeichnung gut. Meine Gäste: ein Pärchen, das sich seit sieben Jahren nicht mehr getrennt hat, weil es sich nicht mehr trennen kann – Sekundenkleber, das hält zusammen; ein Mann, der vierzehn Stunden am Tag in der Badewanne liegt, weil er so gern am Meer wohnen möchte. »Ja, warum ziehen Sie denn nicht dahin?« »Die Autofahrt würde so lange dauern, mir wird immer schlecht beim Fahren.« Und eine Frau, die wie ein schwarzer Panther lebt und auch so aussieht. Sie möchte sogar freiwillig angekettet werden, weil sie befürchtet, dass sie mich sonst anfallen könnte. Die Diät, die sie gerade durchsteht, mache sie aggressiv.
Die Situation eskaliert bei dem zusammengeklebten Pärchen, weil eine Exfreundin von ihm sich unter den Zuschauern meldet und behauptet, er hätte kürzlich, während die neue Freundin geschlafen habe, Sex mit ihr gehabt. Die neue Freundin fängt daraufhin an, am Klebstoff zu zerren, und dreht vor Eifersucht fast durch. Der Mann mit der Badewanne wird nervös, weil weit und breit kein Wasser zu sehen ist, und wir müssen ihm eine Schüssel mit Flüssigkeit hinstellen. Frau Panther kommt nackt ins Studio, sie hat Bodypainting betrieben und ist komplett schwarz. Ihre Fingernägel sind keine Fingernägel, sondern gezüchtete Krallen. Aber sonst ist wieder alles sehr nett.

Nachher fahre ich mit dem Taxi zu dem Haus, in dem Angelas Freundin wohnt. Noch bevor ich klingeln kann, wird die Tür von innen geöffnet, und eine Frau mit schreckensweiten Augen steht vor mir. »Sie müssen Carolin sein«, schreit sie. Ich überlege kurz, nein zu sagen, traue mich aber nicht und nicke. »Angela ist weg!«, brüllt die Frau, während sie mich ins Haus zerrt. »Sie hat gesagt, sie will es Sylvester zeigen und im Bordell arbeiten!«

Allmächtiger. »In welchem Bordell möchte sie denn arbeiten?«, frage ich hilflos.

»Keine Ahnung. Ich habe schon in den Gelben Seiten nachgeschaut, aber nichts gefunden.«

In den Gelben Seiten werden wohl auch kaum Puffs stehen. Womöglich noch nach Leistungen sortiert. Georgette, 24, BH 90 D, NS, KV, naturgeil, Ivanka, 20, BH 75 B, tabulos, keine Grenzen, ZA beidseitig, oder was? Ich brauche eine Tageszeitung! In Tageszeitungen stehen die Anzeigen der Professionellen. Das weiß ich von meiner Bekannten Iris, die ja auch in dem Gewerbe arbeitet. Zum Glück hat Friederike von der Wabenburg, wie Angelas Freundin heißt, eine Tageszeitung im Haus. Es ist im Übrigen ein ähnliches Haus wie das von Sylvester, also eher ein Schloss. Hektisch blättere ich die Seiten durch und werde fündig. Nur, was soll ich jetzt tun? Alle Nummern anrufen und sagen: »Ja, hallo, ich bin auf der Suche nach der Frau meines Vorgesetzten, sie wollte sich selbst verwirklichen und mal was ganz Außergewöhnliches machen, sie heißt im Übrigen Angela und ist blond. Wären Sie so nett und würden sie ans Telefon holen?« Ich überlege. Dann komme ich auf die glorreiche Idee, bis zum Abend zu warten und die Bordelle abzuklappern. Oder ich rufe Iris an. Zum Glück habe ich ihre Nummer im Handy abgespeichert.

»O Caro, du hast so guuut ausgesehen im Fernsehen! Echt jetzt! Die Ruth und die Mausi und ich, wir haben total geweint, als wir dich gesehen haben. Aber du – was ist denn mit Marius und dir? Der ist ja fix und fertig. Er sagt, du hättest bei einer Orgie mitgemacht!«

Ich werde noch verrückt. »Hab ich nicht, Iris! Hör zu, hier gibt es gerade ein akutes anderes Problem ...«

»Was ist denn?« Ich erzähle, so kurz es geht, die Geschichte, und Iris kann uns tatsächlich helfen. »Ich kenn die Tamara, die hat so einen Edelpuff in Schöneberg. Ich ruf die gleich mal an, die kann euch bestimmt Tipps geben.«

Dankbar lege ich auf.

»Wollen wir wirklich gleich in einen ... in einen ... in einen P... ich meine, in ein Ffffffrrreudenhaus fahren?«, fragt Friederike so, als hätte ich einer Zwölfjährigen versprochen, dass wir gleich in die Stadt gehen, damit sie sich Ohrlöcher stechen lassen kann. Ich nicke. »O Gott. Dann muss ich mich erst noch umziehen«, ruft sie und springt nach oben.

Ich verstehe überhaupt nichts mehr, aber da klingelt auch schon wieder das Telefon, und ich sage: »In welchem Puff kann ich anfangen?«, wobei ich leider zu spät bemerke, dass nicht Iris, sondern Marius mich angerufen hat, und der sagt nur mit ätzender Stimme: »Jetzt holst du dir also deine Befriedigungen im Puff. Ein Mann allein reicht dir wohl nicht!«, und legt dann auf.

Ich habe leider keine Zeit, um mich aufzuregen, denn Iris meldet sich wieder. »Hör zu«, meint sie. »Ich habe die Tamara erreicht. Der Laden heißt ›Fanny Hill‹ und ist in der Mecklenburger Straße. Die haben durchgehend auf. Du kannst gleich hinfahren, sie kann dir bestimmt helfen.«

Ich bedanke mich tausendmal, und dann kommt Friederike. Ich traue meinen Augen nicht. Sie hat ein viel zu enges, blutrotes Kleid an, ihre Brüste sind mit einem Push-up-BH nach oben gedrückt, als hätten sie Angst, dass sie sonst was verpassen, und die Schuhe, die Friederike trägt, haben Absätze, so hoch wie Essstäbchen beim Chinesen. Sie strahlt. Wahrscheinlich hat sie jahrelang davon geträumt, das Ensemble auszuführen, und jetzt nimmt sie die Gelegenheit wahr.

Ich sage besser nichts und steige mit Friederike in ihren Porsche. Fahren muss ich, wegen ihrer hohen Absätze. Zum Glück hat das Ding ein Navigationssystem.

Dem »Fanny Hill« sieht man schon von außen an, was drinsteckt. Verdunkelte Fenster und eine knallrote Markise mit Goldschrift über dem Eingangsbereich. Man muss klingeln und warten, bis jemand durch ein Fensterchen schaut. Zum Glück sind wir hier in Berlin und nicht in Frankfurt, nicht auszudenken, wenn mich ein Bekannter vor einem Bordell stehen sehen würde und dann noch in dieser Begleitung.

Eine Frau Mitte vierzig öffnet uns schließlich. Ihre Brüste sind ungefähr viermal so groß wie die aufgepushten von Friederike. Ihre Lippen sind silikongespritzt. Wahrscheinlich wollten sie den Brüsten nicht hinterherhinken. Sie führt uns durch den Eingangsbereich an die Bar. Verstohlen schaue ich mich um. Rote Wände, Ölgemälde in Goldrahmen, dunkelgrüne Clubsessel vor niedrigen Tischen und dezente Wandbeleuchtung. Ungefähr zehn leicht gekleidete Frauen sitzen gelangweilt herum oder spielen Karten. Auf dem Bartresen liegt eine Getränkekarte. Mich trifft fast der Schlag. Die wollen für ein Bier vierzehn Euro! Und für eine Flasche Sekt 220 Euro!!! Tamara fragt uns, ob wir was trinken wollen, und ich schüttele schnell den Kopf. Ich habe noch nicht mal genug Geld für ein Glas Wasser dabei. Aber Friederike meint, sie hätte gern ein Glas Champagner. Sie scheint sich sichtlich wohl zu fühlen.

»Wie kann ich dir denn helfen? Wir sagen am besten gleich du …«, meint Tamara. Am besten? Wie meint sie das? Hofft sie, dass wir bei ihr anfangen? Ich bin etwas überfordert mit der Situation und erkläre stammelnd, was passiert ist. »Hm«, Tamara überlegt. »Also, ich kann dir anbieten, dass ich die Besitzer der mir bekannten Etablissements anrufe, und dann sehen wir weiter. Das kann ich gleich machen, ist ja noch ruhig hier im Moment, der Berufsverkehr fängt hier erst am frühen Nachmittag an!« Sie lacht mit rauchiger Stimme über ihren Witz. Aber so könnte ich hier nicht sitzen bleiben, sagt sie dann. Ich müsste entweder bei ihr im Büro warten, das sei ihr aber gar nicht recht, wo das doch so unaufgeräumt ist wegen der Steuer im Moment, oder ein paar Klamotten von »ihren Mädels« überziehen, dann würde ich nicht so auffallen, wenn ich hier an der Bar sitze. Ist mir auch recht. »Und übrigens – ihr seid meine Gäste –, trinkt, was ihr wollt.« Wie auf Befehl bekomme ich Lust auf Champagner. Tamara scheint Gedanken lesen zu können und holt einen Sektkübel mit Eis und legt eine Flasche hinein. Dann stellt sie uns zwei Gläser hin. »Ich geh dann mal telefonieren«, meint sie.

»Ich finde es großartig hier«, schwelgt Friederike. »Diese Atmosphäre …«

Ich persönlich kann das nicht ganz nachvollziehen und trinke ein Glas Champagner auf ex. Da kommt ein »Mädel« mit Klamotten. »Du kannst dich da hinter dem Vorhang umziehen«, sagt sie. Fünf Minuten später sitze ich in einem mehr als durchsichtigen Chiffonteil und einem Rock, der so lang und breit ist wie eine Briefmarke, wieder am Tresen. Der goldglänzende BH passt wie angegossen. Die haben halt einen Blick für so was, die Mädels. Noch ein Glas Champagner. Was soll's.

Als es klingelt, erschrecke ich mich fürchterlich. Eine hoch gewachsene Blondine geht auf Stöckelschuhen zur Tür und begrüßt zwei Männer mit Küsschen: »Ingo, Rainer, na, ihr habt's ja nicht lange ausgehalten, hihihi. Ihr wart doch erst letzte Woche hier. Maren und Bine sind auch da. Wollt ihr was trinken? Wie läuft's zu Hause? Was machen die Kinder?«

Bei Ingo und Rainer scheint es sich um Stammgäste zu handeln.

Sie kennen jedes Mädel hier und begrüßen alle mit Namen. Dann setzen sie sich neben uns auf Barhocker.
»Na, zwei neue Gesichter?«, fragt Ingo. Oder ist es Rainer? Ich kann nicht antworten, was aber auch gar nicht nötig ist, denn Friederike reißt sofort das Wort an sich.
»JAAAAAAAAA!«, jubelt sie und setzt sich so, dass man die Halter ihrer Strapse besser sehen kann. »Wir sind heute das erste Mal hier, aber ich sage euch, ich für meinen Teil möchte überhaupt nicht mehr WEG!«

Hilf Himmel. Das hat mir gerade noch gefehlt. Ingo, oder ist es Rainer, rückt dichter zu mir heran. »Hat die dunkle Schöne mit den großen braunen Augen denn auch einen Namen?«, fragt er.
Ich könnte jetzt diverse Dinge tun: 1. Ich könnte so tun, als sei ich ein Flüchtling aus dem Iran und sagen: »Han isch kein Nam. Han isch Pilzinfääääkzion uberall an Korper. Han isch mig aug lang nigt gewasch. Un Koppläus wolle net gähn weg.« 2. Ich könnte antworten: »Ja, du Flachwichser. Ich habe einen Namen. Aber den werde ich dir bestimmt nicht sagen. Und machen werde ich's auch nicht mit dir. Weil ich nämlich gern was davon mitbekomme, und bei deinen fünf Zentimetern – entschuldige, wenn ich gerade immens übertreibe – wäre das ein schwieriges Unterfangen!« Oder 3.: »Klar, Süßer. Nenn mich Cinderella. Und die Stunde kostet bei mir zweitausend Euro …« Ich könnte mir auf die Zunge beißen, als ich merke, dass ich Möglichkeit Nummer drei soeben laut ausgesprochen habe. Zum Glück habe ich zweitausend Euro gesagt. Das bezahlt nämlich kein Mensch.
»Zweitausend?«, fragt Ingo, und Rainer horcht auf. Selbst Friederike sagt nichts mehr. »Zweitausend? Bei dir ist es wahrscheinlich so günstig, weil du neu bist, Cinderella?«
Zum Glück, ZUM GLÜCK kommt da Tamara und wedelt wich-

tig mit einem Zettel herum. »Tut mir Leid, mein Bester, aber mit dieser Dame hier kann ich heute nicht dienen. Aber ansonsten hast du freie Wahl. Und Maren schaut schon so traurig.« Dann zieht sie mich mit sich die Treppe hoch. Als ich mich noch einmal umdrehe, sehe ich Friederike mit Ingo und Rainer gleichzeitig knutschen. Das kann ja noch was geben.

Wir gehen in einen Raum, der aussieht wie ein Untersuchungsraum beim Arzt. Ich bin etwas verwirrt, als ich sogar einen Gynäkologiestuhl entdecke. »Für Doktorspiele«, klärt mich Tamara auf. »Ich könnte dir Sachen erzählen, sag ich dir, welche Wünsche manche Gäste haben. Einer wollte doch tatsächlich, dass wir ihm die Gallenblase entfernen. Die Vorstellung hat ihn richtig geil gemacht. Aber so was geht natürlich nicht. Ich habe ihm dann vorgeschlagen, dass Elisa ihm eine Akupunkturbehandlung am Unterleib verpasst, das fand er auch gut.«

»Ah ja«, sage ich. Was sollte ich denn sonst sagen?

Tamara wertet meine Aussage als Interesse und schwabbelt weiter: »Ich sage dir – hier kommen ja auch Politiker und Prominente hin und so. Das sind die Schlimmsten. Da könnte ich Bücher drüber schreiben. Einer, ein Moderator, die Namen kann ich leider nicht nennen, der kommt einmal die Woche und lässt sich in einen Gummisack stecken und schwitzt dann für drei Stunden. Und Paulina muss währenddessen auf ihm herumhüpfen mit Ballettschuhen. Das macht den unheimlich an. Und dann haben wir einen Politiker, der verkleidet sich wie ein Hilfspolizist, und die Marion muss dann so tun, als ob sie ihn dazu überreden wollte, ihr keinen Strafzettel wegen Falschparkens zu verpassen, und als Gegenleistung kriegt er dann eine Behandlung auf dem Stuhl da!« Sie deutet in die Richtung des Gynäkologiestuhls.

Ich nicke. Mir ist ja, seitdem wir den Swingerclub haben, fast nichts mehr fremd, so dachte ich zumindest, aber was ich hier höre, ist schon heftig. Finde ich zumindest.
»Aber nun genug davon. Sicher willst du wissen, ob meine Anrufe von Erfolg gekrönt waren«, schwafelt Tamara. »Setz dich doch!«
Da sie bereits auf einer Operationsliege sitzt, muss ich wohl oder übel auf dem Frauenarztteil Platz nehmen, was gar nicht so einfach ist. Wohin soll ich bloß mit meinen Beinen? Ich kann sie ja schlecht rechts und links auf die Fußstützen legen.

»Es könnte sein, dass wir im ›Fantasy Dream‹ Glück haben. Die hatten nämlich heute eine Anzeige aufgegeben, dass sie eine reifere Mitarbeiterin suchen, gut möglich, dass eure Angela da angerufen hat. Jedenfalls stellt sich heute Abend jemand da vor. So gegen acht. Die Besitzer vom ›Fantasy‹ heißen Jochen und Pia und sind informiert. Ich habe denen vorsorglich schon mal deine Handynummer gegeben, aber die meinten, es wäre besser, wenn du selbst vorbeikommst. Hier ist die Adresse.« Sie schiebt mir einen Zettel hin.
Eigentlich habe ich keine Lust mehr, in noch einen Puff zu fahren, aber ich habe es Sylvester nun mal versprochen. »Herzlichen Dank«, sage ich. »Und auch danke für den Champagner. Der war sehr lecker!«
Tamara blickt auf ihre goldene Armbanduhr. »Ach, du kannst doch noch bleiben. Du hast doch noch ein paar Stunden Zeit. Ich fahre dich dann rüber. Lass uns einfach unten noch was trinken.«
Warum eigentlich nicht? Gott sei Dank ist die Aufzeichnung für heute vorbei. Unten angekommen, sehe ich keine Friederike mehr. Die wäre mit Ingo und Rainer nach oben gegangen, erzählt uns eine Rita. Mich kann mittlerweile nichts mehr erschüttern, deswegen zucke ich mit den Schultern. Jeder ist seines

Glückes Schmied. Also trinke ich noch ein bisschen was, unterhalte mich mit Tamara, und irgendwann fahren wir los.

Im »Fantasy Dream« erwartet man uns schon. Und ich traue meinen Augen nicht, als ich eine trotzige Angela dort sitzen sehe, die offenbar schon darüber informiert worden ist, dass wir kommen. Als sie mich sieht, fängt sie an zu heulen. Aber nicht etwa aus Reue! »Ach, Carolin, das ist ja so furchtbar. Komm mal mit!« Sie zieht mich in eine Ecke. »Die haben doch allen Ernstes gesagt, ich sei zu ALT! Mit ›reif‹ meinen die Frauen in DEINEM Alter, also keine Zwanzigjährigen mehr. Aber ich bin doch erst dreiundfünfzig und hab mich doch gut gehalten. Schau hier,
extra neue Dessous habe ich mir gekauft.« Sie schluchzt. »Jetzt kann ich es Sylvester überhaupt nicht heimzahlen!«

»Das ist vielleicht auch besser so«, sage ich beruhigend. »Er hat sich schon genug Sorgen um dich gemacht. Komm, wir fahren nach Hause.«

Angela blickt mich entsetzt an: »Nach Hause! Du glaubst ja wohl nicht im Ernst, dass ich noch einmal in meinem Leben dieses Haus betrete! Und mit einem Mann zusammenlebe, der schon im Puff war.«

»Erstens ist er nur beruflich im Puff gewesen, und außerdem wolltest du dasselbe tun«, stelle ich klar. »Nur mit dem Unterschied, dass er gar nicht für Geld Sex hatte, du aber für Sex Geld nehmen wolltest.«

Angela überlegt. »Na ja«, sagt sie schließlich. »Aber wie soll ich ihm jetzt nur unter die Augen treten?«

»Das mache ich schon«, verspreche ich ihr. »Und jetzt zieh dir bitte deine normalen Klamotten an und lass uns fahren.«

Ich habe das Gefühl, dass Angela ganz froh ist, dass ich gekommen bin. Jedenfalls geht sie ohne noch einmal zu murren ein Stockwerk höher, um sich umzuziehen.
Die Besitzer des »Fantasy Dream« bieten mir zwischenzeitlich ein Glas Sekt an. »Das haben wir doch gut gemacht«, sagt Tamara schmunzelnd. Ich verstehe nicht ganz. »Na ja«, meint Pia, die Besitzerin. »Natürlich ist sie nicht zu alt, aber wir haben das einfach mal so gesagt.«

Kluger Schachzug. Ich habe nur Angst, dass Angela nun auf die Idee kommen könnte, sich in einem anderen Bordell zu bewerben. Doch sie kommt nach einigen Minuten wieder und meint nur, wir könnten jetzt fahren. Das tun wir dann auch.
Ich rufe Sylvester an, der dann vor dem Haus steht, als wir ankommen. Wortlos nimmt er Angela in den Arm und mir drückt er eine Schatulle in die Hand. »Für dich.« Ich traue meinen Augen nicht. Eine wunderschöne Halskette mit kleinen Saphiren liegt auf Samt vor mir.
»Das kann ich unmöglich annehmen!«, lehne ich ab, doch Sylvester macht eine abwehrende Handbewegung.
Er und Angela gehen dann zur Feier des Tages aus, und ich hocke alleine in dem riesengroßen Palast und überlege mir, entweder Fußball zu spielen, weil die Räume groß genug sind, oder unten ein paar Runden zu schwimmen. Aber ich habe auf nichts Lust. Mein Leben ist im Eimer.

15

Montag. Wieder drei Aufzeichnungen, die wunderbar über die Bühne gehen. Ich werde sogar von den Kameramännern gelobt, und Hubsi meint, ich sei richtig professionell. Die Tageszeitungen sind voll des Lobes, und ich nehme tatsächlich drei Kilo ab. Das ist wahrer Liebeskummer. Wenn sonst irgendwas nicht gut läuft, fresse ich ganze Schokoladentafeln in mich rein. Marius meldet und meldet sich nicht. Pah. Er als Psychotherapeut sollte doch wirklich wissen, dass man sich angeblich Schuldige erst mal anhören soll, bevor man ein Urteil fällt. Oder müssen das Richter beachten?

Am Donnerstag fahre ich dann doch nach Hause. Die Aufzeichnungen sind vorbei, und ich habe keine Lust auf ein langes, langweiliges Wochenende in Berlin, wo ich niemanden außer diesem komischen Studienfreund von Marius kenne.
Ich fahre mit dem ICE nach Frankfurt, und Mausi holt mich vom Bahnhof ab. Sie ist außer sich. »O Mann, ej, äääächt, wir haben ultramäßig alles versucht, Caro, das musst du uns wirklich glauben, ej. Der Pitbull hat einen ganzen Tag und eine ganze Nacht vor dem Haus von euch gestanden, aber der Marius ist nicht heimgekommen. Und der Gero hat ihm ’ne Mail geschrieben und total oberstnervmäßig oft hintereinander auf den Anrufbeantworter gesprochen. Und die Arabrab hat sogar mit verstellter Stimme angerufen und gesagt, sie hat Dekorationen, und wollte ’nen Termin haben, aber er hat sie gleich erkannt, obwohl sie die Stimme echt hammerhaft megagut verstellt hat!«
Arabrab heißt eigentlich Barbara, ist Mausis Freundin und benutzt wie Mausi Fremdwörter immer falsch. »Das heißt ja auch

Depressionen und nicht Dekorationen, Mausi«, kläre ich sie entnervt auf.
Mausi saust wie eine Gestörte in ihrem Fiat Panda über die Autobahn. »O Mann, ej, ziehst du jetzt aus, Caro?«, fragt sie.
»Keine Ahnung, ich muss erst mal Marius finden«, sage ich müde. »Fahr mich doch bitte heim!«
»Ej Caro, du HAST kein Zuhause mehr, deine Sachen sind doch jetzt supikompletti beim Gero verteilt. Ich hab mir zwei Röcke und so ’ne Jacke von dir ausgeliehen, du hast doch jetzt die verstärkt geilen Designerklamotten. Ist doch nicht schlimm, oder?«

Ich schüttele den Kopf. Sollen sie doch mit dem Zeug machen, was sie wollen. Ich bin eine verlassene Frau Mitte dreißig, die nie wieder jemanden abkriegen wird. Nie wieder, nie. Bald wird man mir meinen Frust ansehen, die Talkshow wird eingestellt werden, und easy-Radio wird mich auch nicht mehr wollen. Ich werde mit herausquellendem Achselhaar an einer Drogeriekasse sitzen und eine Sehnenscheidenentzündung im linken Arm bekommen, weil ich immer die schweren Waschpulverpakete über den Scannerleser ziehen muss. Abends schnauzt mich mein Chef (Ende vierzig, wütend darüber, dass es mit der Karriere nicht so geklappt hat, und unglücklich verheiratet) an, weil die Kasse nicht stimmt. An meinem immer etwas schmutzigen Kittel ist ein Schildchen befestigt: »C. Schatz – ich bin für Sie da!« Und dann muss ich mir anhören, wie unverschämt es sei, dass die Preise für die Slipeinlagen schon wieder gestiegen sind, und kriege die Krise, wenn die Papierrolle für die Kassenbons leer ist und ich nicht weiß, wie man sie wechselt. Abends dann sitze ich in meiner heruntergekommenen Wohnung in Frankfurt/Höchst, und meine einzige Beschäftigung wird die sein, an der Rauchfarbe, die aus den Schloten der Farbenfabrik kommt, zu erkennen, welches Gift da gerade in die Luft gepufft wird.

Ich habe kein Zuhause mehr! Das ist noch schlimmer als damals, als mir mein Vermieter die Wohnung wegen Eigenbedarf gekündigt hat. Warum bin ich kein Delphin? Delphine haben immer gute Laune und sind NIE unglücklich.

Mausi fährt mich zu Gero. Dort sitzen alle in der Küche. Gero hat Tränen in den Augen. »Caro, Caro! Wie herrlich, dass du da bist!« Er umarmt mich. Ich muss auch gleich heulen. »Das könnt ihr mir nicht antun, Caro. Du weißt, wie sensibel ich bin, so eine Trennung, das verkrafte ich nicht. Und du und Marius, ihr seid mein *Traumpaar*. Ihr *dürft* euch einfach nicht trennen. Ich weiß nicht, ob ich das überlebe!«

Ach ja? Vielleicht fragt mich mal einer, ob ich die Trennung verkrafte.

Pitbull schaut mich böse an: »Weißt du, was hier seit Tagen los ist? Das ist ja ein Irrenhaus hier! Warum mache ich das eigentlich freiwillig mit?«

Jetzt werde ich wirklich sauer. »Glaubst du, mir macht das Spaß?«, schreie ich Pitbull an. »Ach, danke übrigens für die freundliche Begrüßung. Du bist wirklich ein toller Freund!«

Pitbull winkt ab. »Komm, hör auf, hör auf!«, sagt er drohend. »Du hättest einfach früher aus Berlin herkommen sollen. Marius muss ja annehmen, dass du überhaupt kein Interesse daran hast, die Sache aufzuklären. Der arme Mann! *Der arme Mann!!!*«

»Der arme Mann hätte einfach mal ans Telefon gehen können«, sage ich böse.

»Moment mal, Schatz! Wenn ich dich in mehr als eindeutiger Pose mit freiem Oberkörper und irgendwelchen anderen Schwachmaten im Haus eines Produzenten finden würde, dann würde ich mir auch meinen Teil denken!«, ruft Pitbull. »Und die Geschichte mit dem Kollegen, der von einem Nachbarn einen

vereiterten Zahn gezogen bekommen hat, kannst du jemand anderem erzählen!«
Arabrab, die auch da ist und sich auf Geros Sofa mit Erdnüssen voll stopft, fragt: »Huuuh, ejakuliert jetzt die Situation?«
Pitbull beschimpft mich als karrieregeile Zicke und als »eiskalten Engel, der die Rache gepachtet hat«. Ich wette, er hat diesen Ausdruck aus irgendeiner drittklassigen Fernsehserie. Er schlägt mit der Hand auf den Tisch und schreit: »Wenn du einen Funken Anstand hättest, wärst du sofort in ein Flugzeug gestiegen und hierher gekommen. Das ist doch klar, dass Marius verletzt ist! Dir liegt überhaupt nichts an dieser Beziehung. Deine Talkshow ist dir wichtiger!«

Gleich werde ich zum Mörder, gleich. Arabrab stellt ständig bescheuerte Zwischenfragen (»Hast du schon Diagramme mit deiner Unterschrift drauf, Caro?« »Lauern dir schon diese komischen Pavarottis auf und wollen dich fotografieren?«). Es ist zum Kotzen. Selbst Gero stellt sich gegen mich und meint, Pitbull hätte irgendwie Recht. Das fehlt gerade noch, dass mein bester Freund nicht mehr auf meiner Seite ist.
Pitbull steht auf und holt Geros Telefon. »Ich werde jetzt bei Marius anrufen, und wenn er drangeht, wirst du mit ihm sprechen!«, sagt er wütend.
Ich bin trotzig. Nein, so nicht. »Das kannst du schon mir überlassen«, zicke ich ihn über den Küchentisch an. »Du bist wirklich gut. Kaum bin ich zu Hause, fängst du schon wieder an, den Oberchef zu spielen. Das brauche ich gerade noch!«, ich steigere mich in meine Wut hinein. »Ich bin schließlich keine fünf Jahre alt! Und überhaupt, ihr könnt euch vielleicht nicht so gut vorstellen, wie das ist, so eine anstrengende Talkshow zu machen. Ich kann da auch nicht so einfach wegfahren, wenn ich will. Die Gäste sind eingeladen, und das wäre für die Presse auch gar nicht toll, wenn die Moderatorin einfach nicht erscheint, weil

sie sich um ihren Freund kümmern muss, der fälschlicherweise denkt, sie hätte ihn betrogen!« Jetzt kreische ich. Ich bin runter mit den Nerven. Das ist alles zu viel, alles.
»Ach, Frau Moderatorin ist überfordert!«, keift Pitbull zurück. Mausi kommt aus dem Wohnzimmer und legt einen Stapel mit Zeitungsausschnitten auf den Tisch. »O Mann ej, äääächt«, sabbelt sie. »Die hab ich gesammelt für dich. Weil du doch jetzt so ein Promi bist. Und der Bürgermeister von Watzelborn war letztens bei mir an der Fleischtheke und hat gefragt, ob du dich ins Goldene Buch von Watzelborn eintragen willst. Das ist eine Super-Werbung für die Stadt, hat er gesagt!«
»Mausi!«, blöke ich sie an. »Ich habe im Augenblick andere Sachen im Kopf, als mich in Goldene Bücher einzutragen!«

Mein Handy klingelt. Es ist Sylvester.
»O Carolin, gut, dass ich dich erreiche, Carolin, du bist ja den ganzen Tag ziemlich schwer erreichbar gewesen, deswegen bin ich umso glücklicher, dass ich dich jetzt erreiche, weil, es ist nämlich so, dass ...«
»Was ist denn, Sylvester?«, unterbreche ich ihn genervt.
»Die Zahlen sind da, Carolin! Die ZAHLEN SIND DA!!!« Welche Zahlen meint er? »Na, die Monatszahlen der Einschaltquoten! Und soll ich dir was sagen, Carolin! Wir sind auf Platz eins! Wir müssen uns wegen der Zahlen unbedingt zusammensetzen. Felix hat auch schon gesagt, dass die Zahlen großartig sind und ein Zusammensetzen sehr wichtig ist, Carolin. Weißt du, was diese Zahlen bedeuten? Damit steht und fällt eine Show, die Zahlen sind wichtiger als alles andere!«
Um ehrlich zu sein, interessieren mich im Augenblick gar keine Zahlen. Ich hatte nie das Bedürfnis, prominent zu werden. Auch wenn Pitbull und die anderen das Gegenteil behaupten. Und wenn die Zahlen jetzt so enorm gut sind, heißt das dann ja wohl

auch, dass mich recht viele Leute kennen. Komisch, dass mich nur kaum jemand auf der Straße anspricht. Und die Leute, die mich auf der Straße ansprechen, sagen immer nur: »Sie sehen aus wie diese Frau Schatz aus dieser Sendung, wiehießsienochgleich?«
Aber Sylvester redet ununterbrochen weiter: »Wann bist du wieder in Berlin, Carolin? Felix, schau mal nach, wann Carolin wieder in Berlin ist. Wir haben nämlich einen grandiosen Plan! Wir werden eine Samstagabend-Show mit dir produzieren, Carolin! Das wird der Knaller! Felix, wird das der Knaller?«

»Moment mal«, sage ich. »Da habe ich auch noch ein Wörtchen mitzureden!«
»Hahaha«, grölt Sylvester. »Klar hast du da mitzureden, du sollst die Sendung schließlich moderieren!« Er findet sich unheimlich witzig.
»Ich muss darüber erst mal nachdenken«, sage ich müde. »Dann hab ich ja gar kein Wochenende mehr!«
»Für seine Karriere muss man auch mal was tun!«, herrscht Sylvester herum. »Also sieh zu, dass du möglichst bald hier bist. Felix schaut nach, wann die nächsten Aufzeichnungen sind. Und ich möchte unbedingt, dass wir einen Tag Luft haben, um das neue Konzept zu besprechen!«
Jetzt ist er wieder auf seinem »Ich bin der Boss und ihr meine Angestellten«-Trip. Dass er vor ein paar Tagen weinend vor mir gestanden und mich gebeten hat, seine Frau aus irgendeinem Puff rauszuholen, hat er offenbar schon wieder vergessen. Wir beenden das Gespräch dann, und ich bin immer noch genervt.

Wenigstens hat Gero in der Zwischenzeit einige Weinflaschen geöffnet. Wir stoßen an, aber wegen Pitbull ist die Stimmung total angespannt.
»Hör mal, Pitbull«, ich versuche, mit ihm Frieden zu schließen.

»Versetz dich doch mal in meine Situation. Was hätte ich denn tun sollen? Hätte ich Marius hinterherlaufen sollen? Ich hab doch alles getan, ich hab doch versucht, ihn zu erreichen. Aber er hatte doch das Handy aus!«

Pitbull wird rot im Gesicht. »Du hast eben nicht alles getan!«, jetzt schreit er schon wieder. »Du hast lediglich versucht, ihn zu erreichen. Das hat er mir jedenfalls so erzählt!«

»Ach!«, brülle ich. »Ihr habt also miteinander telefoniert, während ich ihn gesucht habe, und du hast mir nichts davon gesagt?« Ich stehe auf. »Das wird ja immer besser! Ich rette dich davor, einen Mann zu heiraten, und du fällst mir so in den Rücken!«

Das ist ja ein Irrenhaus hier. Gero sagt wie immer in solchen Situationen: »O Gott o Gott o Gott!« Er hält die Weingläser fest, die auf dem Tisch stehen. Bestimmt hat er Angst, dass Pitbull sie gleich nehmen und mir an den Kopf werfen wird.

Es klingelt an der Tür. Wer ist denn das jetzt so spät noch? Mausi und Arabrab klammern sich ängstlich aneinander. Wahrscheinlich denken sie, dass ich jetzt von Publizisten geilcool festgenommen werde, um dann in ein Bedrängnis eingeliefert zu werden. Mein Schädel dröhnt. Meine Freunde sind keine mehr. Die Welt hat mich verraten.

Dann steht Marius vor mir. Ich sehe sofort, dass er nächtelang nicht richtig geschlafen hat. Er sagt nur: »Caro, ich liebe dich.«

Dann umarmen wir uns, und ich fange an zu weinen.

Zwei Stunden später. Wir haben wie in alten Zeiten so viel Wein in so kurzer Zeit getrunken, dass es unangebracht wäre, die Zahl der Flaschen hier zu nennen. Aus dem einfachen Grund, weil wir dann permanent von Menschen belästigt werden würden, die fragen, wann das nächste Selbsthilfetreffen sei. Und die uns im gleichen Atemzug fragen, ob überhaupt noch Plätze frei seien, weil bei dem Konsum. Und so weiter.

Ich verzeihe Pitbull, der mir unter Tränen versichert, dass er es doch »nur gut gemeint hätte«.

Gegen Mitternacht klopft Marius an sein Weinglas. Alle sind sofort schlagartig still.

»Nachdem wir ja nun dieses entsetzliche Missverständnis aufgeklärt haben«, sagt Marius mit bewegter Stimme, »möchte ich vor euch allen, meinen Freunden, den liebsten Menschen, die ich kenne ...«, seine Stimme kippt, das ist der Alkohol, was sonst, »mitteilen, dass ich stolz darauf bin, dieser Frau ...«, er will auf mich deuten, zeigt aber auf ein Stickbild, das Geros Mutter mal angefertigt hat (»Das größte Glück für einen Mann ist eine Frau, die kochen kann«), »jetzt einen Heiratsantrag zu machen!«

Kunstpause. Mir stockt der Atem.

Marius lässt sich auf die Knie fallen. »Caro, möchtest du mich heiraten? Möchtest du den Rest deines Lebens mit mir verbringen? Möchtest du die Mutter meiner Kinder werden?«

Ich bin vor Rührung gebeutelt. Mausi, Arabrab, Gero und Tom fassen sich an den Händen und weinen kollektiv voller Anteilnahme.

Ich habe gerade einen Heiratsantrag bekommen. ICH! Was genau heißt das? Muss ich dann seine Hemden bügeln? Muss ich als verheiratete Frau ein wenig verhärmter aussehen, weil eine Ehe ja nicht immer nur sonnige Seiten hat? Muss ich dann immer sagen: »Mein Mann«? Heiße ich dann nicht mehr Schatz, sondern Waldenhagen? Werden Leute mich aufgrund meines Eheringes mitleidig anschauen? Und vor allen Dingen: Wer kriegt die bessere Lohnsteuergruppe? Wird man als verheiratete Frau eher betrogen, als wenn man in »wilder Ehe« zusammenlebt? Gibt es da irgendwelche Zuschüsse vom Staat? Was ist bei einer Scheidung? Muss ich dann womöglich für IHN Unterhalt zahlen? Werde ich im Laufe der Ehe zu einer vergrämten Zicke mutieren? Werden sich Falten um meine Mundwinkel bilden? Wofür ist eine Ehe eigentlich gut? Sind verheiratete Frauen nicht überhaupt und eigentlich für's Gesäß? O Gott. Ich werde nicht heiraten.

»Natürlich will ich dich heiraten!«, rufe ich in Marius' Richtung.

»O Caro«, antwortet Marius mit einer Vehemenz an Enthusiasmus. »Ich werde dich immer lieben!«

Darauf antworte ich erst mal nichts, weil mich ja seit einiger Zeit einiges an ihm nervt. Aber man wird sehen, was die Zeit bringt. Außerdem kann man eine Hochzeit auch notfalls verschieben oder ganz absagen, wie wir wissen.

Marius' Handy piept, weil eine SMS eingegangen ist. Mit verschleiertem Blick liest er die Kurznachricht. Dann steht er auf. Er ist kreideweiß im Gesicht. Allmächtiger, hat eine Patientin versucht, sich das Leben zu nehmen, weil ihr One-Night-Stand ihr mitgeteilt hat, dass er nach dem Aufwachen feststellen musste, an eine senile Endsechzigerin geraten zu sein?

Wir starren Marius alle entsetzt an.

Er reicht mir das Handy.

»Das ist deins«, sagt er und dann nichts mehr.

Unsere Handys sind identisch, und wir haben auch den gleichen Kurzmitteilungseingangston.

Ich schließe ein Auge (der Alkohol, der Alkohol) und lese: »Komm mit mir nach Fuerteventura. Segeln incl. Freue mich darauf! Getrennte Betten? *grins* Also – erwarte ebenso frohe Antwort!!! Dein Roland.«

Ich sage den dümmsten Satz, den man in einer solchen Situation sagen kann, nämlich den: »Ich kann das alles erklären, es ist nicht, wonach es aussieht.«

Marius ist plötzlich ganz nüchtern. Er geht. Davor knallt er mir ein kleines, eingepacktes Etwas vor die Nase. »Damit du mich nicht vergisst!«
Es ist ein wunderbarer Ring mit einem wunderschönen Smaragd. Ich liebe Smaragde. Marius weiß das.
Dann schlägt die Tür hinter ihm zu.
Pitbull sagt das einzig Richtige in dieser Lage: »Ach du Scheiße!«

Wir beratschlagen die ganze Nacht, was zu tun ist, aber wir kommen auf keinen grünen Zweig. Tom meint, dass wir jetzt einfach diesen furchtbaren Roland Dunkel anrufen könnten, um ihn zu bitten, das Missverständnis aufzuklären. Da ich Roland Dunkel aber kenne, habe ich die Befürchtung, dass er sich meine katastrophale Lage zunutze machen könnte. Womöglich ruft er dann noch bei Marius an, um zu sagen: »Um mal ganz ehrlich zu sein, Caro ist schon der Kracher im Bett. Wie die bläst, meine Güte. Da höre ich die Engel singen. Und noch was, Marius: Von hinten geht die ab wie 'ne Rakete!« Dann wäre ich innerhalb von einer Stunde tot. Nein, es würde Tage dauern. Marius würde mich erst an einen Stuhl fesseln und dann bergeweise Literatur über Serienkiller lesen, die ihre Opfer langsam ermordet haben.
Wir sind ratlos. Und ich am Ende mit meinen Nerven. Soll ich jetzt wieder ob dieses Missverständnisses tagelang hinter Marius hertelefonieren? Er verhält sich doch wirklich wie ein kleines Kind. Er macht aus allem ein Drama. Für nichts und wieder nichts. Ich werde trotzig. Vielleicht sollte ich Marius wirklich mal einen Grund geben, eifersüchtig zu werden.
»Ich fahre mit diesem Dunkel nach Spanien!«, höre ich mich mit getragener Stimme labern. Zum Glück oder zum Unglück sind alle zu betrunken, um mich von meinem Vorhaben abzu-

bringen. Ich suche die Nummer von Roland Dunkel auf meinem Handy.

»Hier ist Carolin«, sage ich, als er sich meldet. »Wann fliegen wir?«

16

Ich liege an einem Traumstrand im Robinson Club »Jandía Playa«. Es ist herrlich. All inclusive hat was. Man fühlt sich automatisch wie ein Millionär, weil man schon morgens um elf kein schlechtes Gewissen haben muss, wenn man an der 24-Stunden-Bar Champagner ordert. Und das Essen! Allein das Gefühl, dass man ständig etwas zu essen bekommen kann, wenn man will, ist herrlich. Aber es dann zu essen ist noch herrlicher. Die Sportangebote im Robinson Club sind auch herrlich. Wenn man will, kann man jeden Tag Aerobic machen oder Volleyball oder Tennis spielen. Wenn man will. Zum Glück kann ich weder Volleyball noch Tennis spielen. Aber mich voll fressen, das kann ich. Roland Dunkel findet es hier auch super. Hier kann man nämlich segeln. Das hatte ich nicht bedacht, als ich mich dazu entschlossen habe, mit ihm ans Meer zu fliegen.

Aber alles der Reihe nach.

Als ich bei ihm anrief, sagte Roland Dunkel nur: »OK, ich buche für nächste Woche!«, und legte dann wieder auf. Was an sich ja schon unverschämt genug ist. Aber aus Trotz Marius gegenüber wollte ich unbedingt fahren. Ich rufe also Sylvester in Berlin an und mache auf psychisch labil. Ich bräuchte eine Auszeit, und sein Freund Roland würde mir dabei helfen. Hätte ich nur einfach so eine Auszeit gewollt, hätte Sylvester mir fristlos gekündigt. So aber findet er das »alles großartig, das ist in der Tat großartig, dass du mit Roland mal ein paar Tage ausspannst, Carolin, macht euch eine großartige Woche, wir regeln hier alles ganz großartig ...«, und so weiter. Und dann sagt er nochmal, dass nur ich Roland bei seinen Eheproblemen helfen könnte

und dass nur durch mich alles wieder ins Lot kommen würde. Sylvester ist einfach nicht zu helfen.
Von Marius kein Lebenszeichen weit und breit. Pitbull und Gero reden nicht mehr mit mir. Pitbull meint, ich solle auf meinem hohen Thron sitzen bleiben und schon irgendwann merken, was für einen Mist ich da gebaut hätte. Ich kündige ihm kurzerhand die Freundschaft, was er mit einem bösen »Du wirst deine Worte noch bitter bereuen« kommentiert. Mir doch egal. Gero sagt, er »versteht das alles nicht«. Er will nur dauernd, dass sich alle wieder vertragen. Er versucht wenigstens, Marius zu überreden, mich anzurufen, aber der ist genauso böse auf mich wie ich auf ihn und lässt mir lediglich ausrichten, ich könne ihn mal kreuzweise. Woraufhin Gero die Fronten wechselt und meint, Männer müssten zusammenhalten. Männer! Gero, der sich immer als meine beste Freundin bezeichnet, ist also plötzlich ein Mann. Aha.

Es sind entsetzliche Tage. Ich bin fast froh, als ich im Zug nach Hamburg sitze. Aber nur fast. Was mache ich hier eigentlich? Ich fahre mit Roland Dunkel in Urlaub. Mit Roland Dunkel! Bin ich wahnsinnig? Werde ich zur Masochistin? Es ist nicht etwa so, dass Herr Dunkel zu mir kommt, nein, ich muss nach Hamburg eiern, um vom Flughafen Fuhlsbüttel aus zu starten. Wenigstens steht er am richtigen Gleis, als ich aus dem ICE steige.
»Hallo«, sagt er. »Jetzt gehen wir erst mal was essen!«
Ich bin auf der Hut, aber ich habe auch einen Bärenhunger. Ich war auf der Fahrt zu faul, in den Speisewagen zu laufen. Herr Dunkel fährt mit mir die Rolltreppe am Hauptbahnhof hoch und bestellt an einem Imbiss vier Hotdogs. Einen davon drückt er mir in die Hand. Die restlichen drei verschlingt er, während ich mir überlege, von welcher Seite aus ich anfangen könnte, die

Wurst anzuknabbern. Ich habe noch nie in meinem Leben einen Menschen so schnell essen sehen wie Roland Dunkel. Er scheint meine Gedanken zu erraten: »Das kommt noch vom Internat. Wissen Sie, Frau Schatz, ich komme ja ursprünglich aus Helgoland. Da gab es kein Gymnasium. Also mussten wir irgendwann alle aufs Internat. Ich war in Plön. Das Essen war eine Zumutung. Immer nur ganz wenig, und bis es Nachschlag gab, mussten alle am Tisch mit dem ersten Teller fertig sein!«

Wenigstens hat er mich noch nicht beleidigt. Was er wohl will? Mich aus Rache ins Bett kriegen? Um mich dann noch mehr zu demütigen? Ich versuche, das Gespräch weiterzuführen: »Helgoland? Ach wie toll. Da gibt es doch diesen Spruch: ›Weiß ist der Sand, grün ist das Land, rot ist die Kant, das sind die Farben von Helgoland‹!«

»Das würde ein waschechter Helgoländer nie sagen«, klärt mich Roland Dunkel auf. »Das steht immer nur auf diesen dämlichen Postkarten drauf, die die Touristen verschicken.«

Äh, okay, schnell weiterreden: »Ist Helgoland nicht im Landkreis Pinneberg?«

Herr Dunkel schaut mich hasserfüllt an. So kenne ich ihn. »Sagen Sie nie wieder so etwas zu mir«, sagt er. Was habe ich denn jetzt wieder falsch gemacht? »Wir mögen die Pinneberger nicht«, sagt Herr Dunkel. »Also die Hamburger mögen die nicht. Und die Helgoländer mögen die natürlich auch nicht. Das ist wahrscheinlich so wie bei Ihnen in Hessen. Ein Frankfurter oder jemand aus dem Hochtaunuskreis würde einen Menschen mit Offenbacher Nummernschild niemals auch nur anschauen!«

Das stimmt. Offenbacher sind verpönt. Aber noch schlimmer finden wir Leute, die ihren ersten Wohnsitz in Rodgau haben. Da gibt es noch nicht mal eine anständige Kneipe. Dafür aber jede Menge Sciroccos. Und die »Rodgau Monotones«. Mit sieben Promille finde ich die persönlich ja ganz gut, aber wann hat man konstant sieben Promille?

»Wann geht denn unser Flug?« Diese Frage darf ich ja wohl stellen.

»Morgen um zehn«, sagt Roland Dunkel.

»Aha. Und wo übernachten wir?«

Es stellt sich heraus, dass er zwei Zimmer im Hotel »Hafen Hamburg« gebucht hat. Was wiederum den Schluss zulassen könnte, dass er mich doch nicht ins Bett kriegen möchte. Oder aber er hat absichtlich zwei Zimmer gebucht, um mich im Glauben zu lassen, dass er ein netter Mensch ist, vor dem man sich als halbwegs attraktive Frau nicht fürchten muss. Dann wird er mir vorschlagen, mich frisch zu machen, weil wir den Abend für einen ausgiebigen Kiez-Bummel nutzen werden, um dann, wenn ich betrunken genug bin, zu versuchen mich rumzukriegen.

»Was halten Sie davon, wenn wir heute Abend die Reeperbahn ein wenig unsicher machen?«, fragt mich Roland Dunkel. »Haben Sie Lust?«

Hab ichs nicht gesagt? Aber das klingt fast freundlich. Zu freundlich. Andererseits – was kann schon groß passieren? Ich sehe wieder nur Gespenster. Und Menschen können sich ändern. Auch wenn sie Roland Dunkel heißen. »Klar«, sage ich. Und dann sage ich: »Ich hab richtige Lust, mich zu betrinken!«

Roland Dunkel grinst. »So muss das sein, Frau Schatz! Also los!«

Wir checken im Hotel ein und laufen dann auf den Kiez. Es ist nicht zu fassen, aber Roland Dunkel ist tatsächlich nett. Also wirklich NETT. In einem Irishpub (entsetzliche Musik, warum müssen irische Sänger eigentlich immer so tun, als wäre dieses Lied ihr letztes?) erzählt er mir von seiner Ehe und warum das alles so gekommen ist und wieso und überhaupt. Nach acht Guinness trinken wir Brüderschaft, nach weiteren sechzehn behauptet er, in mir eine Freundin fürs Leben gefunden zu haben.

Ich werde zunehmend lockerer. Wir ziehen weiter und landen schließlich in einer Travestie-Kneipe, was uns aber auch nicht weiter stört.

Roland erzählt, dass er viele Jahre profimäßig Regatten gesegelt ist. »Eine wunderbare Zeit«, schwelgt er, während er seinen vierten Gin Tonic trinkt. »Wir waren eine große Familie, die Jungs an Bord. Alles haben wir zusammen gemacht, auch in den Pausen an Land. Wir sind tatsächlich Hand in Hand über die Straßen gelaufen! Ist das nicht toll?« Ich nicke. »Irgendwann werde ich mir eine X kaufen! Um wenigstens noch ein bisschen Seeluft zu schnuppern!« Ich beschließe, ihn nicht zu fragen, was »eine X« ist. Weil ich Angst habe, dass ich dann einen Vortrag über Segelboote an sich und überhaupt gehalten bekomme. Es reicht mir schon, dass ich mir das Gelaber über das Leben an Bord auf den Regatten anhören muss.

»Wir mussten sogar die Zahnbürsten abschneiden wegen des Gewichts. Und jeder hatte für drei Monate nur ein Paar Socken dabei wegen des Gewichts. Und ernährt haben wir uns mit spezieller Tütenkost, da war nichts mit Kochen und so an Bord wegen des Gewichts. Wir mussten alle unsere Tagesrationen wegen des Gewichts anpassen und aufteilen. Du kannst dir nicht vorstellen, wie toll das war, als wir einmal nach dem General's Cup im Hafen eingelaufen sind. Drei Monate aufs Gewicht achten! Furchtbar. Ich habe erst mal zehn Hamburger gegessen!«

Das glaube ich ihm aufs Wort. A) wegen des Internats und B) wegen der Hotdogs vorhin am Hauptbahnhof. Weiterhin bekomme ich langsam die Befürchtung, dass er ein Verwandter von Sylvester ist. Wegen des Gewichts.

Am Nebentisch knutscht ein Pärchen wild herum. Eigentlich hätte ich auch Lust zu knutschen. Roland Dunkel ist wirklich attraktiv, verdammt. Und was ist schon dabei? Schließlich bin ich Single. Verführerisch blicke ich Roland an.
»Warum schielst du denn?«, fragt der mich. »Das sieht ja lustig aus!«
Warum nur kann ich nicht einmal ein Vamp sein? Oder wenigstens so wirken? Warum müssen immer so peinliche Sachen passieren? Und dann immer mir? Warum bin ich in den entscheidenden Situationen meines Lebens entweder dumm, verhaltensblond oder besoffen? Ich glaube, es gibt niemanden auf der ganzen Welt, der mir diese Frage beantworten kann. Und ich selbst kann sie mir am allerwenigsten beantworten. Würde ich im Mittelalter leben, könnte ich gut ein Hofnarr sein. Wenigstens für kurze Zeit. Nach ein paar Wochen würden mir wahrscheinlich die Ideen für die Belustigung der Herrschaft ausgehen, und irgendein König würde mich öffentlich köpfen lassen. Wenn ich an Heinrich VIII. geraten wäre, hätte ich ihn vielleicht dazu gekriegt, mich zu heiraten. Der hat ja alle gleich geheiratet. Aber weil ich dann nur Töchter und keinen Sohn bekommen hätte, wäre mein Kopf früher oder später doch noch gerollt.
Gegen vier Uhr morgens meint Roland, dass es doch besser wäre, wenn wir jetzt schlafen gingen. Ich wittere noch eine klitzekleine Chance, als er mit mir vor meinem Hotelzimmer stehen bleibt. Aber er sagt nur höflich: »Gute Nacht, bis morgen dann, sehen wir uns um acht beim Frühstück?«, und entschwindet dann zwei Zimmer weiter. Ich falle enttäuscht ins Bett. Nicht dass ich unbedingt mit ihm hätte schlafen wollen, aber ich hätte es einfach gut gefunden, wenn er es wenigstens versucht hätte.
Allmächtiger, nur drei Stunden Schlaf.

Am nächsten Morgen sehe ich aus wie Betty Ford, bevor ihre Klinik gegründet wurde. Es hilft noch nicht mal eine kalte Dusche. Mein Kopf dröhnt zum Umfallen. Roland sagt zum Glück nichts. Vor ein paar Wochen noch hätte er mein Aussehen mit zynischen Sprüchen kommentiert. Vielleicht nimmt er Psychopharmaka oder Valium. Wer weiß das schon?

Der Flug verläuft ausnahmsweise mal ruhig. Das Erste, was wir erblicken, als wir aus der Flughafentür auf Fuerteventura treten, ist ein rundlicher, älterer Mann, der ein großes Schild mit der Aufschrift »Roland Dunkel« hochhält.

»Das ist Ernie«, klärt mich Roland auf. »Ernie hat hier einen Stützpunkt, er verchartert ›Schwabonia‹-Segelboote. Die werden in Stuttgart hergestellt, diese Boote. Ist zwar ein lustiger Standort für eine Werft, Stuttgart, aber was soll's! He, Ernie!«

»Roooolaaaand!!!«, brüllt Ernie fröhlich und wankt auf uns zu. Es ist erst früher Nachmittag, aber ich habe das Gefühl, dass er schon das eine oder andere alkoholhaltige Getränk zu sich genommen hat. Das erinnert mich an meinen eigenen Kater. Schrecklich.

»Ernie ist ein alter Freund von mir«, sagt Roland Dunkel. »Mit dem bin ich schon durch dick und dünn gegangen.«

Ernie wird uns zum Hotel fahren, aber davor möchte er Roland unbedingt das neueste Schwabonia-Boot zeigen. Also eiern wir zum Hafen, wo dieses komische neue Boot liegt. Roland ist restlos begeistert. »Der Kartentisch ist einmalig konzipiert«, schwelgt er. »Und die Kojen – wunderbar!«

Ich deute auf ein Loch im Esstisch. »Ist das Absicht?«

»Das ist für Krümel«, erklärt Roland. »Weil der Tisch ja ringsherum einen hohen Rand hat, kriegt man so die Krümel besser weg.«

Ernie fragt aufgeregt, ob wir eine Runde segeln wollen. Was Roland natürlich will und ich natürlich nicht. Trotzdem fahre ich

mit. Ich finde dieses Schwabonia-Boot total hässlich. Es sieht aus wie eine Plastikbadewanne und wirkt total billig. Ich mag Holz viel lieber. Aber das ist ja nicht mein Problem.
Kurz nachdem wir die Segel gesetzt haben, wird mir schlecht. Ich kann dieses Schwanken nicht ertragen. Diese Wellen, entsetzlich, dieses Schaukeln, furchtbar. Ich übergebe mich das erste Mal nach ungefähr einer Viertelstunde und bin daraufhin zu nichts mehr in der Lage. Wäre ich doch bloß in Watzelborn geblieben. Oder in Berlin. Ich möchte überall sein, nur nicht auf diesem Boot, das sich, wie Roland sich ausdrückt, »rank durch die Wellen schlängelt«. Ich verbringe den Rest des Kurzausfluges damit, auf aufeinander gelegten Leinen, die mir als Kopfstütze dienen, vor mich hin zu vegetieren und die ganze Menschheit zu verfluchen.

Zum Glück ist dieser furchtbare Törn (furchtbares Wort übrigens) nach ungefähr fünf Jahren zu Ende, und Roland meint, dass wir doch jetzt lecker was essen gehen können. Ich kann an Essen überhaupt nicht denken, aber darauf wird natürlich keine Rücksicht genommen. Ernie bringt währenddessen schon mal unsere Sachen ins Hotel, was ja schon nett ist. Wenn mir nur nicht so schlecht wäre! Wie müssen sich eigentlich die Sklaven in der Kolonialzeit gefühlt haben, die von bösen Aufsehern permanent gepeitscht wurden, wenn sie bei siebzig Grad unter Deck vierzig Stunden am Stück im Bootsbauch rudern mussten? Wind und Wellen ausgesetzt. Ich mag gar nicht daran denken und freue mich darüber, im 21. Jahrhundert zu leben. Ich fand Seefahrtsgeschichten von früher schon immer gruselig und habe mich schrecklich gefürchtet.
Allein die Geschichten von den Kraken. Riesenkraken. Es gibt vergilbte Kupferstiche, da sind Riesenkraken zu sehen, die sich einfach so um ein Fischerboot geschlungen haben und dieses

Fischerboot dann einfach aufaßen! So mir nichts, dir nichts. Ich dachte immer, das sei gesponnenes Seemannsgarn, aber kürzlich gab es eine Reportage, in der wurde von einer Riesenkrake berichtet, die insgesamt 60 Meter Durchmesser hatte und sich um ein Boot geschlungen hatte. Roland weiß bestimmt, ob da was dran ist.

»Klar«, nickt er. »Die Krake, die da gefunden wurde, hatte Fangarme, da träumt man noch nicht mal von! Da waren rasierklingenscharfe Messer an den Fangarmen. Wenn man so einem Vieh begegnet, kann man gleich sein Testament machen. Ruck, zuck hat es dich intus.«

Ich glotze ihn mit großen Augen an. Ich hasse und liebe solche Geschichten gleichzeitig. Einerseits finde ich sie spannend, andererseits stelle ich mir vor, was passieren könnte, wenn …, und bin wiederum froh, dass ich geborgen in einer spanischen Kneipe sitze, in der ich doch so langsam Hunger bekomme.

Roland bestellt für uns eine Menge Tapas. Verschiedene Vorspeisen. Garnelen in Öl, Sardinen, frittiertes Hühnchen und alles Mögliche andere, das ich leider schon wieder alles ohne Probleme verdrücken kann.

Roland ist in weinseliger Stimmung und möchte nach der zweiten Flasche schon wieder mit mir Brüderschaft trinken. Was ist nur mit ihm los?

»Also, Carolin«, fängt er auch wie auf Befehl an. »Du wunderst dich bestimmt darüber, dass ich immer so eklig zu dir war, oder?«

Was soll ich dazu sagen? Sofort befinde ich mich wieder in Habachtstellung. Wenn ich jetzt ja sage, könnte es sein, dass er sagt: »Du hast es ja auch verdient!«, oder so was Ähnliches. Sage ich nein, wäre eine Aussage in folgendem Wortlaut möglich: »Dir ist also klar, dass man Weiber wie dich so behandeln MUSS!«

Aber Roland wartet meine Antwort gar nicht erst ab, sondern holt Luft. »Ich bin so schrecklich unglücklich«, gibt er zu. »Meine Ehe ist schon lange keine mehr. Ich habe dann irgendwann beschlossen, alle Frauen schlecht zu behandeln. Du warst nicht die Einzige. Damals auf Mallorca ging es mir schon so schlecht, du erinnerst dich, die Pressereise, die du gemacht hast?« Wie könnte ich diesen Horrortrip jemals vergessen? Roland gerät in einen Redefluss: »Du hast so süß ausgesehen, wie du da auf dem Boot gestanden hast mit deinen braunen Augen. Und als du dich nicht getraut hast, über eine Planke an Land zu gehen, aus Angst, dabei ins Wasser zu fallen! Ich kann es ja jetzt zugeben: Ich habe mich damals total in dich verliebt!« Ich bin fassungslos. Es geht aber noch weiter: »Ich dachte, das sei ein Wink des Schicksals, als ich dich auf dieser Insel wieder gefunden habe. Ich habe mir nämlich immer, während der ganzen Zeit seit unserem ersten Treffen, vorgenommen, dass ich, sollte ich dich mal wieder treffen, mein Leben ändern werde. Aber dann konnte ich es wieder nicht, weil ich so frustriert war wegen meines Lebens und überhaupt, und war einfach nur wieder gemein zu dir. Und total eifersüchtig auf deinen Freund. Kennst du das, wenn du eigentlich nett sein willst und dann total fies bist?« Nein, das kenne ich so nicht. Ich bin auch etwas durcheinander und überfordert mit der Situation. »Du bist so eine Tolle, Carolin! Ich hab mich so verknallt in dich. Es tut mir wahnsinnig Leid, wie ich dich behandelt habe. Bitte sag, dass du mir verzeihst!«
Ich sitze da und kann gar nichts sagen. Noch nie war ich in einer solchen Situation. Roland sitzt vor mir, starrt auf sein Weinglas und sieht einfach nur gut aus. Diese schwarzen Haare, an den Schläfen schon ein wenig grau, sind wirklich toll. Hm. Hm. Hm. Was will ich eigentlich? Was mache ich eigentlich hier? Ich bin doch mit Marius zusammen. Oder ja nicht mehr. Er hat sich bis heute nicht einmal gemeldet bei mir. Es scheint ihm ja nicht so

furchtbar viel daran zu liegen, was ich mit wem mache. Ich gebe zu, ich bin trotzig gerade, aber er verhält sich absolut beschissen. Mir wird auf einmal klar, dass ich nicht wirklich weiß, ob ich ihn liebe. So was Nettes wie Roland eben hat Marius nämlich noch nie zu mir gesagt. Wir waren damals nach diesen Irrungen und Wirrungen zwar zusammengekommen, aber ohne große Worte. Wäre ICH jetzt in seiner Situation, dann würde ich mir doch eine Chance geben, alles zu erklären.

Ich nehme einen Schluck Wein und schaue Roland wieder an und der mich. Seine Augen sind in diesem schummerigen Kerzenlicht dunkelgrün. Er hat wunderschöne Hände.
Peng. Ich habe mich soeben in Roland Dunkel verliebt.
Wir bezahlen und gehen an den Hafen. Herrlich, wie die Altstadt beleuchtet ist und die Boote am Hafen.
Es ist eine unglaublich romantische Situation. Am Wasser bleiben wir stehen, und Roland legt den Arm um mich. Mein Kopf passt genau in seine Armbeuge. Ich werte das als gutes Zeichen. Er riecht gut. Das muss »Safari« von Ralph Lauren sein.
»Ich möchte so gern wieder glücklich sein«, sagt Roland leise. Und dann küsst er mich.
Nie, nie, nie werde ich diesen ersten Kuss vergessen. Seine weichen Lippen und dieses Glücksgefühl, das mich durchströmt. Seine etwas kratzige Wange, weil er sich einen Tag lang nicht rasiert hat. Den Blick auf das glitzernde Wasser, eine beleuchtete Luxusjacht mit dem Namen »Lady Moura« vor uns und der Geruch von Seewasser, Tang, Urlaub und beflügelndem Glück. Ich stehe neben mir.
Wir setzen uns auf ein paar Steine, und Roland erzählt von seiner Ehe. Man sagt ja immer, man muss sich zwei Seiten anhören, aber das, was ich da höre, ist einfach nur furchtbar. Das muss ja wirklich schrecklich sein. Immer unzufrieden, die Frau,

immer total im Stress, obwohl eigentlich überhaupt kein Grund dafür vorhanden, und absolut humorlos. »Ich habe immer Angst vor dem Wochenende«, erzählt Roland. »Freitags arbeite ich immer noch extra lange, damit ich bloß nicht nach Hause fahren muss. Und kaum bin ich auf dem Heimweg, schnürt sich mir der Hals zu. Montagmorgens bin ich immer fix und fertig! Entspannung ist das Wochenende nicht.«

Wir reden die ganze Nacht. Dazwischen kaufen wir Weißwein in einer Kneipe und stehlen zwei Gläser, und dann sitzen wir auf der Mole und genießen den Blick aufs Wasser. Roland sagt: »Ich möchte mit dir zusammen sein.«

»Wir kennen uns doch noch gar nicht richtig«, das bin ich. Ein bisschen Vernunft muss ja sein. Aber ich gebe zu, noch nie solche Gefühle für jemanden gehegt zu haben. Ich verstehe das alles selbst nicht. Marius ist so weit weg.

Roland legt den Arm um mich. »Komm, wir gehen in den Club«, sagt er. »Es wird ja schon hell.«

Wir schlafen nicht, wir sind beide viel zu aufgedreht. Und zu verliebt. Wir sind so verliebt, dass wir noch nicht einmal an Sex denken! Wir reden ununterbrochen. Hätte mir jemand noch vor ein paar Tagen gesagt, dass ich mit diesem Roland Dunkel über Gott und die Welt reden würde, ich hätte ihn für unzurechnungsfähig erklärt. Es ist einfach herrlich, sich mit ihm zu unterhalten. Ich frage ihn plötzlich bereitwillig Sachen übers Segeln, die er mir noch bereitwilliger beantwortet. So erfahre ich, was eine Wende ist und warum man dazu die Genua (ein Segel) setzen muss. Ich weiß seitdem, was die Bilge ist (Stauraum unter dem Schiffsboden) und eine Klampe (hab ich aber sofort wieder vergessen) und wie man Fender anbringt (das sind so eine Art Gummibälle, die an der Reling festgebunden werden müssen, damit man beim Anlegen kein anderes Schiff beschädigt). Ich fühle mich so beschwingt und erfahren, dass ich am liebsten sofort mit Roland lossegeln möchte. Vor einigen Jahren habe ich auch mal das Buch »Komm, wir segeln um die Welt« gelesen und fand das total klasse, wie dieses Pärchen einfach so losgesegelt ist. Ich glaube, sie sind aber mittlerweile nicht mehr zusammen. Über so was will ich jetzt aber gar nicht nachdenken.

Die nächsten Tage sind traumhaft. Wir segeln viel und »es ist ein ganz anderes Gefühl, die Landschaft vom Wasser aus zu sehen, als wenn man beispielsweise mit einem Mietwagen unterwegs ist«. (So hab ich das mal in einem Reiseprospekt gelesen.) Und wir reden viel über schöne Dinge, aber auch, wie es denn jetzt mit uns weitergehen soll. »Kannst du nicht nach Hamburg ziehen?«, fragt Roland mich hundertmal. Natürlich könnte ich eigentlich nach Hamburg ziehen. Nach Berlin ist es von Hamburg aus sogar näher. »Wir ziehen gleich zusammen«, beschließt Roland, »warum sollten wir noch warten. Ich will für immer mit dir zusammen sein!« Jaaa, ich auch mit ihm! Ich kann doch auch einmal spontan und verrückt sein! Eine Stimme der Vernunft gibt zu bedenken, dass ich das sowieso immer bin, aber ich überhöre sie.

Dann kommt der letzte Tag, und wir sind zu nichts in der Lage, außer nebeneinander zu sitzen und zu hoffen, dass die Zeit nicht umgeht. Sie geht aber um, und mein Rückflug ist direkt nach Frankfurt gebucht. Rolands direkt nach Hamburg. Auf dem Flughafen trinken wir einen Gin Tonic, und ich kann gar nicht mehr sprechen, weil ich sonst anfangen muss zu weinen. Rolands Flug geht zuerst, und wir umarmen uns. Es ist eine entsetzliche Situation, und ich habe das Gefühl, dass nichts jemals wieder gut werden wird.

Und dann ist Roland weg, und in mir ist eine schreckliche Leere. Ich stehe im Waschraum dieses Flughafens und heule haltlos.

17

Gero holt mich in Frankfurt ab. Ich komme aus der Tür und fange schon wieder an zu heulen.

»O Gott o Gott o Gott«, sagt Gero und ist ganz durcheinander. »Was ist denn mit dir los, mein Schatz? Komm, wir fahren erst mal nach Hause!«

Da fällt mir wieder ein, dass ich gar kein Zuhause mehr habe. Obwohl ich todtraurig darüber bin, dass Roland nicht bei mir ist, muss ich wieder an Marius denken. »Hat Marius sich mal gemeldet?«, frage ich Gero.

Der nickt. »Ich wollte es dir eigentlich erst sagen, wenn wir zu Hause sind«, stammelt er. »Aber ich sage es am besten doch gleich. Marius hat eine neue Freundin.«

Ich glaube, ich höre nicht richtig. »Wie bitte?«, kreische ich Gero an. »Wie ist das denn möglich?«

»Na ja«, meint Gero. »Man lernt ja die Menschen, mit denen man dann zusammen ist, irgendwo kennen. So muss das auch bei Marius gewesen sein.«

Gero ist wirklich manchmal unmöglich. »Das meine ich doch gar nicht«, motze ich ihn an. »Aber wie kann Marius das machen!«

Gero zuckt mit den Schultern. »Er hat sich irgendwie verändert. Letzte Woche war er da und hat deine restlichen Sachen gebracht. Wenn ich nicht wüsste, dass er hetero ist, würde ich schwören, dass er schwul ist. So tuntig irgendwie. Und dann hat er behauptet, es sei besser, dass ihr euch getrennt habt. Du wärest ein anderer Mensch geworden und wärst so abgehoben, und im Haushalt hättest du auch nichts mehr gemacht und …«

Ich unterbreche ihn: »Wie, bitte, hätte ich denn noch was im Haushalt machen sollen? Ich war ja die meiste Zeit in Berlin!«

»Jedenfalls hat er dann gesagt, du hättest nie die Unterseite vom Waschbecken geputzt und im Badewannenabguss seien immer Haare von dir gewesen, und gebügelt hättest du auch nie anständig.«
»Marius hatte in den letzten Monaten öfter solche Anwandlungen«, sinniere ich. »Wie ist denn die Neue?«
Gero verdreht die Augen. »Ganz, ganz furchtbar«, sagt er. »So eine Öko-Tussi, die bei ihm wegen ihrer Platzangst Patientin war. Sie heißt Ursula.«

Ursula. Ursula. Wahrscheinlich, nein, ganz bestimmt, nennt Marius Ursula Uschi. »Uschi, was hältst du davon, wenn wir mal Germknödel machen?« »Nein, Marius, das ist so was von ungesund. Lass uns lieber Tofu und Naturreis mit Sesampaste zubereiten. Germknödel sind Gift für den Körper und die Verdauung.« Uschi trinkt auch morgens bestimmt einen halben Liter Sauerkrautsaft und hat aus Prinzip keinen Fernseher. Hundertprozentig geht Uschi nur im Bio-Laden einkaufen, um dann mit einer Jute-Tasche zurückzukommen, auf der »Brot für die Welt steht«. Uschi hat auch ein Patenkind aus Bolivien oder Kamasutra. Für dieses Kind überweist sie dann fünfzig Euro im Monat auf irgendein dubioses Konto in Westindien, die wahrscheinlich dafür verwendet werden, noch eine Atombombe zu bauen. Oder einen Panzer. Aber jedes halbe Jahr kommt ein Brief, in dem sich Leute bedanken und sagen, ohne Uschis fünfzig Euro hätten Ukar, Orabo oder Ludwig jetzt noch nicht lesen und schreiben gelernt und noch nie eine warme Mahlzeit erhalten. Ich steigere mich ganz schrecklich in meinen Hass auf Uschi hinein.
»Aber jetzt erzähl mal, wie war es denn mit dir und diesem furchtbaren Roland Dunkel?«, fragt Gero lauernd.
»Wir werden zusammenziehen«, sage ich. »Er ist der tollste Mann auf der ganzen Welt!«

Gero schaut mich an, als hätte ich sie nicht mehr alle. »Wie bitte?«, bringt er fassungslos hervor. »Dieser grauenhafte Mensch! Sofort erzählst du mir alles ausführlich!«
Also berichte ich, bis wir vor Geros Wohnung stehen. »O mein Gott«, sagt er ergriffen. »Das muss ja romantisch gewesen sein, da am Meer zu sitzen.« Gero kommt wieder zu sich. »Caro, das kann nicht gut gehen. Erinnere dich doch bitte mal. Dieser Roland Dunkel ist schrecklich! Er verstellt sich bestimmt nur!«
»Nein!«, sage ich trotzig. »Er wird seine Frau verlassen, und wir wollen für immer zusammen sein.«
»Und warum regst du dich dann so über Marius' Neue auf?«, fragt Gero.
»Na, weil ich es unmöglich finde, so kurze Zeit später jemand anderen zu haben!«, entgegne ich böse.
»Aber du machst doch genau dasselbe«, sagt Gero ganz richtig.
»Ich habe aber keinen Öko-Typen«, gifte ich herum. »Und außerdem ist das bei mir was ganz anderes. Das ist Schicksal.«
»Ach so«, sagt Gero. »Du drehst es auch so, wie du es brauchst.«

Wir gehen nach oben in die Wohnung. »Pitbull hat gefragt, ob du heute Abend in die ›Endstation‹ kommen kannst. Er will wissen, was es so Neues gibt«, sagt Gero.
Also scheint Pittbull nicht mehr böse auf mich zu sein. In unserm Club war ich schon so lange nicht mehr. Ach, ist das schön, wieder in Watzelborn zu sein. Obwohl ich Roland schrecklich vermisse. Dauernd kommen SMS von ihm.
»Und Zoe hat angerufen und gefragt, wie es dir geht. Du sollst unbedingt mal wieder zu ihr ins Sonnenstudio kommen«, erzählt Gero. »Sie hat jede, wirklich jede Sendung mit dir gesehen und hat im ›Happy Sun‹ sogar Fotos von dir hängen. Jedem erzählt sie, dass du dich bei ihr auch schon gesonnt hast.«
Ich beschließe, auf dem Weg zur ›Endstation‹ bei Zoe vorbeizu-

schauen. Über sie habe ich damals Pitbull kennen gelernt, wenn auch auf Umwegen.

Tom kommt und bringt leckere Torte mit, und ich erzähle die Roland-Dunkel-Geschichte nochmal. Ich könnte sie auch noch hundertmal erzählen. Tom ist vor Rührung gebeutelt: »Diese schreckliche Frau. Gott, tut mir Roland Dunkel Leid. Das muss ja fürchterlich sein. Stell dir vor, Gero, auf dem Weg zu dir würde ich keine Luft mehr bekommen. Ganz schlimm! Ich finde seine Entscheidung richtig. Aber willst du wirklich nach Hamburg ziehen, Caro?«

»Das weiß ich noch nicht«, sage ich. »Aber ich glaube schon.«

Gero wird blass. »Nein, nein«, sagt er schnell. »Komm jetzt bitte auf den Boden, Caro!«

»Die Liebe kennt keine Grenzen und Entfernungen«, kläre ich ihn auf. »Und wenn mein Herz spricht, muss ich darauf hören.«

»Was redest du denn da für ein blödes Zeug?«, fragt Gero. »Man könnte ja meinen, du wärst ein Sektenmitglied.«

Vielleicht bin ich das ja wirklich schon. Vielleicht bin ich in meiner blinden Liebe zu Roland der Scientology beigetreten, ohne es gemerkt zu haben. Wahrscheinlich hat Roland als Oberhaupt der Sekte schon Kontovollmacht und gibt gerade mein Geld für ein Spinnaker-Segel aus. Oder für neues Ölzeug.

Gegen Abend mache ich mich auf den Weg zu Zoe ins ›Happy Sun Sonnenstudio‹. Sie freut sich riesig, mich zu sehen. »Ach, Carolin, jetzt habbe mer e Prominente hier aus em Ort«, schwabbelt sie los. »Du – isch hab e neu Sonnebank, voll automatisch, da wird eim alles von erer Compjuderfrau erklärt, da is auch Wellnessbesprühung bei un alles möschlisch annere! Du hast doch so e schön Farb, die wolle mer doch erhalde, lesch disch doch emal e Vierdelstund drunner!« Erwartungsvoll starrt sie mich an. Mit Sicherheit wird sie, nachdem ich die neue Son-

nenbank benutzt habe, einen Aushang machen: »!! Hier sonnte sich auch schon Carolin Schatz!!« Und dann nimmt sie pro Minute einen Euro mehr.
Aber Sonnen ist eine gute Idee. Und mit der integrierten Computerfrau kann ja gar nichts mehr schief gehen. Ich lege mich auf die Bank und ziehe den Deckel zu. »Willkommen beim Top-Sun-Aktiv-Bräunungscenter«, zwitschert die Computerfrau. »Wir freuen uns, dass Sie sich für eine Besonnung unter einem Gerät aus unserem Haus entschieden haben. Es stehen Ihnen hier alle Möglichkeiten offen. Sie können mit nur einem Knopfdruck die Gesichtsbesonnung aktivieren und deaktivieren. Dazu müssen Sie allerdings erst die A-Taste betätigen. Bei normaler, noch nicht stark gebräunter Haut ...« Kann die nicht mal die Klappe halten? Ich blinzle nach oben, um den Knopf mit dem A zu finden, weil der Gesichtsbräuner doch sehr heiß ist. Das sind ja schrecklich viele Knöpfe, das sieht ja aus, als ob man einen Kurs machen müsste, um das alles zu kapieren. Gott, blendet das hier. Ich drücke einen Knopf, auf dem B steht. Wahrscheinlich hat die Frau sich nur versprochen. »Üzmüz güll hüll ümü ückü urhan bühüll«, blökt es aus den Lautsprechern. Es scheint sich also um ein mehrsprachiges Anleitungsprogramm zu handeln. Es ist aber eine andere Frau. Ihre Stimme klingt aggressiv und genervt. Ich bekomme Angst vor der Frau und drücke schnell einen Knopf, auf dem, glaube ich, gar nichts steht, und kreische vor Schreck los, weil nämlich aus allen möglichen Düsen eiskaltes Wasser kommt. Ich drücke nacheinander alle Knöpfe auf dem Bedienfeld, und das totale Chaos bricht aus. Aus einem der Lautsprecher kommt Wellenrauschen, wahrscheinlich zur Entspannung, die türkische Frau bekommt Gesellschaft von einer niederländischen und einem kroatischen Mann. Alle erklären und meinen es bestimmt gut, aber das hilft mir leider auch nicht weiter. Und der Gesichtsbräuner wird im-

mer heißer. Dann kommt die deutsche Frau wieder zu Wort und erklärt, warum Sonnen so gesund ist, und dann empfiehlt sie eine sofort einziehende After-Sun-Lotion, die den typischen Sonnenbankgeruch verschwinden lässt. Es gibt auch keinen Notknopf, um das Gerät verstummen zu lassen. Allerdings schießen bei einem weiteren Knopfdruck Stäbe aus Seitenöffnungen, an denen sich vorne Gummibälle mit Noppen befinden. Ich bekomme schreckliche Angst, als die Gummibälle sich in meinen Körper bohren und anfangen, sich zu drehen. Ein neuer Mann sagt: »We highly appreciate that you ...«, und wird wiederum abgelöst von einer Frau, die anfängt, eine slowenische Volksweise zu singen.

»Zoe!«, kreische ich verzweifelt und rüttle an dem Solariumsdeckel. »Zooooeeee!« Keine Zoe kommt. Wahrscheinlich trinkt Zoe gerade einen Piccolo und freut sich für mich und sich, dass ich unter ihrer tollen Sonnenbank liege. Mir ist mittlerweile entsetzlich heiß. Entsetzt fällt mir ein, dass ich vergessen habe, eine Besonnungszeit anzugeben. Das heißt im Klartext, dass ich den Not-Aus-Knopf betätigen soll, wenn das Gerät ausgehen soll.
»Die Compjuderfrau erklärt des alles«, hat Zoe gesagt. »Da kann gar nix bassiern.« Die Gummibälle, die wahrscheinlich eine Entspannungsmassage hinkriegen wollen, scheinen Gefallen an meinen Speckringen zu finden. Immer tiefer bohren sie sich in meine Rippen.
Ich werde sterben. Umringt von tausend Stimmen, die es gut meinen. Oder ich werde ertrinken. Von der Wellness-Berieselung, die ab und zu von der Aktiv-Berieselung mit Zitronenaroma abgelöst wird. Mit Gruseln stelle ich mir vor, dass immer mehr Wasser in der Sonnenbank hochsteigt und ich irgendwann mit der Nase an der Decke klebe und verzweifelt nach Luft ringe. Während ich meinen letzten Atemzug tätige, wird mir auf Französisch erklärt werden, dass das beste Bräunungsergebnis

nur dann erzielt wird, wenn man regelmäßig unter die Sonnenbank geht.
»Zoooeeeee!!!«, kreische ich wieder und höre tatsächlich Schritte näher kommen. »Das Ding geht nicht auf!«, brülle ich durch den Deckel.
»Ei Kind, du musst auch drücke un net ziehe«, sagt Zoe von draußen. Ach so. Ich hätte den Deckel logischerweise nach oben drücken müssen und nicht nach unten ziehen. Eigentlich logisch. Aber das kenne ich ja von mir.
Ich bin fix und fertig, traue mich aber nicht, vor Zoe zuzugeben, dass ich es ganz schrecklich fand. Außerdem sehe ich im Gesicht aus wie ein unangezündeter Streichholzkopf. Zoe versorgt mich mit einem kühlenden Gel, aber ich fühle mich trotzdem, als hätte ich eine Stunde in einem Backofen zugebracht.

Sauer mache ich mich auf den Weg in die ›Endstation‹. Es ist noch relativ früh und noch nicht allzu viel los. Mausi hat Thekendienst und freut sich, mich zu sehen. Sie fällt mir um den Hals und schwafelt sofort los, dass sie das alles unmöglich findet, und Marius wäre ein Mistkerl. »Little Joe hat auch gesagt, der spinnt. Du, wir haben uns noch ein Rodeopferd gekauft, das steht jetzt bei uns hinten im Garten.«
Arrrgh. »Wie heißt denn das Pferd?«, frage ich.
»Herr Nilsson«, strahlt Mausi. »So heißt das Pferd von Pippi Langstrumpf auch!«
»Das Pferd von Pippi Langstrumpf heißt ›Kleiner Onkel‹«, wage ich einzuwerfen. »Herr Nilsson ist der kleine Affe.«
Während Mausi ein Bier zapft, denkt sie angestrengt nach. »Dann taufen wir es wieder um. Aber nicht in ›Kleiner Onkel‹. Lieber in ›Nelson Mandela‹. Das Pferd ist nämlich auch weiß.«
Ich gebe es wieder einmal auf.

Da kommt ja Pitbull. Lautstark begrüßt er mich, küsst mich ab und wird dann ganz ernst: »Wir beide unterhalten uns gleich mal«, sagt er. »Mausi, machst du uns zwei Bier?«
Dann zieht er mich in eine Ecke. »Also, Schatz!«, fängt er an. »Ich hoffe, du bist wieder auf den Boden gekommen. Das ist ja furchtbar, wie du dich verändert hattest!« Was meint er bloß? Ich habe nicht im Geringsten den Eindruck, als hätte ich mich verändert. Pitbull droht mit dem Zeigefinger. »Du bist zickig und unausstehlich geworden, jedes Mal, wenn ich dich gesehen habe, war es schlimmer. Ich hab das gleich geahnt. Versteh mich nicht falsch: Ich meine es nur gut, und ich hatte die Befürchtung von Anfang an, dass dir Ruhm nicht gut tut!«

Ruhm. Ruhm. Herrje, es ist doch kein Ruhm, eine bekloppte Talkshow zu moderieren. Wobei ich ja offenbar doch auch noch ziemlich gut bin, denn sonst wäre sie ja nicht so erfolgreich. »Du weißt ja gar nicht, wie anstrengend das alles ist«, klage ich.
»Ich kann es nicht mehr hören«, sagt Pitbull. »Du hast dich zu deinem Nachteil verändert. Jedenfalls uns gegenüber. In Berlin bist du wahrscheinlich zu allen ganz toll. Aber uns behandelst du neuerdings von oben herab!«
»Komisch«, gifte ich zurück. »Du bist aber der Einzige, der das sagt. Sonst hat keiner was gesagt.«
»Weil du sofort auf 180 bist, wenn man dich mal kritisiert. Kein Wunder, dass Marius sich von dir getrennt hat!«
Jetzt reicht es aber! »Lass bitte Marius aus dem Spiel«, herrsche ich Pitbull böse an. »Das ist schlimm genug. Da brauche ich jetzt nicht auch noch blöde Sprüche von dir!«
Pitbull kriegt schon wieder die Krise und haut auf den Tisch. Ich stehe auf. »Setz dich sofort wieder hin«, herrscht mich Pitbull an. »Du kannst nicht vor allem immer davonlaufen. Jetzt hörst du mir zu!«

Ich werfe arrogant die Haare zurück. »Nö«, sage ich. »Die Zeiten, in denen du mich herumkommandieren konntest, sind vorbei! Damals, als wir den Club geplant haben, bist du wie Mister Wichtig herumgerannt und hast immer alles an dich gerissen. Ich durfte nie was sagen.«

»Ach papperlapapp«, kommt es von Pitbull. »Du bist arrogant und unausstehlich geworden. Du bist nicht mehr die Caro, die wir alle kennen. Oder, Mausi?«, brüllt er Richtung Theke, und das so laut, dass sich zwei Gäste in Lederslips und sonst nichts verwundert zu uns umdrehen.

»Na jaaaa«, macht Mausi. »Die Caro ist ja auch extremst oft jetzt mit wichtigen Leuten zusammen und geht dann zu den Promipartys, und da muss man doch so gucken und so sein.«

Was meint sie damit? »Wie gucke ich denn, Mausi?«, frage ich.

»Wie die dünnen Frauen, wo bei der Edgar-Verleihung über den Teppich laufen. Also du guckst so, so dünn bist du aber nicht«, sagt sie noch überflüssigerweise. Aha.

»Du könntest Susannes Schwester sein«, provoziert Pitbull weiter. »Obwohl ich ja bei der dachte: Schlimmer geht's nimmer!«

Susanne ist eine Freundin von mir und zugegebenermaßen manchmal etwas zu zickig und verwöhnt. Sie wohnt mit ihrem Mann, einem reichen Arzt, in einer Wahnsinnsvilla und kann so viel Geld ausgeben, wie sie will. Im Moment sind beide gerade für ein halbes Jahr auf Weltreise. Mir fällt erschrocken ein, dass Susanne ja noch gar nichts von meiner Talkshow weiß. Ich bekomme nur einmal in der Woche eine Postkarte von irgendeinem Kontinent. Muss unbedingt überprüfen, wann die beiden wiederkommen. Aber mir zu unterstellen, dass ich Susanne charakterlich ähnle, ist eine Frechheit. Ich meine, das muss ich mir nun wirklich nicht bieten lassen. Ich bin der warmherzigste Mensch auf der ganzen Welt. Und auch erfolgreich. Pitbull gönnt mir das alles einfach nicht.

Mein Handy klingelt, und Roland ist dran, der mir hektisch erzählt, dass er seiner Frau gerade gesagt hat, dass er ausziehen und sich trennen wird. »Wenn, mache ich ganze Sachen«, sagt er froh. »Wann ziehst du nach Hamburg?«
Moment. Moment. Moment. Ich fühle mich wie in einem Irrenhaus. Das geht alles so schnell. Andererseits habe ich hier in Watzelborn sowieso keine Wohnung. Und Gero, mein Gero, traut sich offenbar auch nicht, mir die angebliche Wahrheit ins Gesicht zu sagen. Ich weiß nicht, was ich tun soll. Ich muss auch übermorgen erst mal nach Berlin zurück. Warum hilft mir keiner? Nie hilft mir einer in Extremsituationen. Würde ich versehentlich einen Spulhakenwurm verschlucken, würde keiner versuchen, ihn wieder herauszuziehen, sondern alle würden lapidar sagen: »Na ja, das passiert nun mal.«

Die Tür geht auf, und Marius kommt in Begleitung einer Frau herein. Diese Situation hatten wir schon mal, damals, auf der Eröffnungsfeier unseres Clubs. Da kam er mit Susanne, um mich darüber aufzuklären, dass alles nur ein Irrtum war und er nie was mit ihr hatte. Mit dieser Frau, die da gerade den Raum betritt, hat er aber was. Hundertprozentig ist es Uschi.
Marius wird blass, als er mich sieht, und ich sage zu Roland: »Ich melde mich gleich nochmal bei dir!«
»Hallo Caro«, sagt Marius mit ernster Stimme. Und ich habe einen Kloß im Hals und fühle mich unendlich gedemütigt.
»Caro, das ist Ursula. Ursula, sag Carolin guten Tag.«
Ist sie drei und macht noch in die Windeln? Oder kann sie nur nach Anweisung handeln? Ich betrachte Ursula, die ein kaum zu verstehendes »Lo« nuschelt und dann wieder Marius anhimmelt. Ursula sieht aus wie eine Geschichts-Referendarin, die niemals auch nur ansatzweise von einem ihrer Schüler ernst genommen wird. Die Spezies Lehrerin, der man Papierkügelchen

gegen den Rücken schießt, sobald sie was an die Tafel schreibt. Die, nachdem sich auf eine Frage im Unterricht niemand meldet, resigniert: »Dann eben nicht, ich meine es doch nur gut«, sagt. Die auf Klassenfahrten kein Auge zutut, weil ihr alle auf der Nase herumtanzen. Der man Zahnpasta unter die Türklinke schmiert oder nachts heimlich ihre Hand in lauwarmes Wasser hält, damit sie ins Bett macht. Ich hasse Ursula. Ursula soll weggehen. Und zwar sofort.

Marius begrüßt Pitbull mit Handschlag, und der wiederum begrüßt Ursula, als hätten sie schon Wacholderschnaps zusammen gebrannt. Ich glaube das alles nicht.

»Mensch, Ralf, danke nochmal, dass du mir so lieb beim Umzug geholfen hast«, nuschelt Ursula. »Ohne dich wären wir echt aufgeschmissen gewesen.«

Und Marius nickt. Marius nickt! Ursula-Uschi ist also schon zu Marius gezogen. Mit ihren Steinguttellern und ihrem Makramee-Hängegarten. Und Pitbull hat ihr dabei geholfen! Der soll mir nochmal was erzählen.

»Äh, Caro, kann ich dich kurz sprechen?« Das ist Marius.

Ich nicke. Was soll ich denn sonst tun? Er zieht mich in den Umkleidebereich. Ein junges Pärchen steht zwar nackt darin und streitet sich darüber, ob sie jetzt fremd küssen darf oder nicht, aber das interessiert mich nicht wirklich. Ich setze mich auf eine Packung Kleenex und warte einfach, was jetzt kommt.

»Du hast dich furchtbar verändert, Caro«, sagt Marius. »Du bist so … so …«, er stockt.

»Ja, wie bin ich denn nun geworden?«, frage ich ungeduldig.

Marius zuckt mit den Schultern. »Du bist so … kalt. So kalt bist du geworden.«

ICH???? ICH und kalt? O nein. »Pass mal auf«, herrsche ich Ma-

rius an. »Ich will dir mal was sagen! Wo bin ich denn kalt geworden? Du hast mir ja keine Chance gegeben!«
»Ach Caro, dir war das doch eigentlich egal. Du hast dich in deinem Selbstmitleid gesuhlt, und als nicht alles gleich nach deinem Kopf ging, hast du dicht gemacht und dich von mir abgewandt.«
»Das stimmt nicht«, ich werde zornig. »Ich habe versucht, dich zu erreichen, dauernd, aber du bist ja nicht ans Telefon gegangen!«

»Wenn ich dir wichtig gewesen wäre, hättest du dich sofort in den Zug oder in ein Flugzeug gesetzt und wärst nach Haus nach Watzelborn gekommen. Aber so hast du einfach nichts gemacht, die Talkshow war dir wichtiger.«
»Ich habe nun mal Verpflichtungen, mein Lieber«, erwidere ich. »Und ich habe einen Vertrag, den ich verdammt nochmal einhalten muss. Daran hättest du auch mal denken müssen.«
»Wir haben wohl beide Fehler gemacht«, gibt Marius zu. »Aber du die schlimmeren. Du hast die ganze Zeit über nur an dich gedacht. Und dann bist du auch noch mit diesem Roland Dunkel nach Spanien geflogen.«
»Weil ich sauer war!«, rufe ich. »Was du gemacht hast, ist nicht besser. Mit dieser komischen Trulla Uschi!«
»Uschi ist eine ganz Liebe«, schwelgt Marius mit verklärtem Blick. »Und sie ist immer für mich da.«
»Tut mir Leid«, ich gebe es auf. »Ich sehe den Sinn des Lebens nicht darin, dauernd für jemanden da zu sein. Ich habe auch noch ein eigenes Leben!«
Marius sieht mich an. »Dazu gibt es wohl nichts mehr zu sagen«, sagt er. »Ich war immer der Ansicht, dass wir alles teilen.« Er kommt auf mich zu und streicht mir über die Wange. »Ich bin sehr traurig, dass das alles so gekommen ist. Ich hoffe nur, dass du deinen Weg findest und glücklich wirst. Ich jedenfalls

versuche, glücklich zu werden.« Und dann geht er einfach raus. Das Pärchen neben mir bewegt sich. Die Frau kommt zu mir und fragt: »Kann ich bitte die Kleenex haben, auf denen du sitzt? Das ist ja schlimmer als bei ›Love Story‹.«
Ich warte noch ein paar Minuten und verlasse dann den Umkleideraum. Beim Rausgehen stolpere ich über einen Kerzenleuchter, und der kracht in einen Bilderrahmen, unter dem sich ein Aquarell befindet. Zwei Herzen, ineinander verschlungen. Ironie des Schicksals.

Pitbull ignoriert mich geflissentlich, als ich an den Tresen zurückkomme. Mausi, die zwischenzeitlich Gesellschaft von Arabrab bekommen hat, merkt man an, dass sie alles ganz furchtbar findet. Beide starren auf den Boden. Arabrab fragt nur leise: »Wie war es denn auf Lino Ventura?«
Ich gehe dann, ohne mich zu verabschieden. Draußen ist es dunkel. Ich bleibe kurz stehen und schaue in den sternenklaren Himmel. Mein Handy piept. Eine SMS. Ist von Gero: *»Halte es für besser, wenn du hier erst mal ausziehst. Möchte mich mit den anderen nicht verkrachen. Bitte hab Verständnis. G.«*
Ich muss mich setzen. Weil keine Bank oder sonst was in der Nähe ist, setze ich mich einfach in den Rinnstein. Das passt zu meiner Stimmung. Ich kann noch nicht mal mehr weinen.
Ich wähle die Nummer von RolandDunkelHandy. Er geht sofort dran. »Ich ziehe nach Hamburg«, sage ich leise. »Wie machen wir das mit der Wohnung?«
Roland meint, er würde sich um alles kümmern. Ich solle einfach kommen. Ich bin so erleichtert.
Gnädigerweise darf ich noch eine Nacht bei Gero schlafen. »Du – bitte hab Verständnis. Aber ich muss auch an die anderen Freundschaften denken, ich bin ganz durcheinander«, sagt er entschuldigend. »Ich weiß ja auch nicht.«

Ich sage gar nichts, sondern nicke und buche einen frühen Flug nach Berlin. »Lass nur«, sage ich, als Gero höflichkeitshalber fragt, ob er mich denn zum Flughafen bringen soll. »Ist schon gut.« Er fragt auch nicht nochmal.

Ich tue kein Auge zu in dieser Nacht.
Was ist bloß passiert in letzter Zeit? Wie konnte das alles passieren? Hat das alles sein Gutes, dass das passiert ist? Ich stelle mir tausendmal dieselben Fragen, komme aber zu keiner Antwort. Der einzige Mensch, der noch was von mir wissen will, heißt Roland Dunkel. Ich habe ihn viermal gesehen. Und jetzt ziehe ich mit ihm zusammen. Ich glaube, ich bin verrückt. Na gut, dann bin ich eben verrückt. Ich war mein ganzes Leben lang vernünftig (was redest du da, Caro???), da werde ich wohl jetzt mal verrückt sein dürfen.

18

Am nächsten Morgen habe ich drei Nachrichten auf der Mailbox. Eine ist von Sylvester, der sich so freut, aber wie er sich freut, dass ich endlich wieder freudig in den Schoß der Familie zurückkehre, auch für Angela ist es eine wahre Freude, also ich kann mir gar nicht vorstellen, wie groß die Freude ist und wie alle sich freuen. Sigmund Freud hätte eine Stunde mit diesem Mann unter Garantie nicht überlebt.

Die beiden anderen Nachrichten sind von Roland. Er hat nachts noch im Internet Wohnungen gesucht und gleich übermorgen können wir uns eine anschauen. Ich rufe ihn zurück, und er ist sehr aufgeregt: »Wenn du noch Zeit brauchst in Berlin, ziehe ich trotzdem vorher schon um. Ich hab noch Kojenpolster und kann auch direkt auf dem Boden in der neuen Wohnung schlafen«, sagt er.

Gut. Mir ist mittlerweile alles recht.

Der Abschied von Gero, meinem besten Freund, ist unterkühlt.

»Pass auf dich auf, Caro«, sagt Gero traurig. »Ich bin ganz verwirrt.«

Er will mich umarmen, aber ich möchte das nicht. »Gero, ich lasse ein Umzugsunternehmen die Sachen von hier und aus der Endstation holen, da stehen ja noch meine ganzen Möbel im Keller«, sage ich. »Sei wenigstens so nett und sorge dafür, dass alles komplett nach Hamburg kommt.«

Gero verspricht, sich um alles zu kümmern. Pitbull werde ich später schreiben. Er soll mir die Gewinne aus der Endstation direkt auf mein Konto überweisen. Ehrlich abgerechnet hat er immer – und wenn nicht, ist mir das auch egal.

Dann fahre ich im Taxi durchs morgendliche Watzelborn Richtung Autobahn und habe plötzlich das Gefühl, dass ich zum letzten Mal hier bin. Als würde was ganz Neues anbrechen. Nur, ob das gut ist, das Neue, das weiß ich leider noch nicht. Aber – wie meine Oma immer sagte: Die Zeit wird's zeigen!

In Berlin angekommen, fahre ich sofort zu Strawberry, weil da schon alle auf mich warten, um mir das Konzept vorzustellen. Für eine Samstagabendshow, auf die ich überhaupt keine Lust habe. Nicht dass ich etwas dagegen hätte, samstags fernsehend auf einem Sofa zu liegen, Cashewkerne und Ahoi-Brause in greifbarer Nähe und natürlich Wein, aber selber eine zu *machen*, also nein. Aber darauf wird natürlich wieder mal keine Rücksicht genommen. Felix trägt seit neuestem eine Halskette mit einem komischen Stein dran. Auf meine Frage, was für ein Stein das wäre, meint er, das sei sein rausoperierter Zahn. Jedenfalls ein Teil davon. Weil, so was erlebt man ja nicht alle Tage.

Das Konzept ist wirklich nicht schlecht. Eine Livesendung, bei der Männer und Frauen zu einem Seitensprung verführt werden sollen. Die Zuschauer müssen mitraten, ob der oder die zu Verführende standhaft bleibt, und die, die standhaft bleiben, können dann eine Menge Geld gewinnen, wenn sie anhand von Fragen, die ich dann stelle, beweisen, dass sie ihren jeweiligen Partner gut kennen. (Welche Schuhgröße hat sie? Wie viele Freundinnen hatte er vor ihr? Bei welchem Film muss sie immer heulen? Und so weiter.)
»Das ist Zuschauerbindung«, meint Felix, der an einem Flip-Chart steht und mit einem Eddingstift das Konzept erklärt. Ein Stab von Mitarbeitern denkt sich ständig neue Sachen aus, um die armen Opfer möglichst willenlos zu machen. Bestimmt sind Drogen im Spiel. Aber ich frage besser nicht. Sylvester meint, die Sendung solle »Drunter und drüber« heißen, das sei zweideutig. Wegen der chaotischen Situationen, die entstehen können, und

wegen der Beischlafstellungen. Ach. Ich finde den Sendungsnamen total bescheuert. Aber natürlich werde ich nicht gefragt. Meine Aufgabe ist es, mit dem Partner, der die Treue testen lässt, auf Stühlen zu sitzen und mitzufiebern. Und dann, wenn die Katastrophe passiert ist, zu trösten. Oder Morde zu verhindern.
»Sex sells«, schwadroniert Felix. »So was gab es noch nie!« Meinetwegen. »Caro muss dann aber auch entsprechende Klamotten haben. Wer solch eine Sendung moderiert, muss Sünde und Sex ausstrahlen! Wir müssen das hinkriegen!«
Aha. Aha. Ich habe also keine sexuelle Ausstrahlung. »Wie meinst du das, Felix?«, frage ich böse.
Er grinst: »Na ja, ich meine damit, dass bei dir noch einiges rauszuholen ist. Wir sollten bei Caro über eine Brustvergrößerung nachdenken«, sagt er in Sylvesters Richtung.
Der nickt. »Habe ich auch schon überlegt. Angela hat das auch machen lassen, da gibt es doch jetzt solche Gelpads, die man einsetzen kann. Das hat Silikon gegenüber den Vorteil, dass man nicht gleich eine Vergiftung bekommt, wenn eine Katze oder so dir die Bluse aufreißt.«
Ich glaube, ich bin im falschen Film. Ich soll also zu Dolly Buster oder Gina Wild gemacht werden. Bevor ich protestieren kann, schwafelt Felix weiter. In vier Wochen soll die erste Sendung sein. Alle haben schon mächtig vorgearbeitet, es wurden Aufrufe gemacht, und es sind massig Bewerbungen eingegangen.
»Hier«, Felix wedelt mit einem Brief. »Ein Elektriker aus Mönchengladbach glaubt, dass seine Frau ihn nie betrügen würde. Dem werden wir es zeigen. Sie geht einmal pro Woche mit ihren Freundinnen zum Kegeln und danach noch in eine Kneipe. Der Elektriker möchte die Gewissheit haben, dass das auch stimmt, obwohl er nicht glaubt, dass sie lügt. Wie machen wir das?«
»Wir könnten John vor den Kegelclub stellen und ihn die Frau

fragen lassen, ob sie ihm wohl Geld wechseln kann«, sagt einer aus dem Team. »Und dann sagt John, wie unglaublich anregend er ihre Fingernagelform findet!«
»Halt«, werfe ich ein. »Was ist, wenn die Frau an den Nägeln knabbert oder womöglich überhaupt keine Hände hat?«
»Stimmt«, Felix kratzt sich am Kopf. »Dann kann sie ihm ja auch kein Geld wechseln.«
Es stellt sich dann heraus, dass die Redaktion an solche Dinge überhaupt nicht gedacht hat. Also muss alles bei den bereits eingeladenen Gästen überprüft werden. Je nach Idee natürlich.

Dann kommt eine von den so genannten »Lockvögeln« dazu. Ich hasse sie, ohne ein Wort mit ihr gesprochen zu haben.
Sie heißt Daphne, hat hüftlange, lackschwarze Haare (echt lackschwarz, noch nicht mal gefärbt, das sehe ich sofort) und knallgrüne Augen (echt knallgrün, noch nicht mal farbige Kontaktlinsen, das sehe ich sofort). Aber jetzt kommt das Allerschlimmste: Daphne hat ein wenig Übergewicht, und es passt zu ihr. Sie hat eine solch erotische Ausstrahlung, dass, wäre ich ein Mann, ich unverzüglich über sie herfallen würde. Sie sieht aus wie Anna Nicole Smith auf diesem Poster in Strapsen. Für H&M war das. Männer bauten an Kreuzungen Unfälle. Ich glaube, H&M ist an vielen gescheiterten Ehen schuld. Ich selbst möchte auch nicht samstags nach dem Wochenendeinkauf neben meinem Mann im Auto sitzen und vermuten, dass er zwei Ananas geklaut und sich in die Cordhose gesteckt hat, während ich mich frage, ob unser Auto kein Benzin mehr hat oder warum er bei Grün nicht weiterfährt.
Ich bekomme einen Depressionsschub, weil ich nicht so aussehe wie Daphne.
Hoffentlich hat sie wenigstens verfaulte Zähne. Daphne kommt auf mich zu.

»Ich bin Daphne«, strahlt sie mich an und schüttelt mir mit kräftigem, aber nicht zu kräftigem Händedruck die Hand. Ihre Zähne sind weiß und makellos. Sie muss schon eine Spange getragen haben, bevor sie überhaupt Zähne bekommen hat, um einer Kieferverformung vorzubeugen. Sie hat auch noch eine schöne Stimme. Tief, verrucht, sündig. Ich möchte Daphne unschädlich machen. Aber devot wie ich bin, schüttle ich ihr die Hand und sage: »Ich freue mich sehr, dich kennen zu lernen.«
Sie mustert mich von oben bis unten, und ich weiß genau, was sie denkt: »Arme Kleine. Sie haben mir alles über dich erzählt. Tja, so ein Single-Leben ist gar nicht so einfach, aber mach dir nichts draus. Anderen geht es eben besser als dir. Und nicht jeder kann alles haben.«
Ich grinse sie dumm an und wünsche mir nur, dass sie endlich weggeht. Aber Daphne bleibt. Natürlich, warum sollte auch einmal in meinem Leben ein Wunsch von mir in Erfüllung gehen? Ich hasse sie so sehr, dass ich Sodbrennen bekomme. Das ist ganz schrecklich mit meinem Sodbrennen, wenn es einmal angefangen hat, hört es nicht wieder auf. Ich muss rülpsen wie eine Bauernmagd, die sich regelmäßig nach dem Melken einen Obstbrand genehmigt und dadurch versucht, ihren Frust darüber zu verdrängen, dass der Sepp aus dem Dorf seinen Traktor wichtiger findet als sie. Um ganz ehrlich zu sein, ich fühle mich wie eine Bauernmagd und hätte gern einen Obstbrand. Wenn man es ganz genau nimmt, habe ich auch schon die richtige Figur für eine Bauernmagd. Und schwielige Finger habe ich auch bald, wenn ich nicht aufhöre, nachts an meinem Knubbeltuch zu schubbern. Ich werde mich Senta oder Hilde nennen und auf einem Resthof im Allgäu leben. Ohne Mann, ohne Kind, aber mit ganz vielen Kühen, die ununterbrochen am Muhen sind, weil ich mit der Melkmaschine nicht zurechtkomme und die Kühe mit den Händen melken muss. Auf einem Melk-

schemel, mit dem ich ständig unter dem Euter umkippe, um dann im kuhfladengeschwängerten Mist zu landen. Wo ich ja schließlich auch hingehöre. Mein Schuhtick wird sich auf ein Paar stinkender Gummistiefel beschränken, und abends schaue ich mir in einem Landwirtschaftsreport an, wie ich höhere Preise für die Milch erziele und wie viel vom Resthof ich von der Steuer absetzen kann. Sex werde ich nie mehr haben, weil ich abends viel zu müde bin, um im Dorf nochmal auf Männerjagd zu gehen. In meiner Verzweiflung werde ich mir drittklassige Pornos ausleihen, weil es im Allgäu keine anderen gibt. Dann sitze ich mit einer Flasche lauwarmem Erdbeersekt vor dem Videorekorder und schaue mir den Schulmädchen-Report Teil 2 an, um mich erschüttert zu fragen, welche Unterleibskrankheit die Darstellerinnen haben: Um dann festzustellen, dass in den siebziger Jahren eine Menge Schamhaare einfach unglaublich erotisch waren. Ich werde einschlafen, ohne über einen Orgasmus überhaupt nur nachzudenken. Weil ich ja auch morgen die Kühe …

»Caro, was ist denn? Warum antwortest du denn nicht?« Sylvester klingt böse. Ich habe offenbar minutenlang überhaupt nicht zugehört. »Wir werden das Konzept nochmal überarbeiten und nächste Woche eine Probesendung produzieren. Wir haben genug Kandidaten, um das Ding durchzuziehen. Du hast heute Nachmittag einen Termin bei Doktor Prischel, er ist Schönheitschirurg und schaut sich mal deine Oberweite an!«
»Ich werde dich begleiten«, gurrt Daphne neben mir. Sie riecht auch noch gut. Das ist Shalimar von Guerlain. Steht nicht jeder Frau, dieser sinnliche, verführerische Duft. Aber Daphne steht er natürlich. Daphne steht nämlich alles.
»Ich gehe zu keinem Schönheitschirurgen«, zische ich böse in die Runde.

»Carolin«, jetzt ist Felix wieder der Chef-Producer, der ja nur das Beste für mich will. »Es kommt einfach beim Zuschauer besser rüber, wenn du eine Mega-Oberweite hast. Die werden dich lieben! Die werden total geil auf dich sein! Das gibt Quote. Allein die engen Oberteile, die du dann anziehst und die in der Kamera total klasse rüberkommen. Ich denke, die doppelte Größe deiner jetzigen Brüste wird dir enorm gut stehen!«
Wie immer in solchen Situationen – also wenn ich einmal gegen etwas war und mich dann jemand versucht zu überzeugen – finde ich keine Worte mehr, die zu meiner Verteidigung beitragen.
»Mmpff«, knurre ich herum.
»Um sechzehn Uhr gehst du da hin«, schnaubt Sylvester. »Die Rechnung geht direkt an Strawberry!«
Aha. Wahrscheinlich denkt er, ich würde sofort die Operation durchführen lassen. So mal eben mir nichts, dir nichts. Um dann vom ungewohnten Gewicht meiner neuen Mega-Titten sofort vornübergezogen zu werden und mit einem lauten Schrei auf den Asphalt aufzuknallen. Meine neuen Titten werden aufplatzen, der Inhalt verteilt sich über einen Zebrastreifen, und zu allem Überfluss wird mich auch noch ein Radfahrer anfahren, dessen Einkäufe sich mit dem Silikon vermengen werden. Zum Glück gibt es gute Haftpflichtversicherungen. Und Gelpads.
Daphne beteuert nochmals, dass sie mich begleiten wird. Aber es kommt noch besser. Von rechts. In Form von einer rothaarigen Hexe, die ich bislang noch gar nicht richtig bemerkt habe. Noch ein Lockvogel. »Ich hab mich noch gar nicht vorgestellt«, zirpt sie. »Ich bin Rebecca und komme natürlich auch mit.« Ich muss wohl nicht extra erwähnen, dass diese Rebecca Körbchengröße 120 C, D, E, F oder X hat. Keinesfalls aber A oder B. Die rote Zora ist ein Vollblutweib mit langen Fingernägeln, die sie im sexuellen Akt hundertprozentig in den Rücken ihres Bettpartners krallt, während sie schreit: »O Gott, jaaaa! Oh, ich

komme! Ich sterbe!« Rebecca mag beim Sex kein Vorspiel, sondern möchte sofort mit den ganzen versauten Schweinereien anfangen. Sie weiß auch nicht, was der Unterschied zwischen einem vaginalen und klitoralen Orgasmus ist, weil sie im ganzen Körper einen Orgasmus hat. Und den zehnfach. Ich möchte Rebecca mitsamt Daphne in einem Erdloch verscharren. Allein die Vorstellung, mit diesen beiden Weibern nachher wegen meiner Brustvergrößerung zu einem Arzt gehen zu müssen, macht mich fix und fertig. Ich überlege verzweifelt, wie ich das verhindern kann, aber mir fällt nichts Passendes ein. Ich kann ja schließlich schlecht sagen, dass sie mir zu gut aussehen.

Mein Handy klingelt. Es ist Roland. »Ich habe unsere Traumwohnung gefunden«, schreit er enthusiastisch. »In Hamburg-Eppendorf! Sechs Zimmer. 200 Quadratmeter. Zwei Bäder. Altbau, was sonst. Und das alles zu einem Spottpreis. Du wirst dich wundern, Caro. Das ist nichts im Vergleich zu Watzelborn, und Berlin kann sich davon sowieso eine Scheibe abschneiden. Ich liebe sie. Und du wirst sie auch lieben!«
Und wer liebt mich? Ich bin momentan nicht in der Lage, irgendetwas rational zu sehen. Ich sehe nur mich, und das etwas verzerrt. Ich möchte einfach allein sein, aber das interessiert niemanden außer mir. Was ist bloß los mit mir? Seit kurzem habe ich das Gefühl, neben mir zu stehen, nicht mehr zu wissen, was ich eigentlich tue, und überhaupt immer das Falsche zu tun. Dummerweise habe ich keine Zeit, darüber nachzudenken, weil alle, wirklich alle, mich total verrückt machen. Um mal ganz ehrlich zu sein: Ich habe überhaupt keine Lust darauf, eine wöchentliche Talkshow zu moderieren, noch dazu live. Und schon gar nicht mal am Samstagabend. Ich will nicht verantwortlich dafür sein, dass Familien ihren Rhythmus danach einrichten, dass ich um 20 Uhr 15 nach der Tagesschau im An-

schluss an die Eurovisions-Hymne mit meinen überdimensionalen Titten über irgendwelche Kabel stolpere und danach sage: »Hahaha!«, obwohl ich eigentlich meinen Namen sagen will, ihn aber leider vergessen habe, wegen der Aufregung. Ich möchte auch nicht mit diesen komischen Menschen dasitzen, die ihre Partner überführen wollen, weil sie der Annahme sind, sie hätten sie betrogen und jetzt kommt nochmal die Probe aufs Exempel.

Was soll ich zum Beispiel tun, wenn Roderick, 52 Jahre alt, Bahnbeamter auf Lebenszeit, seit 31 Jahren verheiratet mit Luise, 48 Jahre alt, auf den Trichter kommt, die Treue seiner Frau testen zu wollen? Es könnte sich herausstellen, dass Luise nur einen Orgasmus bekommt, wenn sie gefaltete Geschirrhandtücher beim Beischlaf in der Hand hält. Was soll unser Lockvogel dann tun? Oder Marie, 34, seit zwei Jahren mit Melchior liiert: Sie hat ein Verhältnis mit ihrer Nachbarin Frieda, obwohl man das den beiden überhaupt nicht zutraut. Die beiden haben einen solch intensiven Bi-Sex, dass jeder Mann neidisch werden könnte! Ich sehe mich schon schweißgebadet im Studio mit dem halbbetrogenen (weil von einer Frau betrogen) Ehemann sitzen und sterben. Vor Mitgefühl. Um es kurz zu machen: Ich habe schreckliche Angst.

Ich gehe in mich. Wo möchte ich am liebsten sein? Als Kind habe ich mir oft die tollsten Orte ausgesucht in meiner Phantasie. Beispielsweise fand ich Helgoland immer toll. Lustig, da kommt Roland ja auch her. Ich dachte immer, auf dem Lummenfelsen könnte einem nichts passieren. Trottellummen sind Vögel. Die sind da, wo die Lange Anna ist. Die wohnen auf der Langen Anna, also auf oder in den Felsenspalten. Die Lange Anna, das ist ein Felsen von Helgoland, der sich abgesondert hat und jetzt allein im Meer steht. Die Lange Anna ist trutzig und erinnert einen an eine Mutter, die einen immer beschützt. Okay, sie bröckelt ab mit der Zeit. Aber Mamas werden ja auch alt. Jedenfalls ist auf dem Lummenfelsen kein Kind allein. Das Geschrei ist zwar groß, aber letztendlich wissen die Jungen, dass die Mütter immer wiederkommen, wenn sie wegfliegen. Die Mütter lassen die Jungen nämlich nie im Stich. Ich wünschte, ich wäre eine kleine Trottellumme. Aber wenn ich zu jemandem sagen würde: »Ich wäre so gern eine Trottellumme«, würde mich jeder für komplett bescheuert halten. Insofern verwerfe ich den Gedanken. Da ich ja jetzt auch nicht einfach so nach Helgoland fahren kann, beschließe ich, ab sofort überhaupt nicht mehr nachzudenken, sondern einfach so zu tun, als sei ich ein Mensch ohne Hirn und demzufolge gedankenlos. Eine herrliche Vorstellung. Nie mehr denken müssen. Das muss toll sein.

»Komm, Carolin, wir fahren, es ist bestimmt viel los auf den Straßen, und wir wollen doch nicht unpünktlich sein«, tiriliert die rote Zora neben mir und lacht. Ihre Wassermelonen springen auf und ab. Bestimmt geht sie nie ins Schwimmbad, weil sie sonst ständig von Rentnern gefragt wird, ob sie ihnen die Medizinbälle für die Wassergymnastik ausleiht. Weil ich ja beschlossen habe, nicht mehr zu denken, stehe ich einfach auf und gehe den beiden Lockvögeln hinterher.

Kurz vor 16 Uhr betreten wir die Praxis von diesem komischen Schönheitschirurgen. Auf dem Tisch befinden sich stapelweise Broschüren, die einen über die Risiken informieren, die man auf sich nimmt, wenn man seine griechische Nase in eine römisch-katholische verwandeln lässt und umgekehrt. Ich greife mir einen so genannten Hausprospekt und fange an zu blättern, während sich Daphne und Rebecca darüber unterhalten, dass dicke Titten das Geilste überhaupt sind.

»Weiber, die weniger als 90 C haben, sind keine richtigen Weiber«, so Daphne. »Diese A-Zicken tun so, als ob es klasse sei, keine große Oberweite zu haben, aber in Wirklichkeit sind sie total neidisch. Das stelle ich jedenfalls immer wieder fest!«
Rebecca nickt und zieht ihr viel zu enges T-Shirt glatt. Ich habe Angst, dass der Stoff reißt.
Ich möchte gar keine Busenvergrößerung, auch wenn Strawberry das zahlt. Schließlich hat man dann Narben. Und wenn der Doktor sich irrt, plötzlich vier Brüste oder sechs oder nur noch Brustwarzen. Noch schlimmer: Die Gelpads sind verschieden groß oder eines schrumpft, und eine Brust ist dann so groß wie eine Panzerfaust, die andere hat die Ausmaße einer Erdnuss. »Tja, so was passiert nun mal, Frau Schatz«, wird der Doktor zu mir sagen. »Sie können mich gern verklagen, aber Sie werden keine Chance haben. Unsere Lobby ist viel zu mächtig!« Ich werde von der Krankenkasse noch nicht mal mehr die BH-Spezialanfertigung bezahlt bekommen. Aber ich könnte dann in der Volkshochschule einen Nähkurs besuchen und mir meine Büstenhalter selbst nähen. Ich vermisse Roland. Ich will nach Helgoland. Ich war noch nie auf Helgoland. Ich will weg aus Berlin. Roland soll sich Urlaub nehmen und mit mir nach Helgoland fahren. Sofort.
Aber jetzt müssen wir erst mal zu diesem Arzt reingehen. Eine Sprechstundenhilfe, die überall geliftet ist, wo man nur geliftet sein kann (ich wette, sie ist auch an den Zehen geliftet), bittet uns herein. Ihre aufgespritzten Lippen kann sie kaum öffnen. Mit Mühe und Not passt ein Strohhalm dazwischen.
Das Sprechzimmer hat ähnliche Dimensionen wie das des Arztes, bei dem ich mit Richard war. Der Doktor, dessen Namen ich zum Glück schon wieder vergessen habe, fackelt auch nicht lange: »Machen Sie sich doch bitte erst mal frei«, sagt er freundlich. »Dann schauen wir uns mal an, was wir für Sie tun können.«

Meine entblößten Brüste werden von Daphne und Rebecca mit erstaunten Lauten kommentiert.
»Da passt ja noch jede Menge rein«, ruft der Arzt euphorisch und malt mit einem Filzstift auf meiner linken Brust herum. »Ich würde sagen, hmmm ...«, er kratzt sich am Kopf, »so ungefähr siebenhundert Gramm auf jeder Seite. Das ist von den Proportionen her wunderbar.«
Siebenhundert Gramm? Da nehme ich ja auf einen Schlag fast eineinhalb Kilo zu!

»Wir nehmen Gelpads. Die haben sich bewährt. Die hat auch Pamela Anderson. Und Demi Moore hat auch zu Gelpads gewechselt. Hahaha! Aber ihre Ehe mit dem Bruce ist trotzdem kaputtgegangen! Hahaha!« Er beugt sich verschwörerisch zu uns: »Ich habe sieben Jahre in Hollywood praktiziert. Ich habe schon so viele Frauen und Männer verschönert, dass ich es gar nicht mehr zählen kann!« Wie um uns beweisen zu wollen, dass er tatsächlich sieben Jahre in Hollywood praktiziert hat, verfällt er in einen breiten amerikanischen Slang. »Oh my god, das warrren Zzzeiiiiten«, schwelgt er. »Bei die Joan und bei die Cindy hab ig das sou klasse hingekriagt, dass es keinem Mänsch aufgefalllllen is!« Meint er Joan Crawford oder Joan Collins? Meint er Cindy Crawford oder die Cindy von Cindy & Bert? Erzählt er, wenn er mit mir fertig ist, auch jedem, dass »bei die Carou Schatz es swar schwierisch woar, aber dog geklappppt hat bei die sechste Vesuach«?
»Ich würde trotzdem gern über die Risiken aufgeklärt werden«, traue ich mich mit ausgetrocknetem Mund zu sagen.
Der Doktor lacht laut auf, und Daphne und Rebecca lachen aus Solidarität mit. »Bei mia ist nog nie was schiiiiefgegang«, sagt der Doktor und lässt meine Brust los, die wegen der Schwerkraft rasch nach unten plumpst und irgendwo hängen bleibt. »Machen Sie sisch keine Sorgän über die Risiken. Swei kleine Schnit-

te, und alles wiad gut! Die Männer werden in Scharen hinter Ihnen här seiiiin!«

Habe ich jemals gesagt, dass Männer in Scharen hinter mir her sein sollen? Nein. Aber es hat mich auch keiner gefragt. Daphne und Rebecca beschließen, dass die OP in drei Wochen stattfinden soll. Man nimmt mich nicht mehr wahr. Der Doktor beteuert, dass er mir unmöglich früher einen Termin geben kann, weil ja die Uschi Glassss und die Wäronnicka Ferräs aug schoan soa lang warten. Ich frage mich nur, was bei die Uschi gemagt werden soll. Wo soll man da überhaupt anfangen? Sie könnte, ohne sich zu schminken, die Rolle des »Lederstrumpf« übernehmen. Außerdem hasse ich den Namen Uschi. Gebeugt wie ein Kastanienmännchen, dem man zu viele Streichhölzer auf den Rucksack gestapelt hat, tapere ich hinter Daphne und Rebecca aus der Praxis.

Ich fahre nicht mit den beiden zurück zu Strawberry, sondern beschließe, allein in ein Café zu gehen. Ich hasse es zwar, allein in Cafés oder Kneipen zu gehen, weil dann alle Leute denken, dass ich keine Freunde habe und nirgendwo Anschluss finde, aber da ich ja beschlossen habe, nicht mehr zu denken, ist das jetzt auch egal.

Bei einem Milchkaffee wird mir einiges klar:

1. Ich bin durcheinander.
2. Ich bin sehr durcheinander.
3. Ich vermisse Watzelborn, meine Freunde und meine Kollegen von easy-Radio.
4. Ich vermisse Watzelborn, meine Freunde und meine Kollegen von easy-Radio so sehr, dass es nicht zum Aushalten ist.
5. Ich muss weinen.

6. Ich muss schrecklich weinen.
7. Ich möchte Marius umbringen.
8. Ich möchte Marius doch nicht umbringen, weil ich nicht weiß, was ich dann der Polizei sagen soll.
9. Ich möchte Marius doch umbringen, weil ich der Polizei einfach sagen werde, dass ich nicht die Mörderin bin.
10. Ich muss doch nicht weinen, weil ich kein Papiertaschentuch zur Hand habe und ich ungern in Servietten schneuze.

11. Ich möchte zu Roland, von ihm in den Arm genommen werden und an seinem T-Shirt riechen.
12. Ich möchte mit Roland nach Helgoland fahren und einfach nur aufs Meer schauen und endlich diese Lange Anna sehen.
13. Ich will keine Samstagabendshow moderieren.
14. Ich will nach Hamburg ziehen.
15. Ich möchte ein geordnetes Leben führen und nicht dauernd so eine Hektik haben.
16. Ich will keine Brustvergrößerung.
17. Ich will wieder Caro sein.
18. Ich will zahlen und dann Roland anrufen.

»Ist doch überhaupt kein Problem, Caro«, sagt Roland am Telefon. »Klar kann ich mir Urlaub nehmen. Komm einfach her, du musst dir sowieso die Wohnung anschauen. Sag niemandem, wo du bist, und setz dich in den Zug. Ich hole dich vom Bahnhof ab. Ich zeig dir die Insel, ich hab ja sechzehn Jahre da gewohnt!«
Herrlich, herrlich, herrlich.
Der guten Ordnung halber sage ich doch bei Strawberry Bescheid. Sylvester rastet komplett aus. »Carolin, wir haben einen

Vertrag, und diesen Vertrag kannst du nicht einfach ignorieren. Wofür gibt es denn Verträge? Es gibt Verträge, damit man sich vertraglich absichert, und du möchtest jetzt trotz Vertrag nach Helgoland? Wo bitte steht in unserem Vertrag, dass du einfach so zweimal kurz hintereinander verschwindest?«

»Moment mal«, zische ich. »Über diese Sex-Talkshow haben wir noch gar keinen Vertrag!«

»Aber einen Vorvertrag«, Sylvester wedelt mit mehreren Blättern Papier vor mir herum. »Ich finde es schon schlimm genug, dass du nach Hamburg ziehst. Ich habe meine Mitarbeiter gern in unmittelbarer Nähe. Wir zahlen dir ein wunderbares Hotel, weißt du eigentlich, was das kostet, das Hotel? Das sind enorme Kosten, schließlich ist das eine Suite, und das Frühstück kostet auch jeden Tag extra. Diese Kosten müssen sich rechnen für uns! Du bist meine Entdeckung, Carolin! Und du verdienst wirklich nicht schlecht.«

»Das habe ich auch nie behauptet«, sage ich müde. »Aber es war alles ein bisschen zu viel in letzter Zeit. Ich kann gar nicht mehr klar denken!«

»Man könnte meinen, du seist bereits in den Wechseljahren«, kommentiert Sylvester meine Einwände. »Lass dich doch mal untersuchen und dir Hormone verschreiben, bei Angela hat das auch wunderbar geholfen. Alle Depressionen waren auf einen Schlag weg. Und jetzt ist sie der ausgeglichenste Mensch der Welt! Sie ist so was von ausgeglichen, okay, ich biete ihr auch genug Ausgleich, aber ihre Ausgeglichenheit ist mit Gold nicht aufzuwiegen. Ich lasse dir einen Termin bei ihrem Arzt …«

»Nein!« Jetzt reicht's. »Ich fahre nach Helgoland. Punkt. Ich fahre für eine Woche nach Helgoland, ob ihr das wollt oder nicht. Danach können wir wieder über unseren Vertrag sprechen. Und ich verspreche dir, dass ich auf Helgoland den nötigen Ausgleich finden werde.«

Sylvester trommelt mit den Fingerspitzen auf seinem Mahagonischreibtisch herum und ist trotzig. »Nun gut«, sagt er schließlich. »Eine Woche. Aber dann geht es hier richtig los und zur Sache!«
Ich nicke, obwohl ich eigentlich den Kopf schütteln möchte.

Im Adlon angekommen, frage ich nach Post. Ein Brief von Gero, ein Brief von Mausi und sogar ein Brief von Pitbull. Huch. Und ein Brief ohne Absender. Jemand hat sich mit einem Füllfederhalter beim Schreiben der Adresse unglaublich viel Mühe gegeben. Es sieht fast aus wie gedruckt. Diesen Brief öffne ich zuerst.

WIR TRAUEN UNS!
URSULA LINDMANN & MARIUS WALDENHAGEN
FREUEN SICH, DICH ZU IHRER HOCHZEIT
AM SOUNDSOVIELTEN EINZULADEN!
KIRCHLICHE TRAUUNG DA UND DA UND
DANACH WIRD DA UND DA GEFEIERT!
U.A.W.G. BIS BLABLABLA!

Ich habe bis eben nicht gewusst, wie sich ein wirklicher Schock anfühlt. Jetzt weiß ich es. Mir ist eiskalt, ich kann mich nicht bewegen und habe das Gefühl, eine Leiche zu sein, die schon mit Formaldehyd durchgespült wurde, bevor Studenten an ihr Forschungen vornehmen. Ich spüre förmlich das Skalpell, das mein Herz untersucht. Und gerade eben wird meine Schädeldecke mit einer Kreissäge halbiert. Weil die Studenten der Annahme sind, ich sei verrückt gewesen, wird nämlich gleich mein Gehirn bzw. das, was von ihm übrig ist, in einen Blechnapf geworfen und vielleicht als Tischtennisball benutzt, wenn sie mit mir fertig sind.

Das kann doch nicht wahr sein! Marius, der immer gesagt hat, wenn er mal jemanden heiratet, dann mich! Der Marius, der gesagt hat, dass das Schönste an unserer Hochzeit sein wird, dass er mich in meinem elfenbeinfarbenen Brautkleid über die Schwelle trägt.
Und jetzt heiratet Marius diese Uschi. Obwohl er sie erst seit so kurzer Zeit kennt. Was hat Uschi bloß getan, damit Marius ihr einen Antrag gemacht hat? Hat sie seine Socken gebügelt? Lernt sie auswendig, wo was im Sonderangebot ist, oder hat sie eine neue Putzart für verschimmelte Duschkabinen erfunden? Vielleicht ist sie auch einfach gut im Bett. Aber das bin ich doch auch. Hat Marius jedenfalls immer gesagt. ER war immer so schnell fertig.
Ich bin eine Frau, die ein Mann nicht heiraten will. Das ist einfach so.

Im Hotelzimmer packe ich meine Sachen und rufe mir ein Taxi.
Ich bin noch nicht mal wütend. Ich komme mir vor wie sitzen gelassen. Aber ich stelle auch fest, dass ich noch nicht über Marius hinweg bin. Sonst würde mir das alles nicht so viel ausmachen. Andererseits freue ich mich schrecklich auf Roland. Er ist so ganz anders als Marius. Ich bin schrecklich verliebt in Roland. Aber ich habe auch schreckliche Angst, dass ich mir das alles nur einbilde. Auf keinen Fall will ich Roland nur dazu benutzen, um über Marius hinwegzukommen. Insofern ist es ganz gut, dass wir jetzt wieder eine Woche zusammen sind. Und ich werde nach Hamburg ziehen. Ich bin sehr aufgeregt wegen der Zukunft. Alles wird gut, alles hat einen Sinn und kommt so, wie es kommen muss. Hat meine Oma immer gesagt, und die hatte meistens Recht, wie wir wissen.

Ich bin so froh, als ich in Hamburg ankomme. Wir fahren sofort zu der Wohnung. Also wirklich, dass es so was überhaupt gibt! Ich bin fassungslos. Roland ist ganz aufgeregt: »Ich hatte solche Angst, dass sie dir nicht gefällt, aber ich war mir auch sicher, dass wir beide denselben Geschmack haben! Schau hier, ist das nicht toll?« Er zeigt mir die Abstellkammer, die vor hundert Jahren mal als Mädchenzimmer gedient haben muss. Über der Tür ist ein Hochbett eingebaut. Und in der einen Toilette gibt es tatsächlich noch einen alten Spülzug. Eine Messingtafel an der Wand verrät den Hersteller: *Gebr. Mortensen, Hamburg.* Aber das Tollste sind die vorderen Räume: Drei ineinander übergehende Zimmer, jeweils durch Schiebetüren getrennt, die zur Hälfte aus wunderschönem Milchglas bestehen. Überall Parkettboden. Doppelte Sprossenfenster.

»Hier im mittleren Raum können wir ein Schiffsmodell hinstellen. Das kaufen wir in der Bretagne. Da haben sie die schönsten. Ich möchte zu gern mit dir in die Bretagne fahren. Frankreich ist herrlich! Ich zeige dir alles!« Roland ist schon rot im Gesicht. »Und nach Schottland fahren wir auch zusammen und nach Schweden und überall hin!« Ist das schön, bei ihm zu sein. »Du siehst bedrückt aus, Caro, was ist denn?«, fragt er und streichelt mir übers Haar. Das ist zu viel für mich. Ich muss tatsächlich anfangen zu weinen. Alles sprudelt heraus. Roland ist ein wunderbarer Tröster. Allein der Satz »Das kriegen wir schon alles hin«, hat etwas unglaublich Beruhigendes. Ich fühle mich wie ein kleines Kind, das seine Sorgen abgeben kann. Roland wird's schon richten.

Wir fahren dann mit Rolands Auto nach Büsum. Von dort aus geht die Fähre nach Helgoland. Die Fahrt dauert zweieinhalb Stunden, und man kann nach kurzer Zeit die Insel schon sehen. »Im Winter ist es auf Helgoland manchmal richtig unheimlich«,

erzählt Roland. »Das Nebelhorn tutet, und dann immer der Strahl vom Leuchtturm. Die ganze Nacht. Da bekommen viele Insulaner Depressionen. Viele haben sich auch vom Oberland aus von den Klippen gestürzt. Das war nicht so toll. Aber ansonsten ist es herrlich!«
Roland hat ein Apartment im Haus »Rungholt« für uns gebucht. Dann gehen wir sofort aufs Oberland, weil ich ja die Lange Anna sehen möchte. Roland läuft vor mir her und erklärt alles: »Die Lange Anna ist ein abgesonderter Inselteil. Helgoland verfällt nämlich immer mehr. Das hat was mit dem Meer zu tun, logischerweise. Es fallen immer wieder Brocken ab und ins Wasser. Man versucht alles Mögliche, um das zu verhindern, aber es gelingt leider nicht immer.«
Die Lange Anna ragt trutzig aus der Nordsee empor. Rot und behäbig steht sie da, als könne ihr nie etwas passieren. Am liebsten würde ich mich oben auf die Lange Anna legen und ganz lange schlafen, um den doofen Schlamassel zu vergessen.
»Und hier«, Roland deutet unter sich. »Hier sind die ganzen Selbstmörder runtergesprungen. Entsetzlich, oder?«
Huuuh. Das ist wirklich entsetzlich. Ich konnte noch nie verstehen, dass Menschen, wenn sie sich schon für den Freitod entschieden haben, ausgerechnet irgendwo runterspringen müssen oder sich Steine in Jackentaschen stopfen, um bei Niedrigwasser auf die Flut zu warten. Furchtbar. Da gibt es doch wahrhaftig einfachere Methoden. Ängstlich beuge ich mich über das Geländer nach vorn. Allmächtiger, geht das tief runter.
»Neeeiiiin!«, kreischt es so laut neben mir, dass ich fast einen Hörsturz bekomme. »Sie sind doch die Frau Schatz aus ›Anders, aber klar!‹« Eine Frau mit hochrotem Kopf steht neben mir. Sie wiegt ungefähr sechshundert Kilo und kommt immer näher. Ich weiche zurück.
Drei Minuten später. Ich hänge an einer ungefähr fünfzig Meter

hohen Felswand, an der Leute schon freiwillig runtergesprungen sind. Ich brülle wie am Spieß und halte mich am Henkel der braunen Umhängetasche eines weiblichen, übergewichtigen Fans fest und weiß nicht, wie lange der Henkel halten wird. Über mir fliegen aufgeregte Trottellummen mit ohrenbetäubendem Gekreisch. Ein Stück weiter oben kreischen aufgeregte Menschen. Eine Sekunde später reißt der Henkel der Tasche und ich sause wie ein Stein in die Tiefe. Ich schließe mit meinem Leben ab.

19

Ich glaube es einfach nicht. Seit zwei Stunden hocke ich auf diesem Trottellummenfelsen, an dem ich glücklicherweise hängen geblieben bin, und über mir wird immer noch beratschlagt, wie man mich »bergen« kann. Davon mal ganz abgesehen, dass ich nicht weiß, wie lange dieser Felsen meinem Gewicht noch standhalten wird, habe ich Hunger, Durst und muss aufs Klo. Am allernervigsten allerdings ist eine Trottellummen-Mutter mit ihren Kindern, die nach Hause möchte, das aber nicht kann, weil ich die Hausbesetzerin bin. Von oben im Sekundentakt Rolands Stimme: »Wir holen dich da runter, Caro, halte aus!« Was sollte ich denn sonst tun? Einen Kaffee trinken gehen? Ich habe noch nicht mal ein Rätselheft dabei.
Über mir bröckeln Steine.
Als ich hochblicke, sehe ich Roland mit schweißnassem Gesicht in einem Klettergurt hängen. Einen zweiten Klettergurt hält er in der Hand. »Zieh ihn vorsichtig an und klink dich dann bei mir ein. Ich traue mich nicht auf den Felsen zu steigen, er könnte runterkrachen«, ruft er. Wir werden dann gemeinsam hochgezogen und dabei von aufgeregten Touristen und einem Mitarbeiter des Helgoländer Anzeigers gefilmt und fotografiert. Ich habe Abenteuerurlaube schon immer gehasst. Jetzt weiß ich auch, warum.

Abends essen wir Knieper. Das sind die Scheren von Taschenkrebsen. Ich bin fix und fertig und traue mich nicht richtig zu essen, weil ich Angst habe, aus Versehen eine ganze Schere herunterzuschlucken und das nächste Malheur zu verursachen, diesmal Atemnot im Restaurant mit eventuellem Erstickungstod im Anschluss.

Wir reden lange über unsere Zukunft und ich erzähle Roland alles aus Watzelborn. Auch von dem Streit mit Pitbull und Gero, von der Trennung von Marius und überhaupt alles. »Findest du, dass ich mich verändert habe?«, frage ich Roland.
»Das ist schon möglich«, meint er. »Man merkt das ja selbst oft nicht. Aber ich finde es nicht gut von deinen Freunden, dass sie dir gleich das Messer an die Kehle gesetzt haben. Jeder Mensch hat doch erst mal das Recht, sich zu verteidigen, und man muss jemandem auch die Chance geben, sein Verhalten zu ändern. Ich finde, dass sie überreagieren. Vielleicht sind sie auch einfach nur neidisch.«

Das glaube ich nicht. Pitbull ist Neid fremd, der hat schon zu viel mitgemacht. Und Gero? Neid? Nein. Gero gönnt jedem alles. Gero würde jederzeit sein letztes Hemd hergeben. Gero würde sofort einen Barscheck ausstellen, wenn eine Spielsüchtige vor ihm stünde und flennend riefe: »Bitte, nur noch eine Runde!«
Ich weiß nicht, was ich falsch gemacht habe.
»Was ich allerdings wirklich nicht verstehe, ist, warum dein Ex jetzt gleich heiraten muss«, überlegt Roland. »Das ist ja eine richtige Rachehandlung!«
»Oder Torschlusspanik«, werfe ich ein. »Vielleicht hat er gedacht, wenn er es jetzt nicht tut, kriegt er nie wieder mehr eine ab. Du müsstest diese Uschi mal sehen. Furchtbar.«
»Dann sei doch froh«, meint Roland. »Stell dir vor, wenn du ihn geheiratet hättest und erst danach sein wahres Gesicht erkannt hättest. Das wäre doch auch nicht das Gelbe vom Ei gewesen.«
Da hat er auch wieder Recht. Vor meinem inneren Auge sehe ich mich schon verheiratet mit Marius gramgebeugt Kartoffeln schälen, um mir dann anzuhören, dass es nicht gut ist, Kartoffeln zu schälen, weil die meisten Vitamine ja in der Schale stecken. Neben uns unterhalten sich zwei Ehepaare Ende fünfzig über ihren Urlaub. Dass solche Gespräche immer gleich ablaufen müssen.

1. Da haben wir ja Glück mit dem Wetter gehabt.
2. Das Essen ist wirklich gut. Aber man will ja für sein Geld auch was geboten bekommen!
3. Letztes Jahr war es noch nicht so teuer!
4. Das Wasser ist herrlich. Wenn man erst mal drin ist, ist es richtig angenehm!
5. Sie sind aber schon ganz schön braun geworden!
6. Wir sind jetzt zwei Wochen da. Herrlich – aber zu Hause ist es doch immer noch am schönsten!
7. Die Einheimischen sind aber wirklich freundlich.
8. Geben Sie uns doch mal Ihre Adresse! Wenn wir in der Nähe von Bad Nauheim sind, kommen wir mal auf einen Kaffee vorbei.

Ja, ja, und im Landesinneren hat Mallorca wirklich schöne Seiten. So wäre ich mit Marius wahrscheinlich auch irgendwann geworden.
Nach dem Essen gehen wir nochmal ans Wasser. Verlaufen kann man sich auf Helgoland wirklich nicht, die ganze Insel ist nur einen Quadratkilometer groß.
Nach einer Minute hören wir ohrenbetäubenden Lärm. Ich habe die Befürchtung, dass Piraten an Land stürmen, um die Insel einzunehmen, aber der Lärm kommt aus der Kurmuschel. Ein Barde im schwarzen Anzug hält ein Mikrophon in der Hand und brüllt unverständliche Laute hinein. Das Ganze in einer Lautstärke, als ob der Barde eben erst entdeckt hätte, dass er eine Stimme hat. Würde jetzt noch eine Krankenschwester hinter ihm stehen, könnte man annehmen, er sei soeben auf die Welt gekommen und hätte von ihr den ersten Klaps auf den Po gekriegt. Der Schweiß läuft ihm in Strömen übers Gesicht, während er sich im Kreis dreht und die Hüften schwingt. Einige Sekunden später höre ich aus seinem Gebrüll heraus, dass er

verzweifelt versucht, ein Lied der Beatles zu singen. Was mich gar nicht wundert ist die Tatsache, dass niemand vor der Kurmuschel auf Bänken sitzt und ihm zuhört. Er brüllt einsam und allein »We all live in a yellow submarine« in das zerrende Mikrophon, um dann »Und jetzt alle!« zu kreischen.
Roland ist außer sich. »Dieses Arschloch zerstört die ganze Abendstimmung«, blökt er herum. »Da darf man hier nicht Rad fahren und Ball spielen, aber dann kommt so ein Schwachmat und sprengt einem den Gehörgang. Halt die Klappe!«, brüllt er in die Richtung der Kurmuschel, was den Barden nicht weiter stört. Er deutet Rolands Gebrüll fälschlicherweise als Anfeuerungsrufe und dreht nun völlig durch. Ein neuer Playback-Titel läuft an, zu dem der Barde lauthals mitkrakeelt: »Wir haben Hunger Hunger Hunger, haben Hunger Hunger Hunger, haben Hunger Hunger Hunger, haben Durst! Wiiiir wollen essen essen essen, wollen essen essen essen, wollen essen essen essen, wollen essen! Und jetzt alle!«

Roland ist rot im Gesicht. Ich bekomme schreckliche Angst. Was ist denn los mit ihm? So aggressive Menschen mag ich gar nicht leiden.
»Wenn dieser Vollidiot jetzt nicht sofort die Schnauze hält, schneide ich die Kabel von dieser Scheiß-Anlage durch!« Er bewegt sich mit drohender Haltung in Richtung Kurmuschel. Gleich wird es ein Scharmützel geben.
Der Barde ist mittlerweile bei Wolfgang Petrys »Hölle Hölle Hölle« angelangt, und ein Ende ist nicht in Sicht. Im nächsten Augenblick ist Ruhe im Karton. Der Barde singt noch eine Sekunde solo weiter und verstummt dann. Roland kommt grinsend hinter der Kurmuschel hervor. Er hat tatsächlich die Kabel durchgeschnitten oder aus der Dose gezerrt oder sonst was.
Zwei Sekunden später bricht das Chaos aus. Der Barde erkennt Roland als den Übeltäter und springt direkt aus der Muschel auf

seinen Rücken. Von irgendwoher kommen Touristen und versuchen, den Barden von Rolands Rücken zu ziehen, an dem er sich wie ein Affe festgeklammert hat. Ich schreie nur »Hilfe, Hilfe! So tut doch jemand was!«, und eine Frau ruft: »Vorsicht, die Kinder!« Roland strauchelt mit dem Affen über die am Boden liegenden Kabel und rennt Richtung Wasser. Ich renne hinterher. Während Roland mit dem Affen auf dem Rücken in die Nordsee springt, ruft der: »Neiiin! Ich kann nicht schwimmen!« Nachdem der Barde mit einer Leine und einer Rettungsweste zurück auf die Insel gezogen wird, kündigt er seinen Vertrag mit der Kurverwaltung fristlos und verkündet, am nächsten Tag sofort abzureisen, um Roland daraufhin zu verklagen. Der grinst nur. »Genauso wollte ich es haben. Ist die Ruhe hier nicht göttlich, Caro?«
Eines weiß ich sicher: Langweilig wird es mir mit Roland Dunkel nicht werden. Obwohl ich mir langsam nicht mehr sicher bin, ob ich mit einem Menschen zusammen sein will, der bei der kleinsten Kleinigkeit ausflippt, handgreiflich wird und dabei auch noch so rot im Gesicht.

Wir bestellen uns Weißwein. Nach acht Weißwein kann ich sogar darüber nachdenken, was passiert, wenn das mit Roland und mir nicht klappt. So ein Single-Dasein ist bestimmt auch lustig. Ich könnte auch so tun, als sei ich gar kein Single, und mir eine männliche Schaufensterpuppe kaufen. Die würde ich dann Siegfried, Moritz oder Ismail nennen, je nach Stimmung, und ihr nette Sachen anziehen. Ismail ist ein guter Name. Wenn ich abends nach Hause komme, sage ich »Hallo Liebling« und bilde mir ein, eine Antwort zu bekommen. Ismail wird mir nie Widerworte geben, sondern mich immer nur mit leerem Blick anstarren. Ich sehe mich schon mit Ismail am Esstisch sitzen und Spaghetti Bolognese essen. Weil Ismail ja eine Schaufensterpuppe ist, kann man die Essensreste an seinem Plastikmund leicht entfernen. Ein herrliches Leben wäre das mit Ismail. Ich glaube, ich bin nicht mehr ganz dicht. Wenn das so weitergeht, mutiere ich zu Norman Bates und nenne Ismail »Mutter«. Aber erst, nachdem ich Ismail eine graue Perücke mit Dutt gekauft habe. Sicher werden sich irgendwann Flöhe oder Milben in der Perücke festsetzen. Ich glaube, langsam aber sicher drehe ich völlig durch. Außerdem bin ich betrunken. »Wollen wir nicht zur Hochzeit von Marius und Uschi gehen?«, lalle ich sturzbetrunken.

Roland ist nicht weniger betrunken als ich und sabbert: »Klllarr. Warrrum'n nich?«

Wir schlafen kurze Zeit später auf dem Tisch der Kneipe ein. Unsere Köpfe liegen dicht nebeneinander.

Am nächsten Morgen sind wir beide total gerädert. Ein Kellner hatte uns mit Gewalt wachgerüttelt; wir waren ins Apartment getorkelt und auf dem Boden eingeschlafen. Ich wache auf, weil das Telefon im Zimmer mit einer Lautstärke klingelt, als sei auf Helgoland Fliegeralarm. Mühsam schleppe ich mich hin. Meine Augen brennen wie Hölle, weil ich natürlich meine Kontaktlinsen nicht rausgemacht habe. Es ist Sylvester aus Berlin.

»Carolin! Am nächsten Montag zeichnen wir den Piloten mit echten Kandidaten auf. Du MUSST nach Berlin kommen, komme da, was wolle. Es sind ganz klasse Kandidaten, und wir werden Daphne und Rebecca und die beiden Jungs voll zum Einsatz bringen! Frau Schneider hat dir schon einen Flug gebucht! Also, dass das klar ist, du kommst am Montag um 12 Uhr hierher, und wenn du nicht kommst, lasse ich dich abholen!«

»Ich komme ja, Sylvester«, krächze ich in den Hörer. Oh, oh, wie soll das nur alles gehen. Ich muss ja auch noch den Umzug nach

Hamburg organisieren. Wann soll das denn alles über die Bühne gehen? Wo sind überhaupt meine Möbel?
Es ist schon so schlimm mit mir geworden, dass ich tatsächlich nicht mehr weiß, wo sich meine Möbel befinden.

Als ich auflege, klingelt das Telefon wieder. Es ist ein Mitarbeiter der Kurverwaltung, der in den Hörer schreit, dass das ja wohl gestern eine Frechheit gewesen sei, was mein Lebensgefährte sich da an der Kurmuschel mit dem armen Herrn Fett geleistet habe. Herr Fett sei mit den Nerven am Ende und ein emotionales Wrack. Herr Fett wird Klage erheben, o ja, das wird er tun, der Herr Fett. Und er, der Herr Bommel aus der Kurverwaltung, gibt dem Herrn Fett Recht. Das gehe doch nicht, dass jemand einfach einen Saisonmitarbeiter huckepack nimmt und mit ihm in die Nordsee springt. Wo der Herr Fett doch a) nicht schwimmen kann, b) sich den linken Hodensack beim Aufprall auf das Wasser gequetscht hat und c) annimmt, dass Schäden psychischer Art bei ihm zurückbleiben werden. Herr Bommel aus der Kurverwaltung redet sich in Rage. »Unverzüglich kommt Herr Dunkel zu uns ins Büro«, schreit er mich an. »Wir werden ein Protokoll aufnehmen, und dann wird das Ganze der Polizei übergeben!«
Ich lege einfach auf. Mein Kopf dröhnt, ich habe einen solchen Kater, dass ich das Gefühl habe, nie wieder normal denken und handeln zu können.
Roland wird wach und fragt, wer denn da am Telefon gewesen sei. Auf meine Antwort, dass die Kurverwaltung Klage erheben möchte, grummelt er lediglich: »Die können sich gehackt legen«, und schläft weiter.
Mein Steißbein tut immer noch vom Aufprall auf den Felsen weh, und ich fühle mich, als sei ich von vier Pferden, die dafür haben sorgen sollen, dass ich gevierteilt werde, in doppelte Län-

ge gezogen worden. Die Pferde waren nämlich zu schwach, um mich auseinander zu reißen. Lediglich meine Knochen haben sie mir alle gebrochen.
Roland geht natürlich nicht in die Kurverwaltung, nachdem er endlich aufgestanden ist. »Wenn die was von mir wollen, sollen die zu mir kommen«, sagt er böse. »Seit wann kommt der Knochen zum Hund?«

Die nächsten Tage verbringen wir relativ ruhig. Es ist unglaublich, wie wohl ich mich in Rolands Nähe fühle. Er ist wieder völlig ausgeglichen. Wir können sogar zusammen schweigen. Das ist mir noch nie passiert. Sonst habe ich immer das Bedürfnis, ununterbrochen zu reden.
Trotzdem bin ich sehr böse, dass Marius und Uschi einfach so heiraten. Nach so kurzer Zeit. Und dann noch die Dreistigkeit zu haben, MICH einzuladen. Also wirklich. Das ist pietätlos.
Roland sieht das alles ganz gelassen: »Ihr habt einfach nicht zusammengepasst«, sagt er beschwichtigend. »Stell dir vor, ihr hättet geheiratet, und in der Hochzeitsnacht hätte sich herausgestellt, dass er sich die ganze Zeit verstellt hätte. Eine Bekannte von mir hat eine Woche nach der Hochzeit herausgefunden, dass ihr Mann hochgradig pervers ist. Er hat beim Sex plötzlich gerufen: ›Gib mir Tiernamen, aber böse!‹«
Das verstehe ich nicht. »Was sind denn böse Tiernamen?«, frage ich.
»Keine Ahnung«, Roland überlegt. »Vielleicht Erdhörnchen oder Alligator. Obwohl das auch nicht wirklich böse Tiernamen sind.«
Ich überlege krampfhaft, was böse Tiernamen sind, aber mir fällt nichts dazu ein. Na ja, bin ich wenigstens abgelenkt.

Die Zeit vergeht wie im Flug, und schon ist die Woche vorbei. Mir graut vor Berlin und vor den Aufzeichnungen und vor

Daphne und Sylvester und Felix und überhaupt. Aber ein Vertrag ist nun mal ein Vertrag, und der will erfüllt werden, also packen wir unsere Sachen und besteigen Sonntag den Katamaran, der uns beide zurück nach Hamburg bringt.
Ich muss dann weiter nach Berlin. Der Abschied ist wie immer schrecklich. Aber zum Glück bin ich ja am nächsten Wochenende wieder in Hamburg.
»Ich liebe dich«, sagt Roland zu mir und umarmt mich. »Vergiss das nicht! Ich will für immer mit dir zusammen sein!«
»Ich auch mit dir«, erwidere ich und meine es völlig ernst.
Noch nie in meinem ganzen Leben habe ich etwas ernster gemeint.
Roland geht, bevor der Zug aus dem Hauptbahnhof fährt. Diese Szenen finde ich immer furchtbar, wenn zwei Leute sich am Bahnhof trennen müssen. Die Frau fängt grundsätzlich an zu weinen, und wenn die Stimme aus dem Lautsprecher dann ruft: »Auf Gleis 3 fährt ein der ICE 671 aus Brüssel zur Weiterfahrt nach München«, klammern sich diese Menschen immer aneinander, als sollten sie für immer getrennt werden. Entsetzlich. Ich kann so was gar nicht ertragen. Aber am Allerschlimmsten sind die aneinander gereihten dramatischen Szenen in den Werbefilmen von »Merci«:

Du bist der hellste Punkt an meinem Horizont!
Du bist der Farbenklecks in meinem »Grau-in-Grau!«
Du bist das Hänschenklein in meinem Kinderlied!
Merci, dass es dich gibt!

(Frau und Mann rennen an einem Strand entlang und spielen Fangen. Dann erwischt er sie, und sie küssen sich in der untergehenden Sonne.)

Du bist das Rettungsboot auf meinem Ozean!
Du bist der Wirbelsturm in meinem Wasserglas!
Du bist in meiner Winterzeit der Sonnenstrahl!
Merci, dass es dich gibt!

(Familie sitzt im Garten vor einem Fachwerkhaus unter einer Ulme, weil die Großmutter ihren 75. Geburtstag feiert. Plötzlich steht ein Mann Mitte dreißig mit einem Seesack auf dem Rasen. Es stellt sich heraus, dass er lange Jahre zur See gefahren ist und keiner wusste, ob und wann er wiederkommt.)

Du bist die Wasserflut für meinen Wüstensand!
Du bist der Fels, der in meiner Brandung steht!
Du bist in meinem Lieblingslied die Melodie!
Merci, dass es dich gibt!

(Das ist die Bahnhofs-Szene. Es regnet, und er oder sie muss wegfahren. Ich glaube, sie. Jedenfalls hält der Mann ihr noch eine Packung Merci an die Scheibe, und sie malt auf der von innen beschlagenen Scheibe mit dem Finger ein Herz.)

Die Macher dieser Werbefilme müssen während der Entstehungsphase kurz vor dem Suizid stehen. Ich zwinge mich, nicht an meine Freunde in Watzelborn zu denken.
Im Adlon angekommen, nehme ich ein Bad. Dann rufe ich mit Rufnummernunterdrückung bei Marius zu Hause an. Uschi geht ans Telefon und ruft fröhlich: »Hallo-ho!« Ich lege natürlich auf. Was sie wohl gerade machen? Es ist 17 Uhr. Bestimmt hat Uschi Tee gekocht und eine Duftkerze angezündet, und sie und Marius schauen sich eine Dokumentation über Diane Fossey und ihre Gorillas im Nebel an. Oder sie schmieden ihre komischen Hochzeitspläne. Wer wo sitzt und ob man Tante Trude

einladen muss, obwohl man sie fünfzehn Jahre nicht gesehen hat.
Ich telefoniere später noch mit Roland und gehe relativ früh schlafen.

Am nächsten Morgen stehe ich Punkt neun bei Strawberry auf der Matte. Alle sind schon da, und es herrscht das übliche Chaos.
Die Lockvögel sind schon unterwegs, und ich muss mich nun erst mal mit den Auftraggebern auseinander setzen, was sich als äußerst schwierig erweist, da sie unglaublich nervös sind.
Auftraggeber eins ist eine Frau Anfang fünfzig mit grauen Haaren und einer Wasserwelle. Sie heißt Gertrud. Ihre goldene, viel zu kleine Armbanduhr sitzt so eng am Handgelenk, dass ich die Befürchtung habe, dass die Hand nicht mehr durchblutet wird. Ihr Ehemann Horst, der nichts von seinem Glück weiß, ist laut Gertrud ein Hallodri, der jedem Rock hinterherschaut und nichts anbrennen lässt. Beweise hat sie dafür allerdings nicht. Aber: »Seit drei Jahren haben wir nicht mehr zusammen geschlafen«, erzählt sie böse. »Ich kenne doch meinen Horst. Früher sind wir aus dem Bett gar nicht herausgekommen! Und seit drei Jahren Funkstille! Wenn da nichts im Busch ist!«
Auftraggeber zwei: Ein Mann Anfang zwanzig, der seit zwei Jahren eine feste Freundin hat, die aber partout nicht mit ihm zusammenziehen will. Das macht Frederik stutzig. Auch er hat keine Beweise für ein mögliches Fremdgehen von Katharina, aber er vermutet das Schlimmste: »Für sie ist es ein ganz besonderer Kick, wenn wir Rollenspiele machen. Sie möchte zum Beispiel immer, dass ich sie für den Sex bezahle! Ich bin mir sicher, dass sie nebenbei als Hure arbeitet. Deswegen will sie auch nicht mit mir zusammenziehen!«
Das kann ja lustig werden.

Ich gehe in die Maske, und dann geht es auch schon los. Felix und das Team haben sich gründlich vorbereitet, und ich bekomme stapelweise Infos in die Hand gedrückt. Über die Lebensgewohnheiten und den Tagesablauf und und und. Das Kamerateam hat an den Lockvögeln kleine Kameras angebracht.

Schließlich sitze ich mit den beiden aufgeregten Auftraggebern im Fernsehstudio, und Testbilder erscheinen. Daphne und Rebecca sind auf dem Weg zum Ehemann von Gertrud, und ein männlicher Lockvogel, der Stefan heißt, sucht die Straße, in der Katharina wohnt. Alle kommentieren in ein eingebautes Mikrophon ihr Tun.

Stefan, Lockvogel Nummer eins, der im Übrigen ein Bild von einem Mann ist (wie aus einem Men's-Health-Titel entsprungen: dunkelhaarig, dunkle Augen, Waschbrettbauch, den man auch unter dem T-Shirt sieht, und unglaublich erotische Ausstrahlung): »Ja, da vorn ist also die Stettiner Straße, da werde ich bei der Hausnummer 30 gleich mal klingeln. Katharina weiß natürlich nichts von ihrem Glück, ich werde so tun, als sei ich ein Angestellter von den Städtischen Gaswerken, der bei ihr in der Küche die Leitungen überprüfen muss. Natürlich, hahaha, werde ich dann versuchen, sie zu verführen. Hahaha. Vielleicht hat Katharina ja auch Besuch, hihihi, das wird dann ganz lustig, wenn wir sie in flagranti ertappen. Hohoho.«
Verstohlen sehe ich mir den Lebenslauf des zweiten männlichen Lockvogels an, der im Studio auf dem Tisch liegt (der Lebenslauf). Der Gute heißt Heiko, ist blond und eher einfach gestrickt, sieht aber ziemlich gut aus. Außerdem hat Heiko einen Dauerständer, weil er schon zum Frühstück eine Viagrapille schluckt. Die sind besser als Kaffee, steht da eigenhändig von ihm geschrieben. Heiko hat, wenn man ihm Glauben schenken darf, mit seinen 28 Jahren schon über 200 »Bretter« flachgelegt

und »alle sind absolut total auf ihre Kosten gekommen«. Ich weiß ja nicht …
Daphne und Rebecca witzeln ähnlich wie Stefan über ihr Vorhaben. Ich habe ein ungutes Gefühl. Haben die in der Redaktion sich überhaupt mal mit einem Rechtsanwalt über die ganze Sache besprochen? Darf man so mir nichts, dir nichts einfach bei Leuten klingeln und die dann filmen? Was mache ich denn bloß, wenn auf der Leinwand plötzlich ein flotter Dreier mit Daphne, Rebecca und Horst stattfindet? Wie reagiert denn dann Gertrud? Was sage ich denn dann zu Gertrud? Ich bin doch keine Psychologin.

Gertrud und Frederik starren gebannt auf die Leinwand, und ich wünsche mir, dass ich im künstlichen Koma liege und einfach nur schlafen kann. Ernährt von einem Schlauch, durch den Flüssignahrung fließt, sodass ich noch nicht mal mehr kauen muss.
Stefan ist nun in der Stettiner Straße 30 angekommen und grinst mit unglaublichem Charme und dem Wissen, dass er jede Frau rumkriegen kann, in die Kamera:
»Denn mal los, drückt mir die Daumen«, witzelt er und klingelt an der Tür. Furchtbar. Furchtbar. Frederik beugt sich nach vorn, sein Oberkörper wird immer länger.
Eine Frau sagt durch die Sprechanlage »Hallo«, und Stefan erklärt, wer er ist und warum er hier sei. Der Türsummer wird betätigt. Mein Herz rast. Frederik transpiriert, was hundertprozentig nicht nur durch das Scheinwerferlicht kommt.
Man sieht Stefan in den zweiten Stock laufen. Oben angekommen, bleibt er vor einer Tür stehen, die sofort geöffnet wird. Eine Frau mit blonden Haaren steht vor Stefan. Sie trägt einen Morgenmantel. Alles noch verstehbar, es ist schließlich erst 11 Uhr. Andererseits ist es ein gewöhnlicher Montagmorgen,

und laut Frederik arbeitet Katharina als Direktionsassistentin bei einer Bank. Also müsste sie ja eigentlich montags ganz normal zur Arbeit gegangen sein. Ist sie aber nicht. Vielleicht hat sie ja Urlaub. Ich bin verzweifelt. Weil Frederik erzählt hat, dass sie keinen Urlaub hat.
›Bitte, bitte, lass Katharina Stefan wegschicken‹, denke ich inständig. Aber Katharina sagt: »O hallo, kommen Sie doch rein!«
Dadurch, dass die winzige Kamera an Stefan befestigt ist, hat man das Gefühl, selbst durch die Zimmer zu gehen. Katharina läuft vor Stefan her. Sie geht ins Wohnzimmer. Das Wohnzimmer hat eine Verbindungstür zum Schlafzimmer. Diese Verbindungstür steht offen, und ich sehe eine nackte Frau auf dem Bett liegen. Frederiks Atem geht mittlerweile stoßweise. Gleich wird er hyperventilieren, gleich. Seine Fingerknöchel, die sich um die Stuhllehne krallen, sind weiß wie Schnee. Er tut mir unendlich Leid.

Katharina sagt zu Stefan: »Sie sind leider ein bisschen zu früh, ich habe noch Kundschaft. Und hatten wir nicht eigentlich ein anderes Kennwort ausgemacht, wenn Sie klingeln? Ich erinnere mich nicht an Gaswerke oder so etwas.«
Die »Kundschaft« räkelt sich in den Laken.
Ich versetze mich gedanklich in Frederik. Schlimm genug, dass seine Frau es mit anderen Männern für Geld treibt, aber dass sie es auch noch mit anderen Frauen tut – unverschämt! Bestimmt hätte er gern mal zugeschaut!
Das ist alles schlimmer hier als die ganzen Shows, in der bezahlte Kandidaten sich gegenseitig Kuhfladen in die Gesichter werfen oder sich vor laufender Kamera die verfaulten Zähne richten lassen.
Wie dem auch sei, der große Auftritt von Stefan geht weiter. Frederiks Freundin hat mittlerweile die Tür zum Schlafzimmer geschlossen, um mit der Kundin weiterzumachen, und Stefan hebt

das Victory-Zeichen mit Zeige- und Mittelfinger in die Kamera. Frederik neben mir wimmert. Im Hintergrund höre ich Sylvester leise »Großartig, großartig« brummeln. Ich könnte ihn erdrosseln. Endlich öffnet sich die Schlafzimmertür wieder. Frederik neben mir weint. Ich weine auch gleich. Eine Produktionsassistentin steht im Studio hinter einer Kamera und hält ein Pappschild hoch, auf dem steht: ETWAS SAGEN! Aber meine Stimmbänder sind gelähmt, und davon mal ganz abgesehen möchte ich auch gar nichts sagen, denn alles, was ich jetzt sagen könnte, wäre sowieso das Falsche. Tatsache ist, dass hier jemand, und zwar Frederik in diesem Fall, vorgeführt wird. Und zwar so vorgeführt, dass er, sollte das alles jetzt live gewesen sein, sich für immer und komplett zum Deppen gemacht hat. Ich möchte nicht die Verantwortung dafür tragen, dass jemand sein Leben verbaselt, bloß weil Strawberry Entertainment Quote machen muss.
Und ich will mir nicht die Titten vergrößern lassen, nur weil Sylvester, Felix und Schlagmichtot der Meinung sind, dass dann die Quote steigt.
Quote, Quote, Geld, Geld. Kotz. Kotz.

Ich möchte zu easy-Radio zurück. Ich möchte ein geregeltes Leben führen. Ich möchte endlich wieder eine Wohnung haben. Nicht so ein doofes Hotelzimmer, in dem man morgens einen Riesenschreck bekommt, weil ein kolumbianisches Zimmermädchen mit großen braunen Augen im Raum steht und den Staubsauger anschmeißt, weil ich mal wieder vergessen habe, das »Do not disturb«-Schild draußen an der Tür anzubringen.
Und ich will zu Roland.
Jedenfalls werde ich diese furchtbare Show nicht moderieren.
Plötzlich weiß ich ganz genau, was ich will.

20

Während alle im Aufnahmestudio herumwuseln, weil Frederik inzwischen einen Kreislaufkollaps bekommen hat (hab ich es nicht gesagt?, hab ich nicht?), stehe ich auf und gehe zu Sylvester.

Der breitet die Arme aus, ganz jovial: »Ich kann dir sagen, Caro, das war der Kracher, Caro, sagte ich das schon?«, und will mich an sich ziehen.

Ich hebe abwehrend beide Hände und sage: »Ich möchte jetzt gleich, jetzt sofort mit dir sprechen«, und bin selber erstaunt darüber, wie fest meine Stimme klingt. Wenn ich irgendjemandem etwas Wichtiges zu sagen habe, ist meine Stimme normalerweise entschuldigend oder brüchig oder beides.

Sylvester nickt und ruft: »Ja, Caro, ja! Ich muss auch etwas Wichtiges mit dir besprechen!«

Wir gehen in sein Büro, und sobald er die Tür hinter uns geschlossen hat, legt er wieder los, wie toll das doch alles gewesen sei, und die Lockvögel seien ein Glücksgriff, und ich müsste noch sensationsgeiler werden und überhaupt.

Ich setze mich in seinen dunkelgrünen Besucherstuhl aus Leder und sage einfach nur: »Ich mache das nicht. Ich kündige hiermit. Das ist alles nichts für mich.«

Sylvester blickt mich an, als hätte ich ihm soeben mitgeteilt, schwanger von ihm zu sein, obwohl er sich schon vor Jahren hat sterilisieren lassen, und überhaupt hatten wir doch noch nie Sex miteinander.

»Carolin!«, sagt er väterlich. »Ich kenne das. Das ist der Stress. Du bist momentan überfordert. Jetzt mit allem Schluss zu machen wäre das Dümmste überhaupt!« Huch, keine Wortwiederholungen, keine Drohungen? Keine Verträge, die ich einhalten muss? Was ist denn nun los? »Das war damals mit Beppo Brösel genauso«, erzählt mir Sylvester. »Der war plötzlich ganz erfolgreich und konnte mit seinem Erfolg gar nicht umgehen. Dann haben wir ihn zwei Wochen auf eine Wellnessfarm mit psychologischer Grundbetreuung geschickt, und schon war wieder alles in Ordnung. Das machen wir mit dir auch!«

»Nein, Sylvester, das ist es nicht«, versuche ich zu erklären, wobei ich jetzt schon weiß, dass er es sowieso nicht verstehen wird. Sylvester versteht nur Quote und »Angela arbeitet jetzt doch nicht als Nutte«. »Es ist einfach so, dass ich so nicht sein will, ich bin das auch gar nicht. Ich wollte nie auf Biegen und Brechen berühmt werden. Ich möchte einfach tagsüber arbeiten und dann mit meinen Freunden zusammen sein.«

»Aber du kannst doch mit deinen Freunden zusammen sein. Außerdem willst du doch jetzt zu Roland nach Hamburg ziehen! Du, der Roland ist ja ein anderer Mensch geworden, und was für ein anderer Mensch der geworden ist, ich dachte ja teilweise schon, dass menschlich bei Roland nichts mehr zu machen sei, also beziehungstechnisch gesehen, aber er ist jetzt durch dich erst ein Mensch geworden!«

Also doch alles beim Alten. »Sylvester …«

»Ach papperlapapp, Caro, nun komm mal auf den Boden«, jetzt wird Sylvester wieder ganz geschäftlich. »Wir machen das mit der Wellnessfarm und der psychologischen Grundbetreuung, Punkt.«

Was meint er mit »psychologischer Grundbetreuung«? Heißt das, dass nur über die obere Schicht meiner Seele gesprochen werden darf? Weil sonst nach der grundpsychologischen Betreuung eine tiefenpsychologische erfolgen muss, die Strawberry oder die Krankenkasse kostentechnisch nicht übernehmen wollen? Sieht ein grundpsychologisches Gespräch auf der Wellnessfarm dann in etwa so aus: Zimmer, in kühlen, beruhigenden Grüntönen (Wischtechnik) gehalten. Leichte Bambusmöbel, luftige eierschalenfarbige Vorhänge, durch die sanft der Wind der offenen Verandatür weht. Maracujatee mit Kandis auf einem runden Beistelltischchen. Dielenboden mit einem Läufer in pastellenen Farben davor. An der Wand Matisse- oder Monet-Drucke. Leichte klassische Musik aus einer nicht sichtbaren Anlage.

Psychologe: »Nun, Frau Schatz, was haben wir denn auf dem Herzen?«

Frau Schatz: »Ach, Herr Psychologe, alles ist so schrecklich! Mein Exfreund heiratet eine andere, ich muss eine Fernsehsendung moderieren, die ich gar nicht moderieren will, meine Freunde haben mich verraten, und der Mann, den ich seit neuestem liebe, springt mit Saisonmusikern auf dem Rücken vor Helgoland in die Nordsee. Ich knabbere seit neuestem wieder an den Fingernägeln, habe Albträume, gegen die ›Nightmare on Elmstreet‹ mit der Sesamstraße zu vergleichen ist. Außerdem habe ich letztens im Affekt drei Tankstellenmitarbeiter erschossen, weil es kein ›Nogger choc‹ in der Tiefkühltruhe gab. Der Ort, in dem ich mal gewohnt habe, wird eben in dieser Sekunde von einer zeitgeschalteten Bombe dem Erdboden gleichgemacht, und dann ist die Erdkugel dran! Sie selbst, verehrter Herr Psychologe, werde ich jetzt gleich genüsslich aufschlitzen!«

Während ich meinen Blick hebe und erwarte, dass der Herr Psychologe angstschlotternd vor mir sitzt, werde ich von einem Geräusch irritiert, das sich als Schnarchen herausstellt. Weil nämlich die grundpsychologische Behandlung bei meinen Worten »meine Freunde haben mich verraten« vorbei und dem Psychologen der Rest zu langweilig war. Ich werde dann einfach aufstehen und mir die dritte Fangopackung in zwölf Stunden auf meinen verspannten Rücken auftragen lassen, derweil der

Psychologe hoffentlich in seinem Schlummer von Freddy Krüger heimgesucht wird. Ach ist das alles dämlich.
»Sylvester, ich möchte auf keine Wellnessfarm, ich möchte nach Hause«, sage ich und merke, dass ich gleich anfange zu heulen. Weil ich nämlich auch nur ein Mensch bin. Ich darf jetzt gar nichts mehr sagen, sonst heule ich vor Sylvester los. Das ist eine ganz schlimme Situation, wenn man kurz vor dem Heulen ist und weiß, wenn man jetzt was sagt, geht es los, aber dummerweise wird einem immer dann noch vom Gegenüber eine dumme Frage gestellt. Ich drehe mich also einfach um und gehe, Sylvesters »Aber Carolin, wir können doch über alles reden, bleib doch und setz dich, ich lasse uns Champagner kommen«, ignorierend.

Ich sage auch den anderen nicht tschüs, sondern laufe Richtung Adlon. Was würde ich dafür geben, mit Gero abends mal wieder Spaghetti zu kochen und dann fernzusehen. Ich komme mir vor wie eine Obdachlose. Und ich habe schrecklichen Hunger. Aber ich habe keine Lust, mich wieder in das noble Restaurant zu setzen und ein Schnitzel unter einer überdimensionalen Silberhaube serviert zu bekommen. Von einem Kellner, der nur darauf wartet, dass ich kleckere oder den Wein umschütte. Nur damit er dann angelaufen kommen kann, um lautstark zu rufen, damit es bloß jeder mitbekommt: »Aber, aber das macht doch nichts. Ist ja nicht das erste Mal!«
Ich komme an einem Supermarkt vorbei und habe auf einmal eine großartige Idee: Ich werde mir heute Abend etwas zu essen kochen! Im Hotelzimmer! Das mache ich. Ich werde jetzt hier einkaufen und dann übers Telefon einen Spirituskocher oder einen Herd mit zwei kleinen Elektroplatten und Töpfen und Pfannen ordern, und dann werde ich mir seit Monaten das erste Mal wieder etwas selbst zu essen machen! Ich bin so begeistert

von meiner Idee, dass ich richtig euphorisch werde. Und später werde ich Roland anrufen. Der Umzug, der Umzug.
Eine Minute später stehe ich tatsächlich im Supermarkt. Mir fällt auf, wie lange das her ist, dass ich selbst einkaufen war. Das wird sich alles ab sofort ändern! Ich habe auf einmal Lust, Nur-Hausfrau zu sein. Herrlich, so ein überschaubares Leben. Morgens aufstehen und Frühstück machen, dann gemütlich die Wohnung aufräumen und dann fürs Mittagessen einkaufen gehen: »Schatz, was magst du denn heute essen?« »Ach Liebes, mir schmeckt doch alles, was du zauberst! Was den Kindern schmeckt, schmeckt mir auch!« »Ach Liebling!« »Ja, Liebling?« »Nichts Liebling, nur Liebling, Liebling!« Würg.

Mein Handy klingelt. Es ist ausnahmsweise nicht Roland, sondern Susanne. Offensichtlich zurück von der Weltreise, will sie mir lang und breit erzählen, wie es wo war. Mir fällt siedend heiß ein, dass sie ja noch gar nichts, wirklich nichts, von der neuen Situation weiß. Weder dass ich bei easy-Radio aufgehört habe noch dass Marius und ich uns getrennt haben. Sie weiß auch nichts von den Talkshows und von Roland Dunkel und dass ich in Berlin bin und überhaupt. Huch, wie sag ich das denn jetzt alles so, dass sie nicht gleich tot umfällt?
»... und dann in Thailand, Caro, du glaubst nicht, was es da gibt! Da gibt es an jeder Straßenecke Stände, an denen Reis verkauft wird. Einfach so. Reis. Natürlich gibt es auch Fleisch und so dazu, aber die essen da überwiegend wirklich nur Reis.«
»Susanne«, unterbreche ich, »ich muss dir ganz viele wichtige ...«
»Michael fand es ja in China fast noch interessanter. Da tragen die Frauen auf den Feldern so breite Hüte, und Michael hat mir auch so einen gekauft, aber ich bin überall damit angestoßen. Aber weißt du, was du dir unbedingt mal anschauen musst?

Einen Sonnenuntergang am Ayers Rock. Du weißt doch, in Australien, da wo diese Mädchenschulklasse spurlos verschwunden ist. Fahr da bitte hin! Du musst hin! Ich habe fast geweint. Da war alles rot und glänzte. Un-glaub-lich!«

Klar, ich fliege morgen mal eben nach Australien und schaue mir einen Sonnenuntergang an. Dann jogge ich zum Flughafen zurück und bin schon abends wieder in Deutschland. Eine brillante Idee.

»Wir sind dann weiter nach Amerika geflogen. Ich sage dir, Charleston ist eine wunderschöne Stadt. Dieses Flair der Südstaaten. Caro, da fahren doch tatsächlich noch KUTSCHEN!«

Was hat sie denn jetzt? Die fahren in Watzelborn auch. Kutschen fahren doch überall, wo es Pferde gibt.

»Aber trotzdem ist es schön, wieder zu Hause zu sein«, schwadroniert Susanne weiter. »So lange hat Michael noch nie Urlaub am Stück gehabt, weißt du, er ist schon ganz nervös, weil eventuell ohne ihn Leichen obduziert wurden, haha!«

Haha. Michael ist Pathologe und eigentlich so verbunden mit seinem Beruf, dass er an nichts anderes denkt. Susanne muss ihm ein Messer an die Kehle gesetzt haben, um ihn zu diesem Urlaub zu überreden.

»Soll ich heute Abend auf ein Glas Wein zu dir kommen? Ich hab auch schon Bilder entwickeln lassen, direkt drüben vor Ort, das war total günstig, du wirst staunen, Caro, wenn du die Bilder siehst.«

Ich mochte mir noch nie Urlaubsfotos von Urlauben anschauen, bei denen ich nicht selbst dabei war. »Hier endet das Foto leider, aber wenn du die Straße da weiter nach rechts gegangen wärst, da war eine wunderschöne Basilika, 11. Jahrhundert, die Mönche dort schweigen alle.« Warum fotografiert man dann nicht gleich die Basilika?

Ich versuche, Susanne in knappen Worten beizubringen, dass

ich heute Abend leider keinen Wein mit ihr trinken kann, weil ich nämlich leider in Watzelborn keine Wohnung mehr habe. Dass ich jetzt nicht mehr mit Marius, sondern mit Roland Dunkel zusammen bin und in einem Hotel lebe und eine Talkshow moderiere und auch wieder nicht, weil ich ja fristlos gekündigt habe (ich wette, Sylvester wird mich verklagen), und dass ich zu Roland Dunkel, den ich erst insgesamt zwei Wochen am Stück gesehen habe, ziehen werde und, und, und.

»WAS???«, schreit Susanne. »Michael, Michael, Caro wohnt in Berlin ohne Marius!!!«

»Ist Marius tot?«, fragt Michael mit stoischer Gelassenheit. Wahrscheinlich fragt er gleich, ob er Marius obduzieren soll, und bringt mir dann sein Herz zur Erinnerung in einem Einmachglas mit, das ich mir dann auf den Kaminsims stellen kann, den ich nicht habe.

»Wie konnte denn das passieren?«, brüllt Susanne so laut, dass man annehmen könnte, sie stände nicht vor, sondern in mir.

»Das dauert jetzt zu lang«, versuche ich abzukürzen. »Ich bin demnächst wohl nochmal in Watzelborn wegen meiner ganzen Möbel und der Wohnungsauflösung, und ich hab auch noch einige Sachen bei Marius. Ich rufe dich dann an.«

»Aber Caro, aber Caro«, ruft Susanne verzweifelt, »wie konnte das denn alles passieren? Und dann mit Roland Dunkel! Du hast diesen Mann gehasst! Weißt du nicht mehr, die Pressereise nach Mallorca?«

»Natürlich weiß ich das«, blöke ich sie an. »Aber Menschen können sich doch ändern. Und bei Roland war das der Fall. Er war so gemein zu mir, weil er mich eigentlich gut fand.«

»Wie, er war so gemein zu dir, weil er dich eigentlich gut fand? Was soll das denn heißen? Muss man einen Menschen, den man mag, schlecht behandeln?«, krakeelt Susanne fassungslos. »Ich glaube, du spinnst, Caro. Du spinnst. Und was ist das für ein

Unsinn mit dem Fernsehen? Was ist hier eigentlich los? Ich werde gleich mal Gero anrufen, vielleicht ist der ja noch einigermaßen normal. Das kann ja wohl alles nicht wahr sein. Da ist man mal für ein paar Monate weg, und alles geht den Bach hinunter. Und was ist mit deinem festen Job bei easy-Radio? Hast du da etwa gekündigt? Weißt du, wie es in der freien Wirtschaft derzeit aussieht? Diese Talkshows sterben wie Eintagsfliegen. Aber was rede ich überhaupt, du hast ja jetzt da auch schon wieder gekündigt. Kannst du mir bitte mal verraten, VON WAS DU LEBEN WILLST???«

Oh. Oh. Oh. Ich kratze mich mit der freien Hand am Kopf. Susanne hat Recht. Ich bin ja jetzt quasi ohne Job. Das war mir ja noch gar nicht bewusst. Hilf Himmel. »Ich hab keinen Job mehr«, sage ich zu mir.

»Ach tatsächlich«, geifert Susanne am anderen Ende der Leitung. »Schön, dass dir das auch mal auffällt.«

Ich gerate in Panik. Muss sofort Roland anrufen, ob er sich über die Tragweite schon im Klaren ist. Oje, oje. Vielleicht muss ich mit dem Umzug nach Hamburg noch warten und erst nochmal für ein halbes Jahr bei easy-Radio arbeiten, oder ich moderiere diese entsetzliche Fremdgeh-Talkshow doch erst mal. Ich habe schreckliche Angst. Muss ich auch immer so abrupte Entscheidungen treffen, ohne mal vorher drüber nachzudenken. Andererseits habe ich derzeit wirklich genug Geld auf dem Konto. Habe bei Strawberry ja supergut verdient. Vielleicht bin ich einfach ein wenig dumm, dass ich einfach so da aufgehört habe. Aber ich habe ja noch nicht endgültig aufgehört. Sylvester denkt bestimmt, dass ich zurückgekrochen komme. Das will ich natürlich auch nicht, aber ich kann ja schlecht einfach nach Hamburg ziehen und sagen: »So, Roland, da bin ich, nun sorge bitte für mich. Wo ist deine Kreditkarte? Ich hätte sie gern ständig bei mir.«

Ich beende das Gespräch mit Susanne und versuche nachzudenken. Aber eigentlich starre ich nur dümmlich vor mich hin.

Das Handy klingelt wieder. Ich sehe auf dem Display, dass es Strawberry ist, und traue mich nicht, ranzugehen.
Dann fällt mir zu allem Überfluss auch noch ein, dass Marius in zwei Wochen heiratet und mich eingeladen hat. Soll ich hingehen oder nicht? Wenn ja, was soll ich anziehen? Ein Brautkleid? Was Uschi wohl trägt? Bestimmt ein Leinenkostüm, das kann man dann auch nach der Hochzeit noch anziehen. Zeitlos. Knitterfrei. Was man von meinem Leben nicht behaupten kann. Und von Leinen eigentlich auch nicht.

Ich werde jetzt erst einmal austesten, ob ich wieder bei easy-Radio anfangen könnte, wenn ich wollte, und wähle Jos Nummer.
Er freut sich und fragt, wie es mir denn in der großen bösen Stadt so geht.
»Um ehrlich zu sein, nicht so toll«, sage ich leise. »Ich habe die Talkshow aufgegeben, also ich bin quasi am Überlegen, ob ich die Talkshow aufgebe.«
»Ach«, sagt Jo.
»Na ja«, sage ich. »Ich wollte mal hören, wie es mit Verena so läuft.«
Jo brabbelt sofort los: »Alles bestens, alles prima. Du, die ist ja noch so jung und formbar, sie macht das alles spielend und moderiert jetzt auch. Verena hat uns ein Sendungskonzept hingeknallt, da sind wir alle blass geworden. Selbst Thomas. Thomas ist übrigens jetzt mit Verena zusammen.«
»Ach«, sage ich. »Das ist ja schön.«
»Verena und ich hatten gerade heute ein Gespräch, deswegen ist es umso lustiger, dass du anrufst, sie hat nämlich gefragt, wie es mit einer Festanstellung aussieht. Um ganz ehrlich zu sein, ich

bin dafür. Nimm das nicht persönlich, Caro, aber du bist nun mal mit deinen bald 36 Jahren nicht mehr die Zielgruppe für einen Jugendsender, die Stimme wird ja auch älter. Und wir dachten alle, bei Strawberry bist du gut aufgehoben.«

»Ach«, sage ich, »ja.«

»Siehst du«, strahlt Jo am Telefon. »Das finde ich prima, dass du das auch so siehst. Da haben wir einen super Fang gemacht mit der Verena. Danke nochmal!«

»Bitte, bitte«, bringe ich heraus und habe einen Kloß im Hals. Ich könnte natürlich jetzt herumheulen und schreien und mit Rechtsanwalt drohen, der easy-Radio dazu bringt, *mir* den festen Vertrag zu geben statt dieser Verena-Kuh. Aber dazu habe ich keine Kraft.

»Überleg dir das doch nochmal mit der Talkshow«, sagt Jo. »Das hat dir doch solch einen Spaß gemacht.«

»Ja, ja«, höre ich mich reden und höre dann wieder Jo, der sagt: »So, ich muss jetzt Schluss machen, du weißt ja, die Nachmittagssitzung.«

Klar, die Nachmittagssitzung. Zu der ich nie mehr gehen werde. Nie wieder. Weil ich nämlich nicht mehr Caro von easy-Radio bin. Auch wenn ich freiwillig da weggegangen bin damals wegen der Fernsehgeschichte, war easy die ganze Zeit über trotzdem immer noch mein Sender. War.

»Tschüs, Caro«, ruft Jo fröhlich. »Und komm ruhig mal vorbei, wenn du in der Gegend bist.«

»Klar«, sage ich betont forsch. Und dann bin ich auch noch so masochistisch, dass ich sage: »Und grüß alle, besonders Verena!«

»Ja-ha«, orgelt Jo und legt dann endlich auf.

»Danke für die gute Zusammenarbeit«, hätte er wenigstens noch sagen können.

Als ich aufblicke, merke ich, dass ich während der beiden Telefonate aus dem Supermarkt heraus immer weiter geradeaus gelaufen bin und nun gar nicht mehr weiß, wo ich mich befinde. Also suche ich mir ein Taxi und fahre erst mal ins Hotel. Auf meinem Zimmer angekommen, nehme ich mir die Speisekarte vom Room-Service und bestelle fast die ganze Karte rauf und runter. Mir doch egal. Ich muss essen, wenn ich traurig bin. Nach einer Portion Geschnetzeltem mit Butterreis und Mischgemüse, Roter Grütze mit Vanillesoße, Mousse au chocolat und Bayerischer Krem bin ich so voll gefressen, dass ich mich umbringen könnte. Aber selbst dazu fehlt mir die Energie. Im Fernsehen läuft zu allem Überfluss auch noch »Jenseits von Afrika«. Robert Redford ist gerade mit dem Flugzeug abgestürzt und Klaus Maria Brandauer kommt zu Meryl Streep und überbringt ihr die schreckliche Botschaft. Das hält ja kein Mensch aus. Ich bin so verzweifelt, dass ich mich angezogen aufs Bett lege und einschlafe, während mein Magen ungefähr achttausend Kalorien zu verdauen hat und genügend Zeit, sich zu überlegen, wo an meinem Körper er das Fett platzieren wird.

21

Ich stehe vor der Watzelborner Dorfkirche und frage mich, warum ich mir das eigentlich antue. Roland Dunkel steht neben mir und starrt die ganze Zeit durch die offene Kirchentür an die Decke. Er ist sichtlich enttäuscht darüber, dass keine Segelschiff-Modelle daran baumeln.

Wenigstens begrüßen mich meine Freunde. Also die Leute, die ich mal als meine Freunde bezeichnet habe. Richard sieht mittlerweile tatsächlich richtig weiblich aus.

»O Caro«, sagt er gerührt. »Ich hab mich ja gar nicht getraut, dich anzurufen. Pitbull meinte, du wärst so komisch geworden. Ich dachte, du willst gar nichts mehr mit mir zu tun haben!«

»Das ist doch Unfug, Richard«, sage ich. »Ich bin nur im Moment ein wenig durcheinander. Es ist ja auch viel passiert.«

»Bei uns auch, bei uns auch«, strahlt Richard. Richard. Mein Richard. Ich werde niemals »Felizitas« zu ihm sagen können.

»Meine Freundin und ich sind jetzt zusammengezogen. In ein altes Bauernhaus in Friedehügel. Du liebe Zeit, war das verfallen. Aber du kennst mich ja! Ich habe alles gerichtet!«

Klar – es ist undenkbar, dass Richard in eine renovierte Wohnung ziehen würde. Eher würde er sich einen Arm abhacken. Schenk ihm eine Kreissäge und Nägel und Holzbretter, und er ist der glücklichste Mann bzw. die glücklichste Frau auf der Welt. Ob er wohl in einem Kleid renoviert hat?

»Du musst uns besuchen, Caro, wenn der ganze Trubel bei dir vorbei ist. Wir sind doch hoffentlich immer noch Freunde, oder?«

Jetzt muss ich fast weinen. »Natürlich sind wir das, Richard«, sage ich und muss mir die Nase putzen.

Gero ist immer noch reserviert, als wir uns sehen. »Na, Caro«,

meint er zurückhaltend. »Hast du deinen neuen Freund mitgebracht?«
Er wird Roland Dunkel immer hassen, weil er mich damals auf dieser Pressereise vor allen Leuten so runtergeputzt hat. Aber wie gesagt – Menschen können sich schließlich ändern. Und Roland hat sich geändert. Und ich bin sehr verliebt in ihn. O ja. Und wir haben besseren Sex als Marius und Uschi. Hundertprozentig.

Gero gibt Roland Dunkel die Hand, als ob er eine Vogelspinne berühren müsste. »Hallo, Caro hat mir schon viel von dir erzählt«, sagt Roland freundlich.
»Ach ja?«, keift Gero sofort los. »Was denn?«
»Nur Gutes«, meint Roland.
Geros Augen blitzen. Ich merke, dass er Angst hat, Roland könnte ihn gleich beleidigen. »Idiot«, sagt Gero unvermittelt zu Roland. »Vollidiot!«
Bitte, bitte, aufhören. Das fehlt noch, dass es direkt vor der Kirche zu einem Scharmützel kommt. Gleich wird das Blut in Strömen fließen, Schneidezähne fliegen durch die Luft, und es werden sich zwei Parteien bilden, die gegeneinander kämpfen. Die eine Partei besteht aus sämtlichen Hochzeitsgästen und die andere Partei aus Roland Dunkel und mir. Hätte ich doch bloß eine Machete mitgenommen. Oder würde in einer Ritterrüstung auf einem Friesen mit Scheuklappen sitzen, mit einem Schutzschild gewappnet für die Feinde. Andererseits würde ich bei der kleinsten Bewegung des Pferdes mit meiner schweren Rüstung runterfallen und hilflos wie ein Käfer auf dem Rücken liegen, um auf den Todesstoß zu warten, der mit Sicherheit nicht lange auf sich warten ließe.
»Warum bin ich ein Idiot?«, fragt Roland sehr freundlich, sehr ruhig und sehr gelassen, während seine Halsschlagader anschwillt und so dick wird wie eine Fleischwurst. Ich kann die

Pulsschläge deutlich sehen und bekomme schlimm Angst. Nie wieder werde ich auf eine Hochzeit gehen. Damals, als Pitbull Margot heiraten wollte, war es schon so schrecklich. Und jetzt das. Gero holt Luft. Achtung!

»Wegen Ihnen zieht Caro jetzt um, und wegen Ihnen ist der ganze Schlamassel überhaupt entstanden«, wütet Gero mit zittriger Stimme. Er ist Extremsituationen noch nie gewachsen gewesen. »Wenn Sie nicht aufgetaucht wären mit Ihren komischen Anrufen und SMS und dem ganzen Kram, dann würden Caro und Marius jetzt hier heiraten und nicht Marius und Uschi, so!«

»Ich denke mal«, zischt Roland, »dass Caro sehr genau weiß, was sie tut. Davon mal ganz abgesehen hat sie mir alles erzählt – unter anderem auch, dass sich alle bei der kleinsten Unstimmigkeit von ihr abgewandt haben!« Seine Stimme wird immer lauter. Die anderen Leute schauen schon. Ich sehe Marius' Mutter, eine stämmige Person von ungefähr 60 Jahren, in ihrem viel zu kleinen fliederfarbenen Kostüm auf uns zustampfen. Sie blickt böse. Ich möchte nach Hause. Weg hier. Ich mag mich jetzt nicht streiten. Das hält Gero und Roland allerdings nicht davon ab, sich weiter im Austausch von Freundlichkeiten den Rest zu geben.

»Woher wollen Sie denn wissen, was Caro denkt?«, fragt Gero. »Sie kennen Sie doch kaum. Oder glauben Sie, man lernt jemanden im Urlaub wirklich richtig kennen?«

»Was geht Sie das eigentlich an?«, herrscht Roland lautstark zurück. »Waren Sie etwa dabei?«

»Nein, das war ich Gott sei Dank nicht«, brüllt Gero. »Aber ich kenne Ihren schlechten Charakter aus Caros Erzählungen. Und da gibt es einige Anekdötchen zu berichten. Möchte jemand hier diese Anekdötchen hören???« Er dreht sich zu den Hochzeitsgästen um, die entsetzt einige Schritte zurückweichen. Der eine oder andere traut sich, den Kopf zu schütteln. Nur Marius'

Großmutter nickt. Sie hat Parkinson und nickt deswegen fast immer, aber das weiß Gero nicht. »Nun«, fühlt er sich bestärkt, »dann fange ich mal an. Aaaalsooo …«

»Einen einzigen Ton, und es setzt was«, zischt Roland.

»Ach, Herr Dunkel will mich bedrohen«, sagt Gero sarkastisch. Er hat sich dermaßen in seine Wut reingesteigert, dass er nicht mehr zu halten ist. Jetzt zieht er auch noch sein Jackett aus. Was soll das? Hält er sich plötzlich für Dariusz Michalczewski und Roland für Axel Schulz? »Ich fordere Genugtuung!«, Geros Stimme kippt fast. Jetzt hätte ich doch gern eine Ritterrüstung.

»Nur zu, nur zu!« Roland stellt sich dem Feind und steht eine halbe Sekunde später im Hemd vor Gero.

»Nicht!«, rufe ich, »bitte nicht!«

Obwohl das alles sehr schlimm ist, finde ich es gar nicht so schlecht, dass sich zwei Männer wegen mir schlagen wollen. Das hatte ich noch nie! Das macht den Wert einer Frau aus. Dabei ist es mir auch ganz egal, ob der eine Mann schwul ist und das ganze Drama im 21. Jahrhundert vor der Hochzeit meines Exfreundes stattfindet. Ob die beiden gleich ihre Silberbüchsen mit Pulver füllen? Und wo sind die Adjutanten? Ach, ist das schön!

Ich sehe mich schon nach Rolands Sieg in meinem hellblauen Seidentaftkleid von ihm vor sich auf seinen Rappen gehoben und in die untergehende Sonne reiten, eskortiert von zwei Jagdhunden, die fröhlich bellen. Vertrauensvoll halte ich mich vorn am Sattelknauf fest und lehne mich gegen Rolands breite Brust. Ich sitze natürlich im Damensitz, der Rappe hat eine weinrote Satteldecke aus Samt, hinten ist Rolands Familienwappen golden aufgestickt. Die Nüstern des Rappen blähen sich, und er galoppiert stetig auf die Familienburg zu, die trutzig auf einem Hügel ragt, ringsherum sind Wälder. Natürlich alles Familien-

besitz. Ein Adler beäugt uns im Flug, und kurz bevor wir die Burg erreichen, wird die Zugbrücke hinuntergelassen. Mägde und Knechte laufen geschäftig hin und her, und der Stallmeister kommt, um den Rappen abzusatteln. Natürlich werde ich vorher sanft aus dem Sattel gehoben und von meiner Kammerzofe, die gleich herbeieilt, gefragt, ob ich Wünsche hätte. Ich, Rolands Fürstin. Oder Gräfin. Jedenfalls bin ich ein Burgfräulein.
Später dann, nachdem ich von den Bediensteten ein heißes Bad eingelassen bekommen habe, ziehe ich eins der anderen tausend Kleider an, die ich besitze, weil ich ja ein Burgfräulein bin, und wandele durch die Zimmerfluchten, um zu Roland zu gehen, der im Speisesaal vor dem offenen Kamin steht, in dem Holzscheite knistern. Er hat mir bereits einen vollmundigen Rotwein in einen Zinnbecher gegossen, der zwar so schwer ist, dass ich ihn kaum mit zwei Händen halten kann, aber egal, und wir reden über die Ernte und die Getreidepreise. Muss das Leben im Mittelalter schön gewesen sein!!! Die Fürsten und Grafen hatten keine finanziellen Probleme, und die Luft war frisch und nicht von Autoabgasen belastet, die Wangen der Menschen waren rosig, und alle waren glücklich.
(Dass es Ratten gab, die die Pest verursachten, dass es keine Klos gab und die Leute ihr Geschäft einfach unter sich oder in den Burggraben machten, was im Sommer bestimmt nicht witzig war, verdränge ich natürlich. Auch Worte wie Cholera oder Skorbut. Dass den Frauen mit den rosigen Wangen Keuschheitsgürtel angelegt wurden, die sie über mehrere Jahre anbehalten mussten, während die Männer auf Kreuzzug waren, verdränge ich natürlich auch. Dass unschuldige Menschen auf Lebzeiten in Verliese eingesperrt wurden mit lichtscheuen Nagetieren als einziger Gesellschaft, möchte ich genauso wenig wahrhaben. Und außerdem, wenn ich im Mittelalter gelebt hätte, wäre ich schon tot, denn die Lebenserwartung betrug damals ca. 30 Jahre!)

»… dann fangen Sie doch an!«
»Nein, fangen Sie an!«
Roland und Gero drehen sich mit erhobenen Fäusten im Kreis. Niemanden interessiert mehr, dass wir uns auf einer Hochzeit befinden. Und Marius und Uschi sind noch gar nicht da. Das Brautpaar schiebt wohl noch ein Nümmerchen, bevor es sich bequemt, endlich mal aufzutauchen. Mit einem Kondom aus Schafsdarm. Damit Uschi keine Gummiallergie bekommt. Sie ist ja so empfindlich.

Jedenfalls umkreisen sich die beiden Kampfhähne ununterbrochen, aber keiner tut den ersten Schritt. Lediglich die Fäuste gehen mal ein Stück vor und dann wieder zurück. Da! Roland haut Gero leicht auf die Schulter. »AUUUUU!!!«, macht Gero, obwohl Roland wirklich nicht fest gehauen hat. Sie erinnern mich an den Spielfilm »Ziemlich sensible Ninja-Kämpfer greifen an«, in dem zwei schwarz gekleidete Fernost-Kämpfer sich sachte touchieren, um sich gleich darauf zu entschuldigen. Das Ganze findet auf einem Sandhügel statt, damit sich auch niemand verletzt, sollte er im Nahkampf stürzen. Der Film wurde damals, glaube ich, gedreht, um Jugendliche von gewalttätigen Handlungen abzuhalten. Da es aber zwei Stunden lang immer denselben Dialog zu hören gab (»AU!« »Oh, Entschuldigung!« »Ist schon okay!« »AU!« »Oh, Entschuldigung!« »Ist schon okay !«), sind die jugendlichen Zuschauer nach einer halben Stunde aufgestanden, um erst mal dem Kassierer eins aufs Maul zu hauen, weil der sich geweigert hat, ihnen das Geld wiederzugeben. Dann haben sie entweder a) eine Schnapsbrennerei überfallen, um das Erlebte mit Alkohol zu verarbeiten, oder b) ihre ausländischen Schulkameraden in einem Sandkasten verprügelt in der Hoffnung, dass diese lediglich mit »Oh, Entschuldigung!« reagieren. Der Film hatte nicht so dolle Besucherzahlen.

Oh! Gero schlägt zurück und versetzt Roland einen Klaps auf dessen Brustkorb.
»Des reischt jetzt abber!« Marius' Mutter beendet den Zweikampf jäh, indem sie sich mit ihren hundertzwanzig Kilo zwischen Gero und Roland drängelt. In ihrer Erregung wirkt sie in ihrem bauschigen Etwas wie eine Aubergine, die man mit einer Tomate garniert hat (wegen des hochroten Kopfes). »Des Hochzeitspaar dud gleisch komme, un ihr wollt eusch kloppe?«, brüllt sie wütend.

Tatsächlich, da kommt ja eine Limousine angefahren. Im Schritttempo natürlich, damit alle das Brautpaar gebührend bewundern können. Mir wird gleich schlecht. Aber wenigstens hören Gero und Roland mit ihrer Rangelei auf. Schade eigentlich. Das Auto hält direkt vor der Kirche an, und Marius steigt aus, nachdem sein Vater ihm die Tür geöffnet hat. Mich trifft fast der Schlag, als ich ihn sehe. Er hat einen Smoking an und natürlich ein weißes Hemd. Aber jetzt kommt das Schrecklichste: Marius trägt einen Kummerbund. Ich habe mir immer vorgestellt, wie er wohl in einem Kummerbund aussieht. Ich wollte ihn heiraten! Und er sollte an unserem großen Tag einen Kummerbund tragen!
Jetzt steigen mir auch noch die Tränen in die Augen. Schnell versuche ich, an etwas Lustiges zu denken, aber ich kann an nichts Lustiges denken. Ich könnte jetzt ja einfach gehen, aber ich bleibe natürlich da stehen, wo ich stehe. Wie ein Ölgötze. Und dann taucht ein Meer aus weißer Seide auf. Es ist natürlich Uschi. Sie steigt aus dem Wagen wie eine Elfe und strahlt Marius an. Wie Uschis Brautkleid wohl aussieht, wenn ich ihr die Zähne ausgeschlagen habe? Ich komme mir schrecklich deplatziert vor. Wäre ich doch bloß nie auf diese entsetzliche Hochzeit gegangen!

Ich fühle mich wie eine Happy-Hippo-Fehlpressung. Wer braucht schon Happy-Hippo-Fehlpressungen? Nur Vollidioten, die am Wochenende auf Überraschungsei-Flohmärkte tapern. Obwohl ich durch die Fehlpressung sechs Finger an einer Hand habe und ganz viel wert bin, komme ich mir nutzlos vor. Irgendwann stehen die ganzen Happy-Hippos sowieso auf einem Dachboden rum und verstauben, oder der einst stolze Besitzer tritt barfuß auf einen Samurai-Happy-Hippo und hat eine Verletzung am mittleren Zeh, die schlecht abheilt, weil Winter ist und nicht genug Luft an den Fuß kommt. Wenn er Pech hat, eitert der Fuß dann noch, und er kann im Januar mit einer Jesuslatsche am Fuß einkaufen gehen. Spätestens dann werden die Happy-Hippos im Müll landen. Oder wieder auf einem Überraschungsei-Flohmarkt. Ich drehe gleich durch.

Da steht Uschi in ihrer vollen Brautpracht. Es ist fast eine Kopie des Kleides, das Prinzessin Diana 1981 trug, als sie so süß errötete und dann in der Kirche sagte: »I'll take this Philip Charles Arthur George to my husband«, oder so ähnlich. »'til death us do part.« Aber Uschi hat wenigstens zugenommen. Sie ist richtig mopsig geworden. Wenigstens etwas. Ich komme mir fast vor wie Calista Flockheart. Das Uschilein ist eine Wuchtbrumme! Juchu!

»Na, Schatz, auch mal wieder im Lande?« Pitbull steht plötzlich neben mir.

»Hmhm«, sage ich. Weil ich immer noch sauer bin. »Was macht denn der Club?«, frage ich, nur um was zu fragen.

»Alles am Laufen, Schatz, alles am Laufen. Nächste Woche mache ich die Quartalsabrechnung. Ich wollte dir eh eine Mail schreiben, weil ich wissen muss, ob die Bankverbindung noch stimmt.«

So weit ist es also schon gekommen. Pitbull schreibt mir eine

Mail. Er kann mich nicht mal mehr *anrufen*! Ich bin sehr traurig plötzlich. Was ist nur alles schief gelaufen?

»Ja, die Bankverbindung ist immer noch die gleiche«, bringe ich hervor und schaue schnell in eine andere Richtung, damit Pitbull nicht sieht, dass ich schon wieder fast losheule. Ich muss nämlich daran denken, wie das alles noch vor einem halben Jahr war. Da war ich gemütlich in Watzelborn, und alles lief in geordneten Bahnen. Wäre ich doch bloß nie mit Marius in diesen bescheuerten Urlaub gefahren. Dann hätten wir keinen Schiffbruch erlitten, und alles wäre so wie früher.

»Marius ist jedenfalls sehr glücklich«, sagt Pitbull.

»Na, das ist ja die Hauptsache.« Gott sei Dank hält meine Stimme.

»Bist du denn auch glücklich, Schatz?«, fragt mich Pitbull in einem Tonfall, den ein Vater seinem Sohn gegenüber anwendet, wenn er ihn trösten will, nachdem er von einer acht Meter hohen Blutbuche gestürzt ist und Helfer noch dabei sind, seine Beine zu suchen. Und seine Zahnspange. Aber die hat bestimmt bereits ein Rabe geklaut, die mögen doch blitzendes Metall.

Natürlich bin ich glücklich. Aber interessiert das Pitbull wirklich?

»Ja, ich bin sehr glücklich«, antworte ich und habe das komische Gefühl, dass ich mir selbst gegenüber nicht ehrlich bin.

»Aha«, sagt Pitbull mit der unausgesprochenen Gewissheit, dass ich die Unwahrheit sage.

Ich fühle mich ganz schrecklich hilflos. Am liebsten würde ich Pitbull auf den Arm springen und rufen: »Kann nicht einfach alles wieder gut sein?« Aber das geht natürlich nicht.

»Und mit dem Dingsda«, er schaut über die Schulter zu Roland, der allein an einer Birke steht und auf mich wartet, »ist mit dem da alles okay, Schatz? Ist er denn lieb zu dir?«

»Natürlich ist er das«, murmele ich, während ich aus den Au-

genwinkeln verfolge, was Uschi und Marius gerade machen. Uschi sortiert die laufenden Meter ihres Traumkleides. In das ich gehört hätte. »Uschi sieht ja süß aus«, sage ich, nur um irgendwas zu sagen.
»Na ja, aber es geht ihr momentan nicht so gut«, sagt Pitbull. »Die Schwangerschaft nimmt sie arg mit. Sie hat schon seit einigen Wochen Wasser in den Beinen, und ihr ist morgens immer total übel. Hat Marius mir jedenfalls erzählt.«

Das Nächste, was ich höre, ist ein Sausen im Ohr, das immer stärker wird. Uschi ist schwanger. Uschi ist schwanger. Marius und Uschi werden Eltern! Und ich Plantschkuh stehe hier vor der Kirche und fühle mich wie eine Fehlpressung. Das kann doch alles nicht wirklich wahr sein!
»Uschi ist schwanger«, flüstere ich, während mein Magen sich so verdreht wie damals der Zauberwürfel, mit dem einzigen Unterschied, dass ich die einzelnen Teile nie wieder in die richtige Ausgangsposition zurückdrehen kann.
»Wusstest du das denn nicht?«, fragt Pitbull. »O mein Gott, Caro, das wollte ich nicht, ich dachte, du wüsstest das!«

Ich kann ihn kaum verstehen, weil das Sausen immer stärker wird. Ich verstehe quasi gar nichts mehr. Dieses Sausen sprengt mir fast den Gehörgang. Ich werde mit Sicherheit gerade eben verrückt.
»Schatz, Achtung, Schatz, Achtung, da links und da rechts«, plötzlich stehen Gero, Tom, Richard, Mausi, Arabrab und Roland vor mir. Gute Güte, was wollen sie denn? Sehen die denn nicht, dass das Sausen in meinen Gehörgängen mich schier wahnsinnig macht?
»Nicht bewegen, Schatz!« Das ist Pitbull. Er hat offenbar als Einziger verstanden, wie es mir geht, und gibt mir einen Überlebenstipp. Nicht bewegen, stehen bleiben, stehen bleiben. Ja, ich

bleibe stehen. Schließlich will ich nicht sterben, bloß weil Uschi schwanger ist. Aber das Sausen hört und hört nicht auf.
»Sie greifen an! Sie greifen an!«, brüllt Gero. Wer greift an? Ich schaue mich um. Sind wir in den schottischen Highlands? Dann erwache ich schlagartig aus meiner Trance. Ich schaue nämlich nach rechts und links und sehe zentimetergroße Hornissen um mich herumschwirren. Daher also das Summen. Die Hornissen sind so nah, dass ich ihre aggressiven Flügelschläge zählen kann. Wäre ich eine Gottesanbeterin, hätten sie bestimmt Respekt vor mir, aber leider bin ich nur Carolin Schatz, und auch noch allergisch gegen Hornissenstiche. Und Wespenstiche. Normalerweise habe ich immer eine Tablette bei mir, falls mich solch ein Vieh mal aussaugen sollte, aber heute natürlich nicht. Wie immer.
»Ich bin allergisch gegen Hornissenstiche«, kreische ich verzweifelt und weiß nicht, was ich tun soll.
Mausi glotzt mich dümmlich an und sagt: »O Mann, Caro, äääächt, soll ich RTL exkursiv anrufen? Die zahlen total enorm megamäßig gut für so 'ne Story!«
»Halt den Mund«, fährt Pitbull Mausi an. Alle stehen im Kreis um mich herum, die anderen Hochzeitsgäste irgendwann auch. Es ist entsetzlich. Ungefähr dreitausend kampfeslustige Hornissen bilden eine Art Schutzschild zwischen mir und den anderen, und ich bin in heller Aufregung.
»Auf See passiert so was nicht«, sagt Roland, um auch was zu sagen. »Kaum ist das Land außer Sicht, ist das ganze Ungeziefer weg! Nur die Kakerlaken bleiben. Aber die bleiben ja immer.«
Wenn jetzt noch jemand sagt: »Bleib einfach ganz ruhig, Caro«, wird es hier Verwundete geben.
Tom kommt auf die grandiose Idee, in die Kirche zu rennen und Weihrauch zu holen, den er fächermäßig um mich herum verteilt, um ihn dann anzuzünden. Der Dampf lässt alle Anwesenden lautstark anfangen zu husten, und ich fühle mich wie

eine Hexe, die auf einem imaginären Scheiterhaufen verbrennt. Die Hornissen hauen trotzdem nicht ab. Gleich werden sie mich stechen, meine Haut wird auf das Zehnfache anschwellen, und ich werde vor der Kirche wegen Luftmangels sterben, weil mein Hals so angeschwollen ist, dass nichts mehr durchpasst. Schade, ich hatte mich so auf den Kuchen nachmittags bei der Hochzeitsfeier gefreut.

Während ich mit meinem Leben abschließe, denke ich daran, dass doch alles ziemlich Scheiße gelaufen ist die letzten Monate. Was für ein Durcheinander. Was für ein Chaos. Nichts steht mehr auf dem rechten Platz.

Warum kann es nicht Peng machen, eine gute Fee steht vor mir und fragt nach meinen Wünschen. Ich hätte sowieso nur einen: »Mach, dass alles so ist wie an einem stinknormalen Nachmittag in meiner und Marius' Wohnung.« Aber eigentlich liebe ich doch Roland Dunkel, und eigentlich bin ich hier auf Marius' Hochzeit. Die muss bestimmt abgesagt werden, weil gleich ein Bestattungsunternehmer mit einem überdimensionalen Sarg kommt, der meine Überreste wegtransportieren muss. Überdimensional deshalb, weil ich wegen der Hornissenstiche gleich das Doppelte als sonst wiegen werde. Aufgeschwemmt werde ich sterben. Man wird ein Doppelgrab für mich ausheben müssen, wenn das überhaupt reicht!

Wegen des Rauchs kann ich kaum noch Leute erkennen und muss ebenfalls husten. Alles verschwimmt vor meinen Augen. Und diese schrecklichen Hornissen – das Summen wird immer lauter! Es wird so laut, dass es nicht zum Aushalten ist.

»Caro! Caro! CAROLIN!!!« Ich muss immer noch schrecklich husten. Und das Summen ist immer noch da.

»Mach doch mal die Augen auf!« Es ist Marius' Stimme. Ach, dass er sich auch mal bequemt, zu mir zu kommen, zu mir, die ich gerade am Abnibbeln bin. Eben hatte ich die Augen doch noch offen. Wieso sind die plötzlich zu? Und was nützt es denn, wenn ich sie wieder aufmache? »Caro, mach die Augen auf!« Marius klingt richtig böse. Weil ich zu schwach bin, um zu reagieren, öffne ich letztendlich die Augen und kriege einen Riesenschreck.

»Was, was, was«, stammele ich und bin wirklich verwirrt. Aufgrund der Tatsache nämlich, dass ich plötzlich nicht mehr vor der Watzelborner Dorfkirche stehe, sondern in Marius' und meiner Wohnung auf dem Sofa liege.

»Du hattest einen schrecklichen Albtraum«, sagt Marius. »Bin ich froh, dass ich dich endlich wachgekriegt habe!«

Ich hatte einen Albtraum? Was für einen Albtraum? Wo ist die schwangere Uschi in ihrem Seidenbrautkleid? Wo sind überhaupt all die anderen Menschen? Aber nach Rauch riecht es trotzdem, und das Summen ist immer noch da.

»Du bist vor Stunden eingeschlafen«, sagt Marius. »Und ich wollte doch einen Kuchen backen. Und Tee machen. Der Kuchen ist aber angebrannt, ich hab die blöde Form nicht eingefettet und den Ofen aus Versehen auf ›Infrabraten‹ gestellt. Warte mal, ich komm gleich wieder, ich nehme nur kurz den Wasserkessel vom Herd!«

Ich setze mich auf.

Alles nur ein Traum. Alles nur ein Traum. Ich bin immer noch die Caro von früher. Alles nur ein Traum. Vor Erleichterung breche ich in Tränen aus. Die Decke, unter der ich gelegen habe, und meine Klamotten sind total verschwitzt. Aber egal. Alles nur ein Traum.

Kein Pitbull, der einen Hans heiraten wollte, kein Karibikurlaub mit Schiffbruch, keine Talkshow, keine Daphne, keine Säurefrau, kein Sylvester, keine Uschi, kein Pitbull und kein Gero, die mich verstoßen, kein Abschied von easy-Radio. Nein, nein, nein. Alles wie früher. Alles ist geblieben. Noch nie in meinem ganzen Leben bin ich so froh gewesen. Noch nie. Gott sei Dank ist der Kuchen angebrannt, und Gott sei Dank hat der Wasserkessel gepfiffen, sonst wäre der Albtraum nie zu Ende gegangen. Ich stehe auf und schaue aus dem Fenster. Der Kastanienbaum steht da wie eh und je und mein Auto, das ich wie immer schief eingeparkt habe, gibt es auch noch. Grundgütiger, Allmächtiger! Steinbrüche fallen mir vom Herzen.

Ich bin total wackelig auf den Knien.

Marius kommt zurück und bringt den Tee mit. »Wie lange hab ich denn geschlafen?«, frage ich ihn.

»Bestimmt drei Stunden«, sagt Marius.

Wie kann man in drei Stunden Monate seines Lebens träumen? Nie wieder werde ich schlafen, nie wieder. Ich werde sofort in die Apotheke gehen und mir Koffeintabletten kaufen. Aber erst mal muss ich richtig wach werden.

Alles nur ein Traum. O Mann. Muss gleich nachher Gero anrufen und ihm alles erzählen. Und Pitbull.

»Du«, sagt Marius, »ich hab ’ne Überraschung für dich!«

Ach, ich will gar keine Überraschung haben, ich will einfach das Gefühl genießen, wach zu sein.

»Augen zu«, sagt Marius.

Ich gehorche trotzdem.

»Augen auf.«

Ich öffne die Augen und sehe Marius mit einem Pappschild vor mir stehen.

»*Gutschein für meinen Schatz, mit mir vier Wochen lang auf Kreuzfahrt in die Karibik zu gehen*«, steht auf dem Pappschild.

Ich schließe die Augen schnell wieder. Nein, nein, nein.

»Bevor du mir vor Freude um den Hals fällst, noch was: Vorhin hat dein Handy geklingelt, und ich bin rangegangen. Da war ein

Roland Dunkel aus Hamburg dran, der dich dringend sprechen wollte. Irgendwas enorm Wichtiges. Er faselte was von Eheproblemen. Wer ist das denn?«

Ich renne zum Sofa und schließe die Augen. Bitte nicht. Das war doch alles nur ein Traum. Was soll ich denn jetzt sagen, und was ist Traum und was Wirklichkeit?

Es wird einen Weg geben. Ich muss darüber nachdenken. Aber nicht jetzt, nicht heute. Verschieben wir's auf morgen!

Steffi von Wolff

Fremd küssen

Roman

Band 15832

Teilkörperbräunung am Barzahlertag oder warum bei einer Frau eigentlich nur die inneren Werte zählen.

»Carolin hatte Sex«, brüllt mein lieber Kollege ins Mikro, »und der Typ hat so laut gestöhnt, dass die Pfandflaschen von der Spüle gefallen sind!« Im Studio klingelt das Telefon. Yvonne aus Ettrichshausen wünscht sich für ihren verstorbenen Wellensittich das Lied ›Time to say good-bye‹. Und übrigens, was ich gern noch mal wissen wollte: Fragt mich jemand, ob ich ihn heiraten möchte, wenn ich verspreche, nein zu sagen? Hallo? Hallo ...?

»Lesen Sie dieses Buch nicht im Bett.
Sie werden vor Lachen rausfallen.«
Susanne Fröhlich

Fischer Taschenbuch Verlag

fi 15832 / 1